태산을 바라보다 望嶽

태산은 무릇 어떠한가
제나라와 노나라는 푸르름 끝없고
조물주는 신묘한 위풍을 모았고
산의 북쪽과 남쪽은 아침저녁을 갈랐다
층층이 일어나는 구름이 가슴 설레게 하니
눈을 부릅뜨고 돌아드는 새를 바라다본다
반드시 정상에 올라
뭇산이 작은 것을 한번 보리라

岱宗夫如何, 齊魯青未了, 造化鍾神秀, 陰陽割昏曉.
蕩胸生層雲, 決眦入歸鳥, 會當凌絶頂, 一覽衆山小.

이동휘 新무협 판타지 소설

창천일성
蒼天一星

창천일성 4

이동휘 新무협 판타지소설

초판 1쇄 찍은 날 § 2005년 11월 21일
초판 1쇄 펴낸 날 § 2005년 12월 1일

지은이 § 이동휘
펴낸이 § 서경석

편집장 § 문혜영
편집책임 § 서지현
편집 § 장상수 · 최하나

펴낸곳 § 도서출판 청어람
등록번호 § 제1081-1-89호
등록일자 § 1999. 5. 31
어람번호 § 제2-0749호

주소 § 경기도 부천시 원미구 심곡1동 350-1 남성B/D 3F (우) 420-011
전화 § 032-656-4452 팩스 § 032-656-4453
http://www.chungeoram.com
E-mail § eoram99@chollian.net

ISBN 89-5831-838-4 04810
ISBN 89-5831-710-8 (세트)

蒼天一星

이동휘 新무협 판타지 소설

창천일성

Fantastic
Oriental
Heroes

④

위기(危機)

도서출판 청어람

목차

제1장
장건, 주목을 받다

장건, 주목을 받다

"그 말이 사실이냐?"

명송자(明松子)는 굳게 닫혀 있던 입을 열어 되물었다. 대무당파의 현임 장문인 직을 맡고 있는 그는 현암 진인(玄巖眞人)이라는 별호에 어울리는 무거운 입을 가지고 있기에 이렇게 다른 사람의 말을 되새김 질하는 질문은 좀처럼 던지지 않는 사람이있다. 그러나 방금 눈앞에 있는 제자가 한 발언은 최근 무당파를 곤혹스럽게 만들고 있는 중대사안의 단초가 될 수 있기에 그답지 않게 재우쳐 묻는 것이었다.

명한청은 고개를 조아리며 말했다.

"사실입니다, 장문사백. 제가 천중보주 원 대협의 사망 직후 천중보에서 격돌했던 그자는 풍파투도가 틀림없습니다."

명송자는 그를 뚫어져라 바라보며 물었다.

"그것을 왜 이제야 밝히는 것이냐? 너는 분명 그 당시에는 격돌했던 자가 누군지 몰랐다고 했다."

"실은……."

명한청은 격돌했던 자가 썼던 무기가 진연의 연검이었으며, 나중에 진연과 다시 만나서 그녀가 그 연검을 풍파투도에게 선물했던 정황을 확인한 것을 설명했다.

그의 옆에 함께 서 있던 그의 사부 명현자가 무거운 낯빛으로 명송자에게 말했다.

"장문사형, 이렇게 된 이상 풍파투도의 소재를 찾는 일에 전력을 기울여야 할 듯합니다."

명한청이 다급히 말했다.

"사부님, 아까도 말씀드렸지만 풍파투도가 그 자리에 있었다고 해서 그를 무작정 범인으로 몰 수는 없습니다. 제가 천의문 사건에서 그를 겪어본 바로는 그는 이유없는 살인을 저지르는 자가 아닙니다."

"그건 나도 원외에게 들어서 알고 있다. 원외의 말로 천의문은 그가 아니었으면 군룡회의 손에 떨어졌을 거라 하더구나. 그러나 그것과 이것은 별개의 문제이다."

명한청은 뭐라 더 말을 하려다가 입을 다물었다. 지금 본산의 여건이 풍파투도의 됨됨이를 따질 계제가 아니었기 때문이다.

지금 무당파는 속가제일인이었던 천중보주의 살해 사건이 미궁에 빠지면서 곤혹스러운 처지에 놓여 있었다. 천중보주였던 황산대협 원정은 인품으로나 무공으로나 현 장문인인 명송자를 넘어서는 명성을 얻고 있었고, 특히 각지에 퍼져 있는 무당파 속가 무인들에게 압도적인 지지를 받고 있던 인물이었다. 이러한 사람이 뜻하지 않은 죽음을 당했음에도 무당파 본산에서 여지껏 범인을 밝혀내지 못하자 속가 무인들의 원성이 자자했다.

가뜩이나 치고 올라오고 있는 군룡회와 언제 전면전을 개시할지 모를 이때에 천중보주의 죽음으로 인해 본산과 속가가 분열 양상을 보이고 있는 것이 무당파의 가장 큰 우환 거리였다. 군룡회에 대처하고 북쪽의 철무림까지 견제하기 위해서는 한시라도 빨리 천중보주 살해 사건을 정리하고 본산과 속가가 단합을 해야 할 시점인 것이다.

그러나 사건의 범인은 여전히 오리무중이었고 해결책을 찾지 못하던 차였는데, 용봉지회에 갔다 온 명한청이 뜻밖에 결정적인 단서를 찾아내었다.

명한청은 진연의 만류로 인해 자신이 알아낸 걸 상부에 고해야 할 것인지 적잖이 고민을 했다. 그러나 풍파투도가 범인이든 아니든 간에 사건이 일어난 현장에 있었던 그를 어쨌든 찾아보는 것이 좋다고 생각하여 장문인과 사부에게 아뢴 것이었다. 이제 이후의 판단은 윗선에서 할 일이었다.

명송자는 명현자에게 말했다.

"제자들을 풀어 풍파투도의 소재를 파악하도록 하게. 긴밀히 행동하여 타초경사의 우를 범하지 않도록 만전을 기하고."

"알겠습니다."

"아, 그리고……."

명을 받고 나가려는 명현자를 명송자가 다시 불러 세웠다.

"천의문 진 장문인에게는 당분간 비밀로 해두는 게 좋겠네."

명현자는 고개를 끄덕였다. 명송자의 말은 풍파투도를 은인으로 알고 있는 진원와나 천의문도들에게 무당파가 그를 천중보주 살해 사건에 결부하여 추적하고 있는 사실을 알려줘야 좋을 것이 없다는 뜻이었

다. 천의문과 무당파는 진원외가 장문인으로 취임한 후 곧바로 동맹 관계를 맺었다. 남쪽에서 치고 올라오는 군룡회와 서북쪽 섬서성에서 세력을 확장하고 있는 철무림을 동향 문파끼리 함께 견제하자는 의도의 동맹이었는데, 풍파투도 건으로 자칫 동맹에 균열이 갈까 명송자는 우려하고 있는 것이었다.

"기밀은 유지하겠습니다만 대규모 조사가 시작되면 분명 눈치를 챌 것입니다. 본 파에 와 있는 천의문 제자들의 눈도 있고 하니까요."

"그때 가서는 할 수 없는 일이고… 일단 당분간은 아무 말 말게."

"알겠습니다."

명현자와 명한청은 고개를 숙이고 물러났다.

그날 이후 장문인의 명을 받은 무당의 제자들은 강남북을 넘나들며 부지런히 풍파투도의 소재를 탐문했다. 그러나 신출귀몰하기로 유명한 그의 행적은 좀처럼 발견하기 힘들었다. 뜻밖의 제보가 무당파 본산으로 날아들기 직전까지는.

*   *   *

"그러니까, 풍파투도와 하남 장이회가 관련이 있다, 이 말인가?"

말하는 목소리는 마치 여인의 그것처럼 가느다랗고 높았다.

"그렇습니다. 수개월간 조사한 바, 풍파투도와 장이회와는 밀접한 관련이 있는 듯합니다. 풍파투도가 장이회를 연락책으로 쓰고 있다는 것은 확인되었고, 장이회주와 적지 않은 교분이 있는 듯합니다. 동업 관계일 가능성이 높습니다."

대꾸하는 자는 검은 경장 차림의 사내였다. 그는 한쪽 무릎을 꿇은 채 상전에게 보고하는 자세를 취하고 있었다.

"그거 재미있군."

가는 목소리의 임자는 남자답지 않은 희고 고운 손으로 책상 위에 올려져 있던 종이 하나를 들썩였다.

"마침 흰 비둘기 한 마리가 어제 도착했다네. 비둘기가 물어온 소식 또한 풍파투도에 관련된 건일세."

검은 경장은 호기심 어린 눈빛으로 고개를 들었다.

"어떤 소식인지요?"

가느다란 목소리가 그의 궁금증을 풀어주었다.

"금도회와 서문세가의 일전에서 기형병기와 독을 쓰는 자가 목격되었다고 하는군."

검은 경장은 눈을 빛냈다.

"풍파투도가 거기 있었단 말입니까?"

"그가 아니라도 기형병기와 독을 쓰는 자는 강호에 지천으로 깔렸네. 그러나."

희고 고운 손은 종이에 쓰여 있는 구절 하나를 톡톡 건드렸다.

"혼자서 본 회의 암영대를 박살 내고 금도회를 무너뜨릴 수 있는 자는 거의 없다고 봐도 무방하지. 우리가 아는 한은 딱 한 명 있을 뿐."

검은 경장이 말했다.

"전세를 뒤바꾼 게 그놈이었군요, 이천휘나 조비연이 아니고."

가느다란 목소리의 주인은 손톱으로 종이를 직직 긁으며 말했다.

"이 종이를 받고서야 머리를 지끈거리게 만들던 의아심이 풀리더구먼. 이천휘와 조비연이 제법 강하다고는 해도 아직 정파의 애송이, 서문세가의 오합지졸 칠십 명을 데고 금도회 삼백과 암영대까지 물리칠

재주가 있을 리 없다고 생각했는데, 풍파투도가 거기 합세했다면 어느 정도 수긍이 가는군."

"보면 볼수록 놀라운 놈이군요. 강하다는 것은 알았지만 설마 암영대 서른 명을……. 뜻밖의 변수가 되지 않을까 우려됩니다."

"기우일세. 놈이 강하면 강할수록 더 좋아."

검은 경장은 상전의 답이 뜻밖인 듯 물었다.

"어째서 말입니까?"

가느다란 목소리의 임자의 주사처럼 붉은 입술 끝이 위로 치켜 올라갔다.

"무당파가 놈을 찾고 있거든."

"무당파가요?"

"그래, 일이 아주 재미있게 되었어. 제자들을 풀어 대강남북을 헤집고 있는데, 엉뚱한 곳만 파고 있더군."

"그자들이 왜 갑자기 풍파투도를 찾고 있는 걸까요? 풍파투도가 정파의 물건에 손을 댄 적은 없는 것으로 알고 있습니다만."

"물건에는 손을 대지 않았지만 사람에게는 손을 댄 모양일세."

"……?"

"무당파에서는 천중보주의 살해범으로 그를 염두에 두고 있는 모양이야."

검은 경장은 의외라는 듯 눈을 동그랗게 떴다.

"그자가 정말 천중보주를 죽였단 말입니까?"

"그게 사실이고 아니고는 중요하지 않네. 무당파가 그렇게 생각하고 있다는 게 중요하지."

가느다란 목소리의 임자는 다소 흥분한 듯 가뜩이나 여자 같던 목소리가 더욱 높아졌다.

"이걸 잘만 이용하면 눈엣가시 같던 천의문을 쓸어버릴 수 있겠어. 일단 무당파에 투서를 한 장 집어넣는 게 좋겠군. 엉뚱한 데 헤집고 다니지 말고 하남성, 특히 개봉에 주목하라고 말일세."

검은 경장은 상전의 말의 행간을 알아차리고는 말했다.

"풍파투도와 이천휘가 관계가 있을 거라 보시는군요."

가느다란 목소리의 임자는 만족한 표정으로 고개를 끄덕였다.

"분명 밀접한 관계가 있을 게야. 개봉 지부대인의 이공자인 이천휘와 도둑인 풍파투도와는 언뜻 보면 관련이 전혀 없어 보이지만 개봉이 장이회의 주 활동 영역이라는 것과 풍파투도가 이천휘와 함께 서문세가에 출현한 것 등의 정황을 유추해 보면 둘 사이에는 분명 외부에서 짐작하기 어려운 모종의 관계가 성립되어 있을 게야. 물론 지부대인이라는 껄끄러운 장벽이 있긴 하나 그것 또한 무당파를 이용하면 해결될 수가 있지."

"제아무리 무당파라 해도 관부의 고위 직이라면 강하게 나가기 어려울 텐데요."

"강하게 나가기는 어렵겠지. 그러나 때로는 관부가 아니라 황실이라 해도 강하게 나갈 수밖에 없는 경우가 있네. 그런 경우가 되도록 만들면 되지."

상전의 수수께끼 같은 말에 검은 경장이 의아한 표정을 지을 때, 복도에서 저벅저벅 울리는 큰 걸음 소리가 들려왔다.

가는 목소리의 임자는 고소를 지으며 말했다.

"꾸중 들을 시간인가 보군. 얘기는 이따가 마저 하도록 하지."

검은 경장은 어느새 방 안에서 사라진 상태였다.

잠시 후 방문이 벌컥 열리고, 큰 키의 장한이 성큼성큼 걸어 들어왔다.

방 안의 주인, 창백한 얼굴에 잿빛 눈, 여인처럼 붉은 입술에 가느다란 염소수염이 이질적으로 보이는 군룡회의 총사 교룡(狡龍) 수겸(壽謙)은 주인의 허락도 받지 않고 안으로 들어온 불청객에게 몸을 일으켜 공손히 읍을 했다. 그럴 수밖에 없는 것이, 들어온 자는 군룡회주 운중룡 구태진이었기 때문이다.

수겸은 붉은 입술을 열어 가느다란 목소리를 흘려냈다.

"주공을 뵈옵니다."

구태진은 손을 저어 인사를 물리고는 수겸이 양보하는 그의 자리에 가 털썩 앉았다. 구태진은 신경질적인 어투로 말했다.

"아무리 생각해도 분이 풀리지가 않는군. 서문세가를 이대로 놔둬서는 안 되겠어. 머저리 같은 금도회 놈들! 그따위 오합지졸에게 무너지다니……. 자넨 대체 뭐 하는 자인가? 우리가 직접 나서지 않아도 그들 정도면 너끈히 서문세가를 쓰러뜨릴 수 있다고 호언장담하는 통에 철군을 했더니 꼴이 이게 뭔가?"

수겸은 황공한 표정으로 고개를 더욱 조아렸다.

"뭐라 드릴 말씀이 없사옵니다. 다만 추후의 대처 방안은 이미 마련되어 있습니다."

"일없네! 복안이고 뭐고 다 집어치우고, 동원 가능한 애들 모두 끌어 모아! 내 친히 강서성으로 가서 서문강조를 요절내겠다!"

"그리하시면 안 됩니다."

수겸은 침착한 어조로 그를 만류했다.

"주공, 성검회 시험이 고작 석 달 남았습니다. 서문세가는 언제라도 칠 수 있습니다. 지금 보다 중요한 곳은 천의문입니다."

구태진은 성검회란 말에 잠시 움찔한 표정을 지었으나 곧 표정을 바꾸어 마뜩찮은 얼굴로 말했다.

"자네 말대로 고작 세 달 남았는데 천의문을 치자는 겐가? 무당파와 동맹을 맺고 있는 자들을? 시기적으로나 정황상으로나 천의문을 지금 공격하는 것은 맞지 않을 듯하네."

"하면 무광자의 파훼식을 포기할 작정이신지요. 그자가 유성도천하를 파훼할 초식을 완성하려면 반드시 천의문의 천명검법이 필요하다고 하지 않았습니까?"

수겸의 지금 발언은 강호의 사람들이 들었다면 크게 놀랄 이야기였다. 강호를 주유하며 많은 기행을 일삼다 종적을 감춘 무광자의 행적을 파악하고 있는 듯한 발언이었기 때문이다.

구태진은 인상을 찌푸리며 말했다.

"천명검법이 필요하긴 하나 상황이 이러니 어쩔 수 없지. 불완전한 파훼식이나마 익힐 수밖에."

수겸은 간사한 미소를 머금으며 말했다.

"아직 포기하실 단계가 아닙니다. 제가 복안이 있다고 하시 않았습니까?"

구태진은 눈을 반짝였다.

"묘안이 있단 말인가?"

"그렇습니다. 말씀하셨듯이 천의문을 함부로 치기 어렵게 만드는 것은 오로지 무당파 때문입니다. 한데 그 무당파가 천의문을 도울 여력이 없어진다면 어떨까요? 그래도 천의문을 치기를 망설이겠습니까?"

"무당파를 천의문에서 떨어뜨린다? 어떻게 말인가?"

"풍파투도를 이용하면 됩니다."

구태진은 풍파투도란 말에 짜증을 내며 말했다.

"풍파투도? 그놈이 또 왜 여기서 나오는 겐가?"

"갓 들어온 정보에 의하면, 서문세가가 금도회를 꺾는 데 결정적인 역할을 한 것이 이천화나 조비연이 아닌, 풍파투도라 합니다."

"뭣이! 또 그놈이 훼방을 놨단 말이냐? 내 이놈을 당장……!"

구태진은 노호성을 터뜨리며 당장이라도 풍파투도를 잡으러 갈 듯 엉덩이를 들썩였다. 그럴 수밖에 없는 것이, 지난 몇 달간 군룡회의 고위 간부가 벌써 다섯 명이나 그의 손에 쓰러졌기 때문이다. 군룡회 개파 이래 최대의 치욕이 아닐 수 없었다.

"진정하십시오. 놈은 어차피 우리의 손에서 벗어나지 못합니다. 지금 중요한 것은 따로 있습니다."

"중요한 때마다 나타나서 본 회의 행사를 방해하는 놈의 목을 따는 것보다 중요한 게 또 뭐란 말인가!"

"놈을 막다른 골목에 몰아넣고, 또 무당파까지 천의문에서 떨궈낼 수 있는 일거양득의 해법이 있다면 어찌시겠습니까?"

수겸의 말에 흥분으로 달아올랐던 구태진의 눈빛이 조금 가라앉았다.

"그런 묘안이 있단 말인가?"

수겸은 손을 맞잡고 고개를 조아렸다.

"그렇습니다. 근자에 무당파는 은밀히 제자들을 풀어 풍파투도를 찾고 있습니다."

그는 구태진에게 무당파가 풍파투도를 찾고 있는 이유를 설명했다.

"놈이 천중보주를 죽인 자로 지목받고 있다, 이건가? 그렇다고 해도 신출귀몰하기로 유명한 놈인데 무당파에게 쉽사리 잡힐까?"

"잡히도록 손을 써야지요. 놈이 하남의 장이회와 연결되어 있다는 것을 최근 알아냈습니다."

"장이회? 몇 년 전에 본 회에서 집어삼키려고 시도했다가 꼬리만 몇 놈 잡고 몸통을 못 찾아 결국 포기한 곳이 아닌가. 무당파라 해도 놈들의 근거지를 찾기 쉽지 않을걸?"

"그렇습니다. 장이회는 깨알 같은 점 조직으로 구성되어 있어서 근거지를 찾기가 쉽지 않은 조직이지요. 그러나 개봉을 중심으로 조직되어 있다는 것과 하남 하오문 연합에서 떨어져 나갔다는 것, 이 두 가지를 잘만 이용하면 근거지를 유추해 나가기 어렵지 않을 것입니다. 우선 주공께서 하오문 연합의 련주를 만나시지요. 최근 그쪽 사정이 곤궁하니 본 회에서 자금을 대주겠다고 하면 반색하며 달려들 겁니다. 그들을 포섭하면 장이회의 명확한 근거지까지는 몰라도 조직이 어느 지역에 분포해 있는지, 어떤 식으로 운용되고 있는지 어렴풋한 정도까지는 파악할 수 있을 겁니다."

"그거야 어렵지 않지. 그런 다음엔?"

"저희가 파악한 정보를 무당파에 투시하는 겁니다. 풍파투도의 조직이 이러이러한 곳에 있다. 하는 정보를 써서 보내는 것이지요."

"무당파가 그 투서를 믿을까?"

"처음에는 반신반의할 것입니다. 그래서 제자 몇 명 정도를 보내서 대략적으로 살펴보려 하겠지요. 그런데 그 제자들은 이내 죽게 될 것입니다. 아마도 온몸에 독과 암기가 가득 박힌 채 시체로 발견될 것이고, 무당파는 풍파투도가 그들에게 손을 쓴 것임을 확신하겠지요. 곧 다수의 제자들이 하남성으로 향할 테고, 또 그들 중의 몇몇이 독과 암기에 당해 싸늘한 시체로 되돌아올 것입니다. 그쯤 되면 무당파는 천의문이고 강북 무림련이고 모두 잊어버린 채 풍파투도에 매달려 전 제자가 하남성을 헤집고 다니게 될 테지요."

수겸은 사이한 미소를 지으며 말했다.

그의 말을 신중히 듣던 구태진은 너털웃음을 터뜨렸다.

"크하하하! 그것참, 묘안일세! 우리가 풍파투도인 양 가장하여 무당 제자들에게 손을 쓴단 말이지? 과연 그렇게 되면 무당파가 눈이 뒤집힐 만도 하겠군!"

"그렇습니다. 그때를 기해 천의문에 전격적인 공격을 가하는 겁니다. 그들의 믿음직한 방조자가 도둑 하나를 잡기 위해 하남성에서 헤매고 있는 동안 천의문은 본 회의 수중에 넘어오게 되는 것입니다."

"으하하하, 과연! 역시 자네는 나의 장량일세!"

너털웃음을 터뜨리던 구태진은 갑자기 웃음을 뚝 그쳤다.

"한데 그러다가 무당파가 풍파투도 놈을 정말 잡아버리면 어쩌나? 놈은 내 손으로 육시를 해야 속이 풀릴 텐데 말일세."

"그런 걱정은 안 하셔도 됩니다. 본 회의 암영대를 홀로 도륙한 놈입니다. 제아무리 무당파라 해도 장이회를 무너뜨릴 수는 있을지언정 놈을 잡기는 어려울 것입니다."

수겸은 사이한 미소를 지으며 말했다.

"비록 잡히지는 않더라도 무당파가 장이회를 무너뜨리게 되면 놈은 본거지를 잃게 되는 것입니다. 그때 본 회가 준비하고 있는 함정인 불사동에 대한 소문을 놈에게 흘리는 겁니다. 그렇게 되면 터전을 잃고 방황하던 놈은 그 군침 도는 미끼를 앞뒤 가리지 않고 덥석 물 테고, 그러면 풍파투도는 주공의 손아귀에 들어오게 되는 것입니다."

"크하하하! 과연, 과연!"

구태진은 크게 만족한 듯 연신 무릎을 치며 너털웃음을 터뜨렸다.

"자네의 대계를 당장 실행하게! 한시라도 빨리 천의문이 무너지고 풍파투도란 놈이 곤궁에 빠지는 꼴을 보고 싶군!"

수겸은 고개를 조아린 후, 준비해 놓고 있던 천의문 공격 계획을 간략하게 구태진에게 설명했다. 신중하게 그의 보고를 듣던 구태진은 한 부분에 이르러 의문을 제기했다.

"잠깐만. 불사동 공사에 투입되어 있는 황룡대를 천의문 공격에 투입하겠단 말인가?"

"그러하옵니다. 공사를 진행하고 있는 당가주의 말로는, 이제 거의 마무리 단계에 있다고 합니다. 그러니 황룡대는 더 이상 그곳에 있을 필요성이 없다고 합니다."

"그래? 그럼 이제 더 이상 포정사 대인을 구워삶을 필요 없단 얘긴가?"

수겸은 황급히 고개를 조아렸다.

"포정사 대인과의 돈독한 관계는 조금 더 지속하시는 게 좋을 듯합니다."

"어째서?"

"당가주가 말하길 함정에 설치할 기관과 암기들을 당가에서 운반해 오고 있다고 합니다. 그들이 불사동이 있는 혼강암을 자유로이 통과할 수 있게 주군께서 힘을 써주셔야 합니다."

구태진은 돈이 나갈 생각에 인상을 찌푸렸으나 곧 고개를 끄덕였다.

"알겠네. 그렇다면 할 수 없지. 내 포정사 대인 쪽은 조치를 취할 테니 나머지 일은 당가주와 자네가 알아서 하도록."

"알겠습니다."

대답하며 고개를 조아리는 수겸의 입가의 한쪽 끝이 미세하게 말려 올라가는 것을 구태진은 알아차리지 못했다.

제2장
장건, 철무림에 가다

섬서성 남쪽을 동서로 가로지르는 진령산맥(秦嶺山脈)의 동쪽 줄기, 험준한 산세를 헤치고 들어가다 보면 호북 경계 근처에서 곤운봉(坤雲峰)이라는 기암절벽이 나타난다. 사람이 오르내리기도 힘들어 보이는 가파른 봉우리 중앙에는 하늘을 향해 창검처럼 솟아오른 커다란 전각군이 우뚝 서 있는데, 이곳이 바로 휘 강호의 최대 세력 가운데 하나인 철무림의 총단이었다.

불타오르던 해가 절벽 뒤로 자취를 감춘 지도 오래인 늦은 밤, 전각군의 깊숙한 내부 한 곳에서는 대낮같이 환하게 등불이 밝혀져 있었다.

철무림의 이인자이자 강호십대고수의 일인으로 꼽히는 쌍비수천하(雙臂囚天下) 좌산(左山)은 태사의 깊숙이 파묻고 있던 몸을 천천히 일으켰다. 등을 꼿꼿이 세우자 비스듬히 기대고 있어도 우람하던 그의 몸이 한층 더 커 보였다.

"결국 이천휘는 실패했단 말이로군. 조비연도 숨통이 끊어진 것은 아니고 말이지."

그의 앞에 부복하고 있던 철무림 환영단주(幻影團主) 염상모는 마치 자기가 실패한 것인 양 몸둘 바를 몰라 하며 더욱 고개를 조아렸다.

"혈부용의 말로는 조비연은 독과 내상으로 인해 곧 죽을 것이 확실하다고 합니다. 화타나 편작이 살아온다 해도 절대 살릴 수 없을 것이라고……."

"훗, 그러니까 자기는 목적을 달성했다 이 얘긴가? 적어도 오행신단을 확실하게 복용한 조비연은 쓰러뜨렸으니 말이지."

좌산은 짧게 웃고는 염상모에게 물었다.

"남은 청부는 몇 개지? 이번 것까지 했다 치고 말일세."

"앞으로 두 개 남았습니다."

"이제 혈부용을 이용해서 취할 수 있는 목숨은 두 개뿐인가? 애석한 일이로군. 그래도 꽤 유능한 살수였는데 말일세."

염상모는 놀란 눈으로 고개를 들었다.

"설마 그 계집의 요구 사항을 들어주실 것입니까?"

좌산은 싱긋 웃으며 말했다.

"들어줘야지. 명색이 천하재패를 노리는 본 림인데 신의를 어기는 행동을 해서야 쓰겠나. 다만, 그건 어디까지나 본좌가 생각하고 있는 두 사람을 혈부용이 처리한다는 전제 하에서일세."

염상모는 자신의 상관이 생각하고 있는 두 사람이 누구인지 물어보지 않았다. 그로서도 충분히 짐작이 가능했기 때문이다. 아마도 그 두 사람은 철무림의 최대 숙적이라고 할 수 있는 전검문주 송천운과 군룡회주 구태진, 혹은 최근 껄끄러운 관계인 무당파의 명송자나 소림의 청진 대사 중에 있을 것이다. 그 가운데 누가 대상이 되든 간에 독과 미색을 무기로 쓰는 혈부용이 청부를 성공하기에는 불가능한 상대들이었다. 결국 혈부용은 최종 청부에서 토사구팽당하는 신세가 될 거란 얘기였다.

"그래, 그건 그렇고, 혈부용이 애타게 원하고 있는 혈육의 상태는 어떠신가? 뭘 좀 알아냈나?"

좌산의 질문에 염상모는 얼른 대답했다.

"안 그래도 보고드리려던 참입니다. 결국 고문을 통해서 얻어낸 것은 없사옵고, 닷새 전에 운남에서 기다리던 약재가 도착했습니다. 제독당(制毒堂)에서 오늘 정도에 자백제를 완성시킬 수 있을 거라 합니다. 약이 완성되는 대로 놈에게 시술할 생각입니다."

좌산은 만족스러운 얼굴로 고개를 끄덕였다.

"혈부용 남매의 애틋한 사연도 이제 종결될 시점이로군. 본 림을 노리는 사특한 무리의 정체도 속 시원히 밝혀낼 수 있겠고 말이야. 임주께서 출관하실 날짜가 얼마 남지 않았으니 일의 매끄러운 처리에 만전을 기하도록!"

"존명!"

모든 보고를 마친 염상모는 좌산의 집무실이 있는 건물에서 나와 제독당이 있는 장소로 이동했다.

제독당은 곤운봉의 내지 깊숙이 위치하고 있었다. 이곳은 천하각지에서 철무림인들이 가져온 온갖 독과 약재 등 귀한 물품들이 다루어지고 있는 곳이기 때문에 철무림의 심처에 위치하고 있었고 경비 또한 지극히 삼엄했다. 고위 간부인 염상모조차도 신분 확인 절차를 거친 후에야 제독당 건물 안으로 들어설 수 있었다.

심야였지만 약재실에는 불이 켜져 있었고 제독당의 인물들이 부지런히 오가고 있었다.

커다란 약재실로 들어선 염상모는 왠지 분위기가 어수선하다는 느낌이 들었다. 그는 한쪽 구석에서 수하들을 꾸짖고 있는 제독당주를 이내 찾아내고 그에게 다가갔다.

"제독당주, 무슨 일이 있나?"

누군가 말을 걸자 신경질적으로 고개를 돌린 제독당주는 염상모를 알아보고는 모여 있던 수하들에게 손을 저었다.

"여러 소리 할 것 없이 모두 흩어져서 찾아봐라! 반 시진 안에 철규 녀석을 못 찾아오면 네놈들도 가만두지 않을 줄 알아라!"

수하들을 물린 제독당주는 답답한 표정으로 염상모에게 말했다.

"실은 부하 한 놈이 없어져서… 이거 부끄러운 꼴을 보이게 되었군."

"없어졌단 말인가? 혹 무슨 일이 생긴 것은 아니고?"

"그런 건 아니고…… 술을 워낙 좋아하는 놈인지라 아마 취해 가지고서 어느 구석에서 발 뻗고 자고 있을 게야."

염상모는 고소를 지었다. 그와 제독당주는 친분이 깊었다. 그렇기 때문에 외부인에게 기강의 해이로 비춰질 수 있는 이러한 얘기도 제독당주가 마음 놓고 그에게 하는 것이었다.

"제독당은 그게 문제로군. 술도 약재의 일부로 취급하고 있으니 걸핏하면 근무 중 음주 사태가 일어나니 말일세."

"이 친구, 말하는 것 하고는……. 그놈 말고는 제독당에서 문제를 일으키는 당원은 한 명도 없네. 강호의 정보를 물어온답시고 전국 각지의 주루와 객잔을 집으로 삼고 있는 환영단의 단주에게 그런 소릴 듣고 싶지 않네."

염상모는 고소를 지었지만 아무 대꾸도 하지 못했다. 실제로 환영단원들이 강호에서 하는 일이 주루와 객잔 등지에서 정보를 캐내오는 일이었기 때문에 술은 환영단원들이 어쩔 수 없이 끼고 살아야 하는 도구였다.

"자자, 객쩍은 소리 그만 하고, 자백제는 어떻게 되었나? 완성됐나?"

제독당주는 수하를 시켜 약병을 하나 가져오게 하였다.

"좀 전에야 완성되었네. 이게 바로 염왕취(閻王醉)라는 걸세."

"염라대왕도 취하게 한다는 말인가?"

"아니, 염라대왕 앞에 서 있는 것처럼 된다는 말일세. 이걸 먹은 자는 묻는 말에 자기가 숨겨두고 있던 어떤 말이라도 술술 불게 되지. 만일 대답을 하지 않으려 한다면 지옥에 떨어진 것과도 같은 극심한 고통을 동반하는 극약일세. 이 정도 양이라면 돌부처라도 입을 열게 만들 수 있을 정도일 걸세."

염상모와 제독당주는 염왕취를 가지고 제독당을 나섰다. 그리고는 철무림의 전각군 뒤쪽의 절벽으로 향했다.

설벽의 앞에는 큼지막한 동굴이 입을 벌리고 있었고 그 앞에는 심엄한 경계가 펼쳐져 있었다.

신분 확인 절차를 거친 둘은 경계를 지나 동굴 안으로 들어섰다. 이 동굴은 인공 동굴이었다. 동굴의 내부에는 촘촘히 횃불이 밝혀져 있었고, 보이지는 않았지만 각종 기관이 산재해 있어서 외부의 누군가가 침입해 들어오면 기관이 작동하여 내부 위치를 완벽히 뒤바꾸어 놓고 침입자를 가둘 수 있는 장치가 되어 있었다.

이렇게 인공 동굴에 공이 들여진 이유는 이곳에 철무림주 관천호의 비밀 연공실과 천하의 보물이 산재한 철무림의 보고(寶庫)와 마지막으로 중죄인을 가두어놓는 지하 뇌옥이 있기 때문이었다.

염상모와 제독당주가 향하고 있는 곳은 지하 뇌옥이었다. 이들은 그곳에 있는 중죄인 한 명을 심문하는 임무를 맡고 있었다.

기다란 인공 동굴의 복도를 걸어가면서 염상모가 다시 입을 열었다.

"아까 얘기를 듣자 하니 술 때문에 자주 말썽을 피우는 부하가 있나 본데……."

"아, 철규 말인가?"

"그래, 말썽이 잦은 친구라면 중요한 극약을 담당하는 제독당에 어울리지 않는 것 아닌가? 다른 곳으로 보내지 그래."

"술 좋아하는 것 말고는 그다지 단점도 없고…… 그보다는 내치기 어려운 장점이 있어서 제독당에 없어서는 안 될 친구일세."

"장점? 어떤 건가?"

제독당주는 머리를 가리키며 말했다.

"기억력이 비상하거든. 자네도 알다시피 본 당이 다루는 독, 약재가 좀 많은가. 그 무수한 종류와 효능, 성분과 놓인 위치까지 몽땅 암기하고 있는 친구가 바로 그일세. 술만 줄인다면 차기 당주로 염두에 두고 있는 친구라고."

"그 많은 약을 다 외우다니. 그 정도 기억력이라면 우리 환영단에 와도 한몫 단단히 하겠는걸? 게다가 술까지 좋아한다니 우리 일이 아주 적성에 맞겠어. 나한테 양보하지 그래."

"예끼, 이 친구! 방금 전까지 내치니 어쩌니 하던 사람이 한다는 소리 하고는……."

"하하하! 그런가?"

정다운 두 친구의 얘깃거리가 되고 있는 철규는 지금 아주 죽을 맛이었다.

좋아하는 술을 한 잔 걸치고 제독당 창고의 후미진 한구석에 숨어서 단잠에 빠졌던 것까지는 좋았다. 그러나 깨어보니 온몸이 마비되어 있었던 것이 문제였다. 가위에 눌린 것인가 싶어 몸을 뒤척이려 했지만 마비된 사지는 움쩍도 하지 않았다. 가위가 심하게 눌렸구나 하는 생각도 해보았으나 눈을 깜빡일 수 있는 것으로 보아 가위가 아닌 뭔가 다른 문제가 있는 듯했다. 그때 눈앞에 시퍼런 광망이 번득이는 것을 알아차렸고, 그제야 비로소 철규는 상황이 심상치 않다는 것을 감지했다.

제독당은 외인이 함부로 들어올 수 있는 장소가 아니었다. 더구나 당원의 사지를 결박하고 그의 눈앞에서 번득이는 비수를 휘돌리는 낯선 자가 자유롭게 드나들 수 있는 곳은 더 더욱 아니었다.

비수를 든 괴한은 나직한 목소리로 읊조렸다.

"궁금한 것이 몇 개 있는데 말이지……."

괴한은 날 선 비수를 철규의 목에 갖다 댔다.

"나른 사람이 없으니 자네가 입을 열어 대답해 주어야겠이. 물론 창고 밖까지 소리가 안 들리게 조용조용히 대답해야 한다는 것쯤은 알고 있을 거야. 행여 목소리에 약간이라도 힘이 들어간다는 것이 느껴지면 이 비수를 든 손 역시 힘이 들어갈 것이니, 그렇게 되면 자네 목이 어떻게 된다는 것쯤은 상상이 가겠지?"

철규는 급히 고개를 끄덕였다.

"좋아, 알아들은 것 같으니 말을 하게 해주지."

괴한의 손이 철규의 목 뒤로 돌아갔다. 아문혈이 뜨끔하고 나서 철규는 목이 트이는 것이 느껴졌다.

철규는 가느다란 목소리로 말했다.

"누, 누구요, 대체? 어떻게 여기까지 들어왔소?"

"자네가 질문할 권한이 없다는 것을 아직도 모르겠나? 자넨 대답할 의무밖에 없네. 자, 우선 이름이 뭔가?"

턱밑에 다다른 비수의 소름 끼치는 차가움이 느껴졌다. 철규는 다급히 입을 달싹였다.

"철규, 장철규요!"

"좋아, 목소리를 조금만 더 낮추고. 여기서의 직책은?"

"약재 관리를 맡고 있소."

"아주 좋군. 그럼 모든 약재의 위치를 알고 있겠군?"

"대, 대략은……."

"저런저런, 잔머리는 굴릴 생각을 안 하는 게 좋을 거야. 난 이런 유의 일을 많이 해왔기 때문에 자네 눈빛과 억양만 보고서도 거짓을 말하는 건지 참을 말하는 건지 파악할 수가 있다고. 여기 제독당에는 자네 말고도 내 궁금증을 풀어줄 사람이 많네. 그러니 부디 나로 하여금 또 다른 사람을 붙잡고 같은 질문을 해야 하는 번거로움을 겪지 말게 해주게나."

철규는 가슴이 서늘해짐을 느꼈다.

그는 평상시 제법 호기로운 사내로 인정받고 있었고 철무림에 대한 충성심도 높은 편이었다. 그러나 소속 방파를 위해 목숨까지 바칠 정도의 투철한 사명감을 가지고 있지 않았고, 충성심보다는 생에 대한 집착이 훨씬 강한 자였다. 괴한의 지금 발언은 맘에 들지 않게 대답할 경우 그를 처치하고 다른 자를 물색하겠다는 말이니, 그로서는 결코 달갑지 않은 얘기였다.

"무, 무엇을 알고 싶은 거요?"

괴한은 눈을 번득이며 말했다.

"여기, 사대신약이 있나?"

철규의 눈에 잠시 갈등의 빛이 어렸다. 괴한의 질문에 대답하지 않으면 바로 죽을 것이 분명했다. 그러나 사대신약의 위치를 발설하고 나서 철무림에서 계속 살아가리라고 생각하는 것 또한 지나치게 낙관적인 판단이었다. 이래 죽으나 저래 죽으나 마찬가지라면, 차라리 괴한한테 단칼에 죽임을 당하는 것이 식구들에게도 피해가 가지 않고 좋을 수도 있었다.

마음을 굳힌 철규는 이제까지와는 다른 결의에 찬 눈빛으로 괴한을 보며 말했다.

"그건 대답할 수 없소. 당신에게 그걸 말한다면 난 어차피 죽게 되오. 이래 죽으나 저래 죽으나 마찬가지라면 차라리 당신에게 죽겠소."

괴한은 철규의 반항에도 눈 하나 깜짝하지 않았다.

"대답할 수 없다라, 그렇다면 위치를 알긴 하되 말은 못한다는 말이로군?"

그는 품 안에서 작은 자개병 하나를 꺼내었다. 그리고는 철규의 입을 억지로 벌린 다음 병을 열고 그 속의 내용물을 털어 넣었다. 시금털털한 액체가 철규의 목구멍 속으로 들어갔다.

"크읍!"

철규는 눈을 부릅뜨고 몸을 바둥거렸다. 그러나 괴한이 다시 아혈을 점했기 때문에 아무런 소리를 내지 못했다. 한동안 몸부림치던 그의 몸이 움직임을 멈추자, 괴한은 철규의 아혈을 풀었다. 철규의 눈은 마치 술에 취한 듯 몽롱해져 있었다.

괴한은 흡족한 눈빛으로 철규를 보며 입을 열었다.

"다시 묻겠다. 여기 사대신약이 있나?"

철규는 멍청한 표정으로 순순히 입을 열었다.

"있소."

"어디 있나?"

"제독당 지하 금고에 있소."

"지하 금고? 거기에는 어떻게 가면 되지?"

"일층의 북쪽 벽 뒤에 문이 있고, 그 문 안에 여덟 명의 경비가 지키고 있는 계단이 있소. 그 계단을 내려가면 금고가 나오게 되오."

"그곳에 무슨 무슨 약이 있나?"

"오행신단 두 개와 현명단 한 알이 있소. 그리고 폭룡단이 있다고 들었소."

"있다고 들다니, 폭룡단은 자네 눈으로 보지 못했나?"

"그렇소. 그건 이중 금고에 들어 있어서 내 눈으로 확인하지 못했소."

괴한의 눈이 이채를 띠었다.

"그것뿐인가?"

"그 외에 다른 약재들도 있소. 공청석유, 만년하수오니 하는 것들인데… 이것들은 아직 진위가 확인되지 않은 것들인지라……."

"아니, 그런 것들 말고 천우신단 말일세."

철규는 고개를 갸웃거렸다.

"천우신단이라면… 그곳에는 없다고 들었소."

"그곳에는 없다라? 그게 무슨 말인가?"

"정말 중요한 보물들은 임주의 비밀 연공실에 있다고 들었소."

"누구한테 그 얘길 들었나?"

"당주에게서요."

"당주는 지금 어디 있지?"

"지금쯤 약재실에 있을 거요."

괴한은 철규를 창고 구석에 가둬놓고는 밖을 나섰다. 제독당 내에는 적지 않은 인원이 돌아다니고 있었다.

괴한은 그중에 경비 무사 한 명이 창고 근처로 접근하는 것을 놓치지 않았다. 괴한은 소리없이 무사의 배후로 접근했고, 그에게 혈도를 점혈당한 경비 무사는 기절한 채로 창고로 끌려가 옷이 벗겨졌다.

경비 무사의 옷을 입고 창고 밖으로 나온 괴한은 아무렇지도 않게 복도를 걸어 약재실로 향했다. 마침 약재실에서 제독당원 한 명이 걸어 나왔다.

괴한은 그에게 다가가 스스럼없이 물었다.

"당주님은 어디 계시오?"

제독당원은 경비 무사 차림의 그를 보고 전혀 경계하는 빛 없이 대답했다.

"지금 나가셨는데요."

"어딜 가셨소?"

"글쎄요… 환영단주님하고 같이 나가셨는데…… 염왕취를 가지고 가신 걸 보면 지하 뇌옥으로 가신 듯한데요."

'염왕취!'

괴한의 눈이 일순 번득였다.

"알겠소."

괴한은 고개를 끄덕이고는 방향을 돌렸다.

그는 창고로 되돌아갔다. 경비의 옷을 벗고 다시 야행의 차림이 된 그는 기절해 있는 장철규를 깨운 후 물었다.

"지하 뇌옥은 어디 있나?"

철규는 여전히 약 기운이 풀리지 않은 상태였다. 그는 몽롱한 눈으로 대답했다.

"철암동(鐵暗洞)으로 들어가야 하오. 그 안까지는 들어간 적이 없어서 모르겠소."

"철암동이 어디인가?"

"절벽 안으로 뚫린 인공 동굴이오."

"염왕취를 제조했다고 들었다. 누구에게 쓰려고 만든 거지?"

"조직의 배신자에게 쓰려 한다고 들었소."

"그가 누군가?"

"이름은 모르오. 다만 살수 혈부용의 오빠라고……."

"혈부용?"

괴한의 눈이 빛났다. 여기서 혈부용의 이름이 나올 줄이야. 게다가 오빠라고?

"분명 오빠라고 들었나? 동생이 아니고?"

"오빠라고 들었소. 내가 직접 들은 것이 아니라 당주와 환영단주가 잡담하는 것을 우연히 넘겨듣게 된 것이라 정확하지는 않소."

괴한은 다시 철규를 잠들게 하고는 몸을 일으켰다. 천우신단이든 혈부용의 오빠든 간에 일단 인공 동굴 내부로 들어가야 일의 실마리가 풀릴 듯했다.

괴한은 창고의 천장으로 몸을 날렸다. 그리고는 들어왔던 길을 통해 다시 밖으로 나갔다. 그리고 어둠에 잠긴 철무림의 전각군을 헤치고 절벽 한가운데에서 입을 벌리고 있는 철암동으로 서서히 움직여 갔다.

염상모와 제독당주는 꼬불꼬불한 통로와 커다란 지하 광장을 거쳐 지하 뇌옥이 보이는 복도까지 다다랐다.

"올 때마다 느끼는 거지만 이 철암동의 규모에는 혀를 내두를 수밖에 없군. 어떻게 절벽 내부에 이러한 기관을 설치할 수 있었을까?"

제독당주가 감탄한 어조로 말했다. 그는 철무림에 영입된 지 오 년밖에 되지 않았고 철암동에 들어온 것이 몇 번 안 됐기 때문에 오랜만에 들어와서 감탄성을 연발하는 것이었다.

"외인들은 철무림의 모습이 겉에 드러난 전각군이 다일 거라고 생각하지만 진정한 철무림의 실체는 이 철암동이라 해도 과언이 아니지. 외부에서 어떤 적이 쳐들어와도 이 철암동 안까지 들어온다면 단숨에 섬멸할 수가 있네. 그만큼 요소요소에 기관과 함정이 완벽히 배치되어 있어 일단 기관이 발동하기만 하면 참새 한 마리 빠져나가지 못하는 절진이 가동된다네. 이 철암동이 있는 한 철무림은 결코 무너지지 않는 철옹성이라고 할 수가 있는 것일세."

염상모는 자랑스러운 표정으로 침을 튀기며 설명했다.

"그런데 이번에 자백받으려는 자가 철암동을 건설한 책임자라 하지 않았나?"

제독당주의 말에 염상모는 인상을 찌푸렸다.

"그게 바로 큰 문제일세. 놈을 쉽사리 죽여 버리지 못하는 이유도 바로 그거고. 놈은 임주의 최측근으로서 철암동 공사를 총괄하고 또 공사를 벌인 장인들을 처리하는 임무까지 맡았었네. 물론 설계도와 기관 작동법 같은 것은 서류화하여 보관되고 있지만 놈이 배신한 것으로 보아 작동법 중에 기재되지 않고 누락된 부분이 분명히 있을 것이라는 게 본 림 수뇌진의 예상일세. 놈이 배신자로 지목되어 뇌옥에 갇힌 후로 온갖 심문과 고문이 자행되었지만 아직 놈이 어느 세력의 사주를 받고 배신한 것인지조차 알아내지 못했네. 그러므로 이번에 자네의 염왕취로 반드시 놈의 배후와 철암동 기관의 비밀까지 알아내야 하는 것일세. 만일 임주의 폐관수련이 끝날 때까지 알아내지 못한다면……."

염상모는 말하다 말고 두려운 듯 몸을 부르르 떨었다.

"모쪼록 임주의 분노를 사게 할 일이 벌어져서는 안 되네. 임주의 징계는 간단명료하네. 벌주 한 잔으로 넘어가던가, 아니면 피를 보는 것일세. 임주의 징벌은 대체로 관대하게 끝나지만, 일단 분노하시게 되면 결코 한두 명의 피로 넘어가는 일이 없네. 나는 물론이요 자네까지도 생사를 장담할 수 없으니, 반드시 그의 자백을 받아야 하네!"

염상모의 말에 제독당주는 긴장한 표정으로 고개를 끄덕였다.

지하 뇌옥에 도착한 그들은 간수의 안내를 받으며 최하층까지 내려갔다.

최하층에는 깊이를 알 수 없는 무저갱이 시커먼 입을 벌리고 있었다. 최하층 뇌옥은 무저갱의 바로 옆에 박혀 있었다.

둘은 간수에게 이끌려 조심조심 무저갱을 지나쳐 뇌옥 안으로 들어갔다.

뇌옥 맨 끝방으로 들어서자 썩은 내가 진동했다. 간수가 코를 막은 채로 등잔에 불을 당기자 널찍한 방 안 내부가 환해졌다. 썩은 내는 한쪽 벽에 결박되어 있는 수인(囚人)에게서 나오고 있었다.

수인의 몰골은 처참했다. 그는 양팔과 다리가 쇠사슬에 묶인 채로 사지를 활짝 벌린 채 벽에 붙어 있었다. 그 옆벽에는 온갖 고문 도구가 걸려 있었는데, 그의 몸에는 그 도구들이 쓰인 흔적이 선명하게 남아 있었다. 썩은 내는 그의 하복부 밑에 가득 쌓여 있는 배설물에서 나오고 있었다.

제독당주는 코를 막고 인상을 쓰며 간수에게 말했다.

"일단 저놈의 배설물 좀 치워주게! 이렇게 냄새가 지독하면 약효가 잘 나오지 않을 수도 있네!"

간수는 곧 배설물을 치웠고, 그동안 제독당주는 혀를 차며 죄인의 상태를 살폈다.

"이 친구 고문당한 지 얼마나 되었지?"

염상모가 대답했다.

"대략 일 년쯤 되었군. 작년 이맘때 배신한 것이 들통났으니 말일세."

"그럼 근 일 년간 고문당했단 말인가? 그러고도 살아 있는 게 용하군."

"보기에는 끔찍해 보여도 실제로 목숨이 위태롭게 할 정도로는 하지 않았네. 혈부용이 청부할 때마다 한 번씩 생사 확인을 해줘야 하기 때문에 죽을 정도까지 괴롭힐 수는 없었고, 또 반드시 알아내야 할 사실들이 있기 때문에 자칫 고문을 심하게 하다가 자진하는 사태가 벌어지기라도 하면 곤란하므로 어느 정도 수위 조절을 했다네."

"흠, 어찌 되었든 염왕취는 독일세. 피시술자가 독에 견딜 만한 최소한의 체력은 남아 있어야 쓸 수 있는 것이지. 자칫 지나치게 약한 환자에게 염왕취를 쓴다면 독에 못 견뎌 사망할 수도 있기 때문에 하는 소리일세."

"그 정도의 체력은 남아 있으니 걱정 말고 시술하게나."

"알겠네. 일단 이놈을 깨우게."

염상모는 고개를 끄덕이고는 고개를 푹 숙이고 있는 수인의 턱을 치켜 올렸다. 창백한 얼굴의 중년인의 얼굴이 드러났다.

"이봐, 일어나! 정신 차려라!"

수인이 여전히 눈을 감고 있자 염상모는 그의 뺨을 때렸다.

"일어나라, 고태붕!"

잠시 후, 고태붕이라 불린 수인의 눈이 천천히 떠졌다. 그는 염상모를 보더니 눈을 형형히 빛냈다.

"염상모 네놈인가?"

염상모는 차갑게 웃으며 말했다.

"알아보는 것을 보니 아직은 죽지 않았구나. 그래, 이제 조직을 배신한 이유를 자백할 마음이 생겼나?"

고태붕은 몸을 들썩이며 웃기 시작했다.

"크흐흐흐, 배신, 배신이라? 난 누굴 배신한 적은 한 번도 없었다. 그저 지난 십오 년간 관천호와 그의 나부랭이들이 내 손에 놀아났던 것일 뿐."

"건방진 놈!"

염상모는 일갈하며 고태붕의 복부를 걷어찼다.

"컥!"

고태붕은 피를 토하며 콜록거렸다.

"그만 하게! 약을 써야 하는데 배를 때리면 어떻게 하겠다는 것인가!"

제독당주가 염상모를 만류하며 소리쳤다.

"미안하네, 나도 모르게 흥분해서 그만……."

염상모는 상기된 얼굴로 중얼거렸다.

"약을 쓴다고? 또 무슨 짓을 하려는 게냐?"

고태붕은 형형한 눈빛으로 제독당주를 쏘아보았다.

제독당주는 입가에 미소를 걸며 말했다.

"눈빛을 보니 독을 써도 견딜 체력은 남아 있을 것 같구나."

그는 고태붕의 마혈을 짚었다. 그리고는 염상모로 하여금 턱을 벌리게 하고는 가져온 약병의 마개를 딴 후 그 안의 내용물을 그의 입속으로 흘려 넣었다.

"크으으읍!"

몸을 비틀며 신음을 흘리던 고태붕은 잠시 후 축 늘어졌다. 제독당주는 그의 눈의 초점이 흐릿해진 것을 확인하고는 득의의 웃음을 흘렸다.

"이제 되었네. 염왕취에 확실히 취했어."

염상모는 즉시 심문을 시작했다.

"고태붕, 본 림의 개파공신인 너를 사주하여 배신하게 만든 배후 세력이 대체 어느 곳이냐?"

고태붕은 잠시 아무 말이 없었다. 그러나 그의 얼굴에 고통의 빛이 스쳐 지나가더니 서서히 닫혀 있던 입이 열리기 시작했다.

"나… 나를 사주한 곳은……."

염상모와 제독당주는 긴장한 표정으로 그의 입을 주목했다.

"집… 마부이다."

"집마부!"

고태붕의 말이 떨어지자 염상모는 깜짝 놀라 외쳤다.

"집마부가 설마 본 림을 노린단 말인가?"

제독당주도 놀라 외쳤다.

"만일 그게 사실이라면 보통 일이 아닐세. 이보게, 이자가 정말 염왕취에 제대로 중독된 것이 맞나? 행여 놈이 거짓으로 꾸며 말할 가능성은 없나?"

제독당주는 단호히 고개를 저었다.

"일단 약효가 몸에 퍼진 이상 절대 거짓을 말할 수 없네. 만일 조금이라도 꾸며서 대답하려 한다면 놈은 열화지옥에 떨어진 것과도 같은 고통을 느끼게 될 터인데, 이놈은 보다시피 그 고통을 버틸 만한 체력이나 내공이 남아 있질 않네. 집마부가 배후라는 지적은 정확할 걸세. 의심된다면 좀 더 구체적으로 물어보라고."

염상모는 제독당주의 말에 따라 이것저것 구체적인 정황을 캐물었다. 고태붕은 망설임없이 술술 대답했다. 집마부는 영호진이 살아 있을 때부터 중원 진출을 모색하고 있었다. 그러나 영호진의 진검성이 워낙 강했던 탓에 그를 의식하여 몸을 사리고 있었고, 영호진 사후 중원 문파들의 이전투구 양상이 심화되기를 기다려 각파에 간자를 심어 놓았다는 것이었다.

"때가 되어 집마부가 중원으로 들어오게 되면 각파에 심어졌던 우리 마졸들도 일제히 함께 봉기할 것이고, 그때부터 진정한 마도천하가 시작될 것이다."

고태붕은 여전히 눈에 초점이 없었지만 마도천하를 얘기할 때만은 눈에서 결연한 빛이 흐르고 음색이 또렷해졌다.

염상모와 제독당주는 그의 말을 들으며 침을 꿀꺽 삼켰다. 고태붕의 말이 진정 사실이어서 천하 각파에 고태붕과 같은 높은 지위의 간세를 심어놓은 것이라면 그의 말처럼 마도천하가 되지 않으리란 법도 없었다.

"이럴 게 아니라 당장 부임주님께 보고를 해야겠는걸. 놈의 말이 맞다면 본 림의 가장 큰 적은 군룡회나 강북 무림련이 아니라 집마부가 될 수도 있겠어."

염상모는 한시라도 빨리 알아낸 것을 좌산에게 보고하고픈 마음이 들었다. 그는 그 다음으로 중요한 질문을 얼른 던졌다.

"너는 본 림의 철암동 공사를 근 십 년간 총괄 지휘했다. 공사를 담당한 장인들까지 네놈이 다 처리했기 때문에 철암동의 기관진식에 대해서는 네가 본 림에서 가장 많은 지식을 갖고 있다. 이제 말하라. 네가 올린 설계도와 기관 작동법 외에 너만 알고 있는 기밀이 더 있느냐?"

"있… 다."

있다는 말에 염상모는 눈을 빛냈다.

"그게 뭔가?"

고태붕은 잠시 침묵하다가 말을 이었다.

"기관 조종실의 을오계(乙午械)의 북북서간괴 남남동간의 위치를 맞바꾸고 무유계(戊酉械)의 정동간과 정서간을 바꾼 다음 64궤의 위치를 역순으로 배열하면 철암동의 상부가 붕괴된다."

염상모는 입을 딱 벌렸다.

"상부가 붕괴된다고? 상부라 함은 어디부터 어디까지를 얘기하는 거냐?"

"입구부터 지하 광장까지이다."

"그 아래의 보고와 임주 연공실 등은 무사하다는 말인가?"

"그렇다."

"그러나 상부가 붕괴된다면 어차피 땅 밑에 갇히게 되는데, 어째서 그런 장치를 한 거지?"

"생로가 한 군데 열린다."

"생로가 열린다고? 그곳이 어디인가?"

"진을 발동하고 나면 지하 뇌옥 무저갱의 동쪽 벽에 통로가 한 군데 생긴다."

"그건 어디로 통하는가?"

"하북성 경계로 이어진다."

"그럼 진령산맥을 꿰뚫고 나간단 말인가!"

염상모는 감탄한 듯 고개를 저었다.

"이건 정말 엄청난 사실이군! 자백받지 못했다면 정말 큰일이 날 수도 있었겠어!"

"그게 그렇게 대단한 건가?"

제독당주가 물었다.

"당연하지! 이곳 총단으로 대적이 쳐들어오게 되면 본 림 무사들은 철암동 내부의 지하 광장으로 집결하게 되네. 거기서 전력을 재정비하고 적들을 기관으로 혼란에 빠뜨린 후 반격을 개시하게 훈련되어 있네. 한데 만일 그때 놈이 지금 말한 진식을 가동하게 된다면 지하 광장이 붕괴될 터이고, 그렇게 되면 본 림은 막대한 타격을 입게 되는 것이네."

염상모는 상상만 해도 아찔한 듯 고개를 절레절레 저었다.

"이제라도 알았으니 다행일세. 이놈을 잡지 못했다면 자칫 집마부에 최후 보루인 철암동이 무력화될 수도 있었을 게야."

염상모는 얻어낸 사실을 한시라도 빨리 보고하고 싶은 듯 제독당주를 이끌고 뇌옥을 나섰다.

그들의 모습이 사라지고 뇌옥 문이 닫힌 직후, 고개를 푹 수그리고 있던 고태붕의 입에서 흉소가 흘러나왔다.

"크… 크크크크크크…… 쿨럭!"

흉소의 마지막은 각혈이었다. 고태붕은 고통을 참기 어려운 듯 몸부림을 치면서 격렬하게 기침을 하기 시작했다.

"쿨럭! 쿨럭! 쿨럭!"

거칠게 내뱉는 기침 한 번에 대량의 피가 입 밖으로 튀어나왔고, 고태붕의 가슴은 온통 선혈이 뒤덮여 새빨개졌다. 그러면서도 고태붕은 흉소를 그치지 않았다.

"크크크크크… 이놈들, 고작 염왕취 따위로 이 고태붕님의 입을 열게 하려 했느냐? 짐마부와 어디 한번 잘 놀아보거라… 크크크크……."

그 순간 차가운 목소리가 그의 귓전으로 파고들었다.

"염왕취의 고통을 참아낸 건가? 정신력이 대단한 자로군."

고태붕의 대경실색하여 고개를 번쩍 들었다. 그는 믿을 수 없는 눈으로 목소리가 들려온 전방을 바라보았다. 설마 뇌옥 안에 또 다른 자가 있었을 줄이야!

그의 눈에 어둠에 잠긴 뇌옥 한구석에서 천천히 걸어 나오고 있는 검은 옷의 사내가 들어왔다. 유리알같이 차가운 눈매에 옥으로 깎은 듯한 얼굴, 예상보다 지나치게 젊은 사내였다.

"누… 누구냐, 네놈은!"

사내는 대답하지 않고 빠르게 움직여 고태붕의 전면에 다다랐다. 그리고는 손을 놀려 그의 가슴을 두드렸다.

"큽!"

고태붕은 가슴이 답답해지며 속이 아려오는 것을 느꼈다.

사내는 고태붕의 명치에 손을 댄 채로 공력을 운기했다.

"역시 체내에 독을 갈무리하고 있었군. 내공으로 독을 응축시켰다가 각혈로 뱉어낸 거고. 그렇다 해도 내장이 찢어지는 고통이 계속 이어졌을 텐데, 아무렇지도 않은 표정으로 그자들을 속였군 그래. 그렇다 해도 내 질문에는 거짓을 말하지 못할걸?"

고태붕은 내공으로 막아두었던 체내의 독이 사내의 운기에 따라 온몸으로 퍼지는 것을 느꼈다. 서서히 정신이 흐려지기 시작했다.

'안 돼! 어떻게 지금까지 버텼는데 정체도 알 수 없는 놈에게……!'

온갖 고통과 고문 속에서도 숨겨왔던 내공으로 간신히 독을 억눌러 염상모를 속일 수 있었다. 그런데 어디서 나타났는지 알 수도 없는 놈이 너무도 능숙하게 체내에 남아 있는 잔독을 발작시키고 있는 것이었다. 고태붕은 필사적으로 저항했으나 이미 사내의 손길에 이끌린 잔독이 그의 정신을 흐릿하게 만들고 있었다.

젊은 사내, 장철규를 심문하고 염상모와 제독당주를 몰래 따라와 이곳 뇌옥까지 다다른 그는 바로 장건이었다.

장건이 염왕취를 이렇게 능숙하게 다룰 수 있는 것은 그가 장철규에게 썼던 자백제가 다름 아닌 염왕취였기 때문이다. 염왕취는 만들기가 아주 어려운 독이었기 때문에 장건이 가지고 있던 분량은 장철규에게 다 쓰고 말았다. 그러나 고태붕에게는 아직 염왕취의 잔독이 남아 있었고, 장건은 그것을 이용하여 그가 필요한 정보를 알아내려 하는 것이었다.

뇌옥까지 염상모와 제독당주를 따라온 장건은 염상모들이 수인을 심문하는 광경을 숨어서 똑똑히 지켜보게 되었고, 수인의 이름이 고태붕이란 것을 듣고는 크게 놀랄 수밖에 없었다. 용권방에서 죽은 광신의의 제자 홍석에게서 들었던 이름이기 때문이다.

쌍검난측이라는 별호를 가졌던 고태붕은 영호진과 광신의가 죽었을 당시 광신의의 죽음을 은폐하려던 자였다. 만일 이 수인이 고태붕 본인이라면 영호진과 광신의의 죽음에 얽힌 어떤 실마리를 알고 있을지도 몰랐다.

장건은 재빨리 생각을 정리해 질문 몇 가지를 추렸다. 고태붕은 지금 그에 의해 염왕취에 중독된 상태이긴 하나 뱃속에 들어갔던 염왕취를 대부분 토해낸 다음이었기 때문에 중독이 언제까지 이어질지 확신할 수 없었다. 중독 증세에서 금세 깨어날 수도 있기 때문에 최대한 빠른 시간 내에 중요한 정보를 얻어내야 하는 상황이었다.

물어볼 질문은 많고 시간은 없다. 그러니 가장 중요한 질문부터 던져야 했다.

"별호가 쌍검난측 맞나?"

진짜로 정신이 몽롱해진 고태붕은 순순히 대답했다.

"맞다."

"십오 년 전의 일을 묻겠다. 당신이 광신의의 제자들에게 스승의 죽음을 당분간 은폐하라는 명을 내렸나?"

오래된 일을 질문하니 잠시 멈칫하던 고태붕은 곧 대답했다.

"그렇다."

"누구의 명을 받고 그랬나?"

"영호세웅."

장건의 눈이 커졌다. 매우 뜻밖의 대답이었다. 당시 실세였던 전검

문주 송천운이나 철무림주 관천호의 이름이 나올 줄 알았는데, 영호진의 큰아들이 시켰다는 답이 나온 것이다.

"정말 영호세웅이 시켰나?"

"그렇다."

"왜 광신의의 죽음을 은폐했나?"

"지시를 받았다."

답이 겉돌자 장건은 인상을 찌푸렸다. 고태붕은 은폐한 내막은 모르는 듯했다.

"내막은 모르고 그저 영호세웅이 시키는 대로 했단 말인가?"

"그렇다."

"광신의가 누구에게 죽었는지 알고 있나?"

"영호진에게 죽었다고 한다."

"영호진?"

장건은 다시 눈을 크게 뜰 수밖에 없었다. 다른 사람도 아니고 영호진에게 죽었다니? 무공도 전폐되어 일반인과 다름없는 광신의를 대협객이라 칭송받는 영호진이 죽였단 말인가?

"그 얘기를 누구한테 들었나?"

"영호세웅."

답이 영호세웅에 다다르자 다시 질문의 흐름이 끊길 수밖에 없었다. 그는 이미 십여 년 전에 죽은 사람이기 때문에 무엇을 더 캐물을 여지가 없는 것이다.

장건은 답답한 마음에 단도직입적으로 물었다. 이자라면 혹시 알지도 모른다고 기대했던 질문을.

"영호진을 누가 죽였나?"

이 질문에 고태붕의 전신이 움찔했다. 잠시 후 그의 입에서는 충격적인 답이 흘러나왔다.

"무광 반우재."

"……!"

장건은 이 믿지 못할 답에 커다란 충격을 받았다. 관천호도 아니고 송천운도 아니고, 심지어 구태진이나 영호진의 아들들도 아닌 무광 반우재라고?

고태붕의 대답은 그가 이제껏 조사하고 예측했던 모든 정황을 일거에 뒤집는 말이었다.

그가 범인일 거라 예상했던 인물들, 야심만만한 관천호나 영호진 다음가는 실력자였던 송천운, 음흉한 구태진과 권력욕이 극심했던 두 아들 영호세웅과 영호관웅 등은 영호진의 목숨을 노릴 만한 최소한의 근거를 찾을 수 있는 인물들이었다. 그러나 무광 반우재는 정말 아니었다. 그가 비록 진검성의 부성주 직위에 있긴 했으나 그는 권력하고는 지극히 거리가 먼 인물이었고, 무광이란 별호처럼 무공 자체에만 미치도록 집착하는 인물이었다.

반우재가 무공 외에 극진히 마음 쏟는 게 한 가지 더 있다면 그것은 바로 영호진이었다. 무공 말고는 아무런 재주가 없는 그를 경시하지 않고 인정해 준 진정한 주인이 영호진이었기 때문에 영호진에 대한 그의 충성심은 타의 추종을 불허했다. 영호진의 말이라면 섶을 지고 불속에 뛰어들 수 있는 것이 바로 그였고, 그러한 그의 충심은 지금까지도 주군을 받드는 무인의 표본으로 강호에 널리 회자될 정도였다. 이러한 연유로 장건 역시 진검성의 유력 인사 중 그만은 용의선상에서 빼놓고 있었기에 고태붕의 대답에 놀라움을 금치 못했다.

"반우재가 왜 영호진을 죽였단 말인가?"

"반우재는 영호진과 비무를 했고, 비무 도중 영호진을 죽여 버렸다."

거듭되는 놀라운 대답이었다. 장건은 황급히 질문을 이었다.

"반우재는 왜 영호진과 비무를 했는가?"

"영호진은 그전부터 공공연히 진검성의 누구든 자신의 초식을 깨뜨릴 수 있는 자에게 성주 자리를 넘기겠다는 말을 했었다. 그래서 반우재가 그에게 도전을 했고, 그의 초식을 깨뜨리고 그를 쓰러뜨린 것이다."

장건은 머리가 복잡해지는 것을 느꼈다. 고태붕의 말이 사실이라면 영호진을 이긴 반우재는 자연스럽게 진검성의 성주가 되었어야 하는 것 아닌가. 한데 왜 그는 미친 채로 강호를 돌아다니고 있고, 진검성은 산산조각이 났단 말인가.

"반우재가 이긴 거라면 왜 성주 직을 그가 맡지 않았나."

"……."

고태붕은 인상을 찡그릴 뿐 아무런 대답도 하지 않았다. 장건은 그가 이번 질문에 대한 답을 모르기 때문에 아무 말도 하지 않는다는 것을 알고 있었다. 염왕취에 중독된 사람은 자신이 모르는 질문을 받게 되면 어떻게든 답을 내놓으려 애쓸 뿐 '모른다'는 답을 하지 않는다.

장건은 이 사건에 알 수 없는 흑막이 여전히 존재한다는 것을 느꼈다. 고태붕은 그 당시 영호세웅의 지휘 하에 있었고, 상식적으로 생각해 봐도 권력욕이 강했던 영호진의 장자 영호세웅이 자신의 부친을 꺾은 반우재가 순순히 성주 직에 오르는 것을 보고만 있었을 리 없다.

"영호세웅이 반우재를 해치우려 했나?"

"그렇다."

"그런데 성공하지 못했군?"

"시도하기 전에 반우재가 스스로 성을 나갔다."

"음……."

장건은 알겠다는 듯 고개를 끄덕였다. 이번 대답으로 당시 상황을 대강 유추할 수 있을 듯했다.

대결 중에 영호진을 뜻하지 않게 죽인 반우재는 죄책감을 이기지 못하고 스스로 성을 떠났을 것이다. 차기 성주의 권한을 가진 그가 성을 떠나 버리자 성주 직을 향한 실세들의 암투가 치열히 전개되었을 것이고, 실제로도 그랬다. 그 결과 성은 무너지고, 반우재는 상심을 이기지 못해 실성한 채 무광자로 떠돌게 되었을 수 있다.

유추를 하고 보니 아귀가 얼추 맞아 들어가긴 했으나 여전히 미진한 점은 남아 있었다.

우선 반우재가 영호진을 죽일 수 있는 실력이 있었는지부터 의심스럽고, 게다가 그가 영호진을 죽인 범인이라면 광신의의 죽음을 은폐할 이유도 없었다. 또한 그가 장건의 예상처럼 죄책감으로 진검성주 직을 내팽개친 것이라면 은거하고 있는 공공자 당진량을 찾아가 공격을 한다는 것 역시 이치에 맞지 않았다.

'그렇다면 공공자를 공격한 범인은 따로 있단 말인가? 영호진과 공공자를 죽인 자는 동일 인물이 아니란 말인가?'

고태붕의 말대로 무광 반우재가 영호진을 죽인 당사자라 친다면 공공자 당진량을 진검성의 수하들까지 이끌고 가서 공격한 자는 분명 다른 자였을 것이다. 그렇다면 과연 그자는 누구이고, 왜 당진량을 공격한 것인가?

장건은 혼란스러움을 느끼며 다시 질문을 던졌다.

"공공자를 알고 있나?"

"알고 있다."

"그자를 진검성의 무인들이 공격한 것을 알고 있나?"

"……."

아무 대답이 없었다. 장건은 고태붕 체내 기혈의 흐름이 조금씩 빨라지는 것을 감지했다. 염왕취의 효력이 사라지고 있다는 증표였다.

장건은 마음이 다급해졌다. 영호진의 죽음에 얽힌 비사 말고도 고태붕에게 물어볼 말은 아직 산적해 있었다. 마음 같아서는 비사에 대해 더 캐묻고 싶었으나 그랬다가는 다른 중요한 사안을 알아내지 못할 듯하여 별수없이 화제를 돌렸다.

"이곳 철암동 건설 책임자라고 들었다. 맞나?"

"그렇다."

"그렇다면 천우신단이 숨겨져 있는 보고의 위치에 대해서 알고 있나?"

"알고 있다."

"어디인가?"

"이곳 위층으로 올라가서 좌측으로 오십 보쯤 더 가다 보면 꺾여지는 복도가 있다…… 그곳에서 기관의 네 번째 돌을 우측으로 틀면 통로가 나타나고……."

고태붕은 띄엄띄엄 지형을 설명했다. 그러나 머릿속에 형상으로 녹아들어 있는 지형지물에 대한 지식을 말로 표현하려니 쉽게 말이 나오지 않는 듯 점차로 말이 느려졌고, 한참 생각한 후 다시 말을 잇는 등 설명 시간이 아주 오래 걸렸다. 장건은 시간이 촉박한 것을 알기에 끝까지 듣기를 포기하고 그의 말을 중간에서 끊었다.

"그 얘기는 그만 하고, 너는 혈부용과 무슨 관계인가?"

"그 아이의 오빠다."

장건은 알겠다는 듯 고개를 끄덕였다. 고태붕의 나이로 짐작해 볼 때 자신에게 죽임을 당한 일대 혈부용과 인척 관계인 듯했다.

"혈부용은 후계자에게 자리를 물려주었다. 맞나?"

"그렇다."

"후계자인 이대 혈부용을 알고 있나?"

"알고 있다."

"그 아이의 동생이 있다는 것도 알고 있나?"

"그렇다."

"이대 혈부용과 그의 동생은 네가 속해 있는 단체의 일원인가?"

"그렇다."

"그럼 네가 속해 있는 단체는 어디냐?"

장건은 눈을 번득이며 물었다. 이 질문의 답은 아주 중요한 의미를 담을 수 있었다. 중미미와 중소진의 소재를 파악하는 것은 물론 삼대 실수 중 하나이 혈부용의 배후를 밝혀낼 수 있었고, 나아가서 그 단체가 고태붕은 물론 죽은 영호세웅과 관련이 있다면 영호진과 당진량의 죽음에 얽힌 비사에 한 걸음 더 다가갈 수도 있었다.

고태붕은 즉답을 하지 않고 머뭇거리기 시작했다. 입은 달싹이고 있는데 목소리는 나오지 않았다. 얼굴이 극심하게 일그러지고 있었다. 대답을 거부하고 있는 것이었다.

장건은 그의 명치에 대고 있는 손을 통해 강하게 기력을 주입했다. 아직 체내에 남아 있을 잔독을 최대한 격발하려는 것이었다.

그의 기력이 주입되자 고태붕의 체내 기혈이 급격하게 요동쳤다. 고태붕은 사시나무 떨듯 온몸을 떨며 입을 벌렸다.

"내… 내가 소속된 곳은……!"

"말하라! 네 본래 소속된 곳이 어디인지!"

장건은 거역할 수 없는 음성으로 강하게 다그쳤다.

"그곳은… 군룡……!"

고태붕은 말하다 말고 눈을 까뒤집고는 혼절해 버렸다. 심령을 제압하고 있던 염왕취의 잔독이 효력을 다해 몸이 탈진해 버린 것이다.

장건은 쓰러진 그를 착잡한 눈으로 바라보았다. 아직 물어야 할 것이 태산이었는데 더 이상 순순한 대답을 듣기는 어려워진 것이다.

'군룡…… 이라?'

분명히 마지막에 '군룡'이란 단어가 고태붕의 입에서 비어져 나왔다. 현 강호에서 군룡이란 단어가 들어간 방회는 한 곳뿐이었다. 군룡회, 그곳이라면 애초부터 장건이 혐의를 두고 있던 곳이었고, 진검성과 관련이 있으며 영호세웅이나 고태붕과도 충분히 연결해 볼 수 있는 단체였다. 게다가 현재 천하의 패권을 노리고 있으니 공공자 당진량을 노릴 만한 근거도 있었다.

'과연 그 군룡회가 이 모든 일을 벌인 것인가?'

장건은 왠지 모르게 미진한 느낌이 들었다. 군룡회가 물론 강력한 방파이긴 하나 회주인 구태진이 그렇게 대단한 인물이라고 생각한 적은 없었다. 음모의 주재자라고 보기에는 그릇의 크기가 맞지 않은 인물이었다.

장건은 쓰러져 있는 고태붕을 내려다보았다. 좀 더 많은 것을 알기 위해서는 이자를 끌고 철무림 밖까지 나가는 수밖에 없을 듯했다. 혼

자 몸으로도 극도의 주의를 기울여 잠입할 수 있었던 곳이다. 다 죽어
가는 환자까지 떠안은 채 철무림 내부를 활보한다는 것은 자살 행위나
다름없는 짓이었다. 그러나 장건은 자살 행위를 해보기로 마음먹었다.

제3장
장건, 천우신단을 찾다

장건, 천우신단을 찾다

고태붕은 백회혈로 들어오는 시원한 기운을
느끼며 번쩍 눈을 떴다. 누군가 공력을 주입하여 정신을 들게 한 모양
이었다.

눈을 들어보니 젊은 사내가 그의 머리에서 손을 떼고 있었다. 고태
붕은 눈을 번득였다. 젊은 사내가 누구인지 알아차렸기 때문이디. 정
신을 잃기 전에 뇌옥에 홀연히 나타나서 염왕취의 잔독을 격발시킨 놈
이 분명했다.

"누구냐, 넌?"

"도둑."

"도둑? 도둑이 여긴 어인 일이지?"

"천우신단을 훔치러 왔다."

고태붕은 상대의 눈을 뚫어져라 쳐다보았다. 그러나 상대의 눈은 착

가라앉아 있어서 말의 진위를 전혀 알아볼 수 없었다.

"염왕취의 잔독을 격발시켜서 나에게 뭘 알아냈나?"

"아까 심문하는 광경을 지켜보았었다. 네가 이 철암동의 건설 책임자라고 들었다. 그래서 천우신단이 있는 보고의 위치를 묻고자 했다."

아귀가 맞아떨어지는 대답이었다.

"그뿐인가?"

"그것 말고 내가 뭘 물어봤으리라 생각하는 건가?"

고태붕은 입술을 깨물었다. 상대의 말대로 보고의 위치를 물어보았고 자신이 그것에 대해서 대답을 한 거라면 아무 문제가 없었다. 그러나 놈이 행여 염상모가 알고 싶어 하던 자신의 비밀을 캐물어 알아내기라도 한 것이라면 놈을 결코 살려둬서는 안 된다. 그러나 그는 지금 그럴 수 있는 능력이 없었다.

고태붕은 다급히 입을 열었다.

"그래, 보고의 위치는 알아냈나?"

"대강은. 그러나 네 설명이 너무 복잡하고 길어져서 끝까지 듣지 못했다."

고태붕은 눈을 빛냈다.

"그래? 그럼 내가 정확한 위치를 알려줄까? 어디까지 들었는지는 몰라도 끝까지 듣지 못했다면 보고의 위치를 찾기 어려울 거다. 이곳 철암동은 외인이 쉽사리 돌아다닐 수 있는 곳이 아니야."

물론 그가 가르쳐 주려고 하는 길은 보고로 가는 길이 아니었다. 함정이 잔뜩 설치되어 있는, 눈앞의 상대가 절대 빠져나갈 수 없는 죽음의 길이었다.

그러나 상대는 그의 의도대로 호락호락 당할 자가 아니었다.

길의 알려주겠다는 고태붕의 제안에 장건은 고개를 저었다.

"너를 깨운 이유는 길 안내를 듣고자 함이 아니다. 여기서 나가게 해줄 테니 네가 직접 길 안내를 해다오."

고태붕은 황당한 표정을 지었다.

"나보고 길 안내를 하라고? 내 몸 상태가 어떤지 보고도 모르나?"

그의 몸은 장기간의 고문으로 인해 망가질 대로 망가져 있었다. 길 안내는 고사하고 몸을 일으키기도 어려운 지경이었다. 게다가 염상모가 주입한 염왕취의 독에 버티느라 내장까지 크게 상한 상태였다.

그러나 장건은 그의 말에 전혀 개의치 않는 표정이었다.

"말로 하는 것보다 직접 느껴보면 알겠지. 한번 일어서 보라."

장건의 손이 번득였다. 그러자 고태붕은 두 손목이 시원해지는 것을 느꼈다. 그의 팔을 꽁꽁 묶고 있던 쇠사슬들이 바닥으로 떨어졌다.

고태붕은 결박이 풀리자 힘없이 꺾일 것 같던 두 손목에 갑자기 힘이 들어감이 느껴졌다. 스르르 무너져 내릴 듯하던 두 다리도 어느새 꼿꼿해져서는 자신의 몸을 떠받들고 있었다.

"이럴 수가……!"

고태붕은 전신에 활력이 넘쳐 남을 느꼈다. 마치 갇히기 전 멀쩡하게 무공을 쓰던 시절로 돌아간 듯 한 느낌이었다.

"대체 무슨 수작을 부린 거냐?"

고태붕은 장건을 기이하게 바라보며 물었다. 신통력을 쓰지 않고서야 다 죽어가던 자신이 이렇게 회복될 수는 없는 일이었다.

"폭룡단을 썼다."

"……!"

고태붕은 입을 크게 벌렸다. 폭룡단이라면 체내의 공력을 증폭시켜

단기간 동안 막강한 힘을 얻게 만드는 신단이 아니던가. 그런데 일개 도둑이란 자가 그걸 가지고 있다가 자신에게 썼단 말인가?

'그래서 전신의 공력이 되살아난 느낌이 들었구나! 그렇다면⋯⋯!'

장건을 바라보는 고태붕의 눈에서 일순 살기가 흘렀다. 자신이 폭룡단을 복용한 상태라면 눈앞의 상대를 충분히 해치울 수 있지 않을까 하는 생각이 들었기 때문이다.

고태붕은 곧 생각을 고쳐 먹었다. 눈앞의 상대는 젊긴 했으나 소리 없이 철암동을 잠입하고 뇌옥까지 들어온 것으로 미루어볼 때 보통 놈이 아닌 것이 분명했다. 게다가 사대신약 가운데 하나인 폭룡단까지 가지고 있는 것을 보면 결코 호락호락하게 볼 자가 아니었다.

상대의 말마따나 자신이 정말 폭룡단을 복용한 상태라면 상대가 제 아무리 고수라 해도 능히 제압할 수 있을 듯했다. 그러나 섣불리 덤볐다가 상대를 단숨에 처리하지 못하여 싸움이 길어지기라도 하면 간수들이 몰려들 것이고, 그렇게 되면 이곳을 탈출할 수 있는 천재일우의 기회를 놓치게 되는 것이다.

고태붕은 좀 더 신중해지기로 마음먹었다.

"폭룡단을 썼다고 했나? 내가 알기로 폭룡단은 제 효력을 발동하는 시간이 일각 정도밖에 되지 않는다고 하던데? 여기서 보고가 있는 지점까지 소리없이 이동하려면 그보다 훨씬 더 긴 시간이 걸린다. 폭룡단의 효력이 풀린다면 난 제대로 걷지도 못할 텐데, 그래도 나에게 길 안내를 시키겠나?"

장건은 걱정 말라는 듯 말했다.

"유효 시간이 일각이라는 말은 전투에 임했을 때, 그러니까 공력을 최대한으로 발휘했을 때를 말한다. 그저 몸을 운신하는 정도라면 한 시진 가까이 효력을 발휘하니 그 걱정은 안 해도 좋다."

"그 시간도 지나면 날 어떻게 할 텐가? 한 시진이라면 철암동을 탈출할 정도의 시간은 되겠지만 철무림의 영역 내를 완전히 벗어날 수 있는 시간은 아닌데? 천우신단만 얻으면 버려두고 갈 텐가?"

"시간이 지나면 업고라도 나설 테니 걱정 마라."

"날 탈출시켜 주겠다는 건가?"

"그렇다. 다만 너도 내 조건을 한 가지 더 들어주어야 한다."

"조건이 뭔가?"

"그건 나중에 말해 주겠다. 우선 천우신단이 있는 보고로 안내하라."

장건과 고태붕은 뇌옥문을 열고 밖으로 나갔다. 뇌옥을 지키는 간수들은 보이지 않았다.

주변을 기웃거리며 걸어가던 고태붕은 비어 있던 뇌옥의 한 방에 간수들이 쓰러져 있는 것을 발견할 수 있었다.

"대단한 실력이군. 여기를 지키는 간수들은 무공이 호락호락한 자들이 아닌데. 도둑치고는 지나치게 능력이 좋은걸? 별호를 물어도 될까?"

고태붕이 탄복을 하며 말했다.

"쓸데없는 질문은 필요치 않다, 길 안내나 똑바로 하도록."

냉기가 풀풀 날리는 대꾸가 돌아오자 고태붕은 머쓱한 표정으로 입을 다물었다.

무저갱을 벗어난 후 나온 첫 번째 복도에서 고태붕은 기관 몇 개를 만졌고, 그러자 복도 한 켠에서 새로운 문이 나타났다. 고태붕은 장건을 그 안으로 안내했다.

미로처럼 꼬인 통로를 거치고 거쳐서 마침내 둘은 커다란 갱도에 다다랐다. 고태붕은 갱도 끝을 가리키며 말했다.

"저 건너편에 불빛이 보이지? 거기에 철무림의 보고가 있다. 그 앞에는 다수의 경비조가 항상 은신하고 있고. 길 안내는 여기까지이다. 설마 나보고 경비조까지 처리하라는 것은 아닐 테지?"

장건은 아무 말 없이 그를 지나쳐 불빛 쪽으로 소리없이 움직였다. 고태붕은 사라지는 그를 보며 잠시 갈등했다. 이대로 몸을 돌려 밖으로 나가면 어떨까. 탈출할 자신은 있었다. 그는 누구보다 이 철암동의 기관진식에 통달해 있었기 때문에 혼자서 충분히 이곳을 빠져나갈 수 있었다. 그러나 고태붕은 장건을 놔두고 갈 수가 없었다. 염왕취에 중독되어 있을 때 그가 과연 자신에게서 무엇을 알아냈는지를 알 수가 없었기 때문이다. 어떤 식으로든 그를 처리해야 여기를 뜰 수가 있을 것이었다.

마음을 굳힌 고태붕은 조용조용히 장건이 간 방향으로 움직였다.

갱도 끝까지 다다른 고태붕은 입을 딱 벌렸다. 보고 정문 앞에 경비조로 보이는 철무림 무사 몇 명이 쓰러져 있었기 때문이다. 그 앞에 서 있던 장건은 그를 보며 손가락을 까딱거렸다.

"경비조는 처리되었으니 문을 열어라."

고태붕은 그에게로 다가가며 믿을 수 없다는 듯 말했다.

"이… 이자들을 자네가 처리했나?"

장건은 아무 말도 하지 않았다. 무언의 긍정이었다.

고태붕은 눈으로 보고도 믿기 어려웠다. 자신이 잠시 지체했다가 장건을 따라오기까지 걸린 시간은 고작해야 반 각도 채 되지 않는 시간이었다.

이곳은 철암동 내 깊숙한 장소였기 때문에 경비를 서는 무사가 그리 많지는 않았지만 주요 보물들이 보관된 보고를 지키는 임무를 맡고 있는지라 최정예 무인들로 구성되어 있었다. 그런데 그 짧은 시간 동안 이들을 소리도 없이 말끔히 처리하다니!

'이놈은 위험하다!'

고태붕은 장건이 예상보다 훨씬 위험한 인물이라는 것을 절감했다. 만일 놈이 염왕취에 중독된 자신을 심문하여 자신의 배후를 알아내기라도 했다면, 자신의 세력에게 커다란 방해 요소가 될 수도 있었다.

"뭐 하나? 문을 따라는데."

장건의 재촉이 들려왔다. 고태붕은 퍼뜩 정신을 차리고 보고의 문을 여는 기관을 만졌다. 보고의 돌문이 육중한 소음과 함께 열렸다.

보고 안에는 온갖 기진이보가 화려하게 빛을 발하고 있었다.

금은보화가 널린 방을 몇 개 지나친 고태붕은 이윽고 거무튀튀한 철문으로 가로막힌 보고의 끝 부분에 다가갔다. 그는 철문을 가리키며 말했다.

"가장 중요한 보물들은 이 안에 있네. 한데 이 문을 열려면 열쇠가 있어야 해. 그 열쇠는 임주인 관천호가 보관하고 있고. 그리고 이 문은 강철로 만들어져 있는데, 문 두께가 무려 두 자일세. 검강이라도 쓰지 않는 한은 부수기가 어렵지. 물론 자네가 도둑인지라 자물쇠를 딸 수도 있을 거라 생각할지도 모르지만, 이 문의 자물쇠는 당대 제일의 장인에게 주문하여 특수 제작한 물건으로, 열쇠가 아닌 다른 물건으로는 절대 열리지 않는다고 장인이 호언장담한 물건이지. 자, 이제 내 할 몫은 다 했네. 보고까지 길 안내를 했으니 이제부터는 자네가 알아서 하게. 문을 부수던가, 아니면 임주에게서 열쇠를 훔쳐 오던가."

장건은 그를 지나쳐 철문의 열쇠 고리에 손을 대었다.

고태붕은 뒤에서 그걸 보며 회심의 미소를 지었다. 철문의 자물쇠는 정교하게 제작되긴 했으나 다른 도구로 따는 것이 불가능하지는 않았다. 다만 열쇠 외의 다른 이물질로 열기를 시도했다가 자물쇠의 다른 부분을 조금만 건드리게 되면 함정이 발동하여 문을 열려 하는 자를 처단하게 되는 장치가 되어 있었다. 고태붕은 그것을 노리고 문을 절대 못 열거라고 장건을 격발시킨 것이다. 아나나 다를까, 그의 발언에 발끈한 듯 장건은 지금 자물쇠를 따려 시도하고 있었다. 치명적인 함정이 그를 기다리고 있는 것도 모른 채.

그러나 잠시 후,

철컹!

철문은 허무하게 열려 버렸다. 장건은 입을 딱 벌리고 있는 고태붕에게 고개를 돌리고 손을 내밀었다.

"이제 다시 안내하실까?"

고태붕은 쓰디쓴 입맛을 다셨다. 놈이 설사 자물쇠를 해체했다고 해도 곧바로 문 안으로 들어갔다면 거기에 도사리고 있는 이중 삼중의 함정에 당했을 것이다. 이 철문 안에 있는 보고의 제4창고는 최상위의 보물들이 진열된 곳이라 무수한 함정이 곳곳에 설치되어 있었는데, 장건은 그것을 간파하기라도 한 듯 고태붕에게 다시 앞장서라 하는 것이었다. 지독하게 용의주도한 놈이었다.

고태붕은 내심 이를 갈며 앞장섰다. 철문 바로 뒤부터 다섯 개의 함정 기관이 작동하게 되어 있었으나 그 기관을 너무도 잘 파악하고 있는 그이기에 손쉽게 무력화시킬 수 있었다. 장건은 함정을 해체하는 고태붕의 뒤를 따라가며 유람이라도 온 듯 4창고를 슬슬 거닐었다.

철컥!

고태붕이 마지막 함정을 해체하자 벽면 하나가 뒤집어지며 이때껏 보이지 않던 진열장 한 곳이 모습을 드러냈다.

고태붕은 진열장을 가리키며 말했다.

"여기가 강호십일대비기와 그에 버금가는 보물들을 보관한 장소다. 네가 원하는 것을 찾아보라."

장건은 진열장으로 다가섰다. 워낙 귀중한 물건들만 다루는 진열장이라 그런지 물건이 몇 개 없었다. 그는 진열장 오른쪽 첫 칸에서 은궤 하나를 발견할 수 있었다. 은궤는 자물쇠가 잠겨 있었으나 장건의 손에 잡힌 자물쇠는 곧 걸쇠가 열린 채 바닥으로 떨어졌고, 은궤가 활짝 입을 벌렸다.

향긋한 약내가 풍겨 나왔다. 냄새의 진원지는 궤짝 안에 놓여 있는 작은 목갑이었다. 정교한 문양이 조각된 목갑은 장건에게도 익숙한 것이었다. 그가 소유했던 오행신단이나 현명단, 폭룡단 등이 모두 같은 문양의 목갑에 담겨 있었기 때문이다.

장건은 목갑을 꺼내 들어 조심스럽게 열어보았다. 짙은 향내와 함께 붉은빛을 띤 환단이 모습을 드러냈다.

장건은 환단을 들어 신중히 살피었다. 사대신약은 개개의 종류가 고유한 빛깔을 띠고 있어서 알아보기가 쉽다. 그중에 천우신단은 붉은 광채가 밖으로 뻗어 나오는 특징이 있고 솔 향 비슷한 내음이 난다고 혼돈지서에 기록되어 있었다. 그가 지금 들고 있는 환단이 바로 그랬다.

장건은 비로소 안도한 표정으로 환단을 목갑에 넣고 갈무리했다. 드디어 천우신단을 손에 넣은 것이다. 사대신약 중 가장 비밀스럽고 희

귀한 신단을.

그때였다. 둔탁한 음향이 그의 귀를 때렸다.

드드드드— 철컥!

장건이 뒤돌아보니 고태붕이 서 있던 출구 쪽에 전에 없던 벽이 가로막혀 있었다. 고태붕이 기관을 작동시킨 모양이었다.

장건은 그다지 놀라거나 당황한 빛을 보이지 않았다. 고태붕이 자신을 떠날 수 없다는 것을 잘 알고 있었기 때문이다.

고태붕은 장건이 그가 염왕취로 인해 기절해 있는 동안 그의 비밀을 캐내었을까 전전긍긍하고 있었다. 그렇기에 비밀을 알고 있을지 모를 장건을 그냥 내버려 두고 도망칠 리는 없었다.

과연 잠시 후, 기관이 돌아가는 소리와 함께 출구를 막았던 벽이 사라지고 고태붕이 다시 나타났다. 그런데 그의 손에는 전에 없던 물건이 들려 있었다.

장건은 그걸 보고는 아차 싶은 마음이 들었다. 고태붕이 자신을 해할 능력이 없는 것을 알기에 큰 신경을 쓰지 않고 있었는데, 설마 저 물건이 이곳 천의문의 보고에 있으리라고는 전혀 예상치 못했던 것이다.

고태붕의 손에 들린 물건은 당금 강호에서 가장 위험한 물건이었다. 세상 다시없는 고수라 해도 저 물건 앞에서는 생사를 장담하기 어렵다.

그것은 매우 기묘한 생김새를 가지고 있었다. 병기인 듯 보이는 그 물체는 전체적으로 보면 버섯, 혹은 우산과 비슷한 모양새를 띠고 있었다. 고태붕은 버섯의 몸통 부분을 팔에 끼고 고깔 모양의 머리 부분을 장건을 향해 내밀고 있었다.

고깔의 윗면은 거북이 등 껍질과 같은 육각의 문양이 조밀하게 새겨져 있었다. 그리고 고깔의 중심, 몸통의 연장선상인 한가운데 부분은 구멍이 나 있고 그 안에는 네 개의 굵직한 강전이 촘촘하게 박혀 있었는데, 장건은 혼돈지서에서 익히 그 강전의 위력을 읽어서 알고 있었다.

강전은 산뢰전(散雷箭)이란 이름의 화살이었다. 이 화살은 활시위로 날리는 것이 아니라 병기 안쪽에 설치된 화약의 힘으로 튀어나오는데, 그 위력이 상상을 불허하여 어떠한 호신강기라도 일거에 찢어버린다. 또한 일단 병기의 밖으로 튀어나오게 되면 산뢰전은 반으로 갈라진다. 그리고 갈라진 두 개는 다시 반으로 갈라져 네 개가 되고, 네 개가 또 갈라져 여덟 개로 변해 팔방으로 날아가는 것이었다. 여덟 개로 나뉘어지는 화살이 네 개이니 한 번 발사되면 도합 서른두 개의 화살이 삼십이방을 새까맣게 뒤덮어 상대로 하여금 빠져나갈 공간을 주지 않게 되는 것이다.

이 병기의 무서움은 산뢰전으로 그치지 않는다. 산뢰전이 발사될 때 병기 몸체에서 터뜨려진 화약은 화염으로 변해 전면으로 뿜어져 나오고, 그것이 버섯의 머리 부분에서 분사되는 극독을 머금어 독연까지 뒤섞여 전면을 뒤덮어 버린다. 화산 공격에 화공, 독공이 한데 뭉쳐 일시에 공격을 하기 때문에 상대가 이 모든 공격을 피하기란 불가능에 가깝다. 그 외에도 몇 가지 위험한 기능을 더 갖추고 있는 이 기병의 이름은 제석천, 강호오대기병 중 서열 사위이며 천하에서 가장 살상력이 높은 병기였다.

제석천을 장건에게 겨눈 고태붕은 의기양양하게 말했다.

"원하는 것을 손에 넣으셨나? 나도 마침 원하던 게 눈에 띄더군. 자네나 나나 오늘이 횡재수가 있는 날인가 보네그려."

장건이 천우신단에 집중하고 있는 사이 주변에서 머뭇거리던 고태붕은 진열장의 다른 칸에 덩그러니 놓여 있는 물건을 우연히 발견했고, 그것이 다름 아닌 제석천임을 알아보게 되었다. 고태붕은 망설이지 않고 기관을 돌려 장건의 퇴로를 잠시 막은 후, 재빨리 제석천을 팔에 장착하고 나서 다시 모습을 낸 것이다.

제석천을 손아귀에 쥔 고태붕은 의기양양한 승자의 얼굴을 하고 있었다. 이제껏 장건을 치기를 망설여 왔지만 천하제일의 살상 무기가 손에 들어온 이상 무서울 게 없었다. 자신의 정체를 알고 있을지 모를 위험 인물을 단숨에 제거할 수 있는 결정적인 호기를 맞이한 것이다.

"천우신단을 노릴 정도의 도둑이니 이 물건이 무언지 알고 있겠지?"

장건은 고개를 끄덕였다.

"물론 알고 있다."

"그렇다면 위력 또한 알고 있겠지. 자, 이제 우리의 처지가 뒤바뀐 것 같군. 목숨이 아깝거든 내 질문에 대답해 주길 바란다. 내가 염왕취에 취해 있을 동안 무엇을 질문했나?"

장건은 어깨를 으쓱했다.

"아까 얘기하지 않았나? 이곳에 오는 방법을 물어보았다고."

"그것 말고 다른 것은?"

"무슨 답을 듣고 싶은 거냐? 염상모가 알고 싶어 하던 네 진짜 정체라도 물었을까 봐 그러는 건가?"

고태붕은 눈을 번득였다.

"내 정체를 알아냈나?"

"아니, 물어보지도 않았다."

"정말이냐?"

장건은 피식 웃었다.

"내 말을 믿지도 않을 거면서 뭐 하러 묻느냐? 그것으로 날 죽이고 싶다면 한번 쏴보시지 그래."

천하에서 가장 살상력이 강력한 무기 앞에서도 당당한 장건의 태도에 고태붕은 잠시 갈등했다. 이대로 쏴 죽이는 것은 어렵지 않았으나 그 다음이 문제였다.

'이놈을 해치우는 것은 아무것도 아닌 일이다. 하나 내가 이 무기의 작동법을 잘 알지 못한다는 것이 문제다. 이 제석천이 소문에 듣던 것처럼 우뢰를 내리치고 화염을 뿜어내는 공격을 하게 된다면 놈을 처치할 수야 있겠지만 그 소리를 듣고 철무림의 무사들이 구름처럼 몰려들 것이다. 그런 위험을 감수하면서까지 여기서 무리하게 놈을 죽이려 할 필요는 없을 듯하다. 놈도 그걸 알기에 저렇게 당당한 태도를 취하는 거겠지.'

고태붕은 장건을 처리하려는 생각을 바꾸었다. 일단 여기를 빠져나가는 것에 주력하고 그 다음에 장건과 결판을 내는 것이 나을 것 같다는 생각이 들었다.

고태붕은 여전히 제석천을 장건에게 겨눈 채로 말했다.

"좋아, 네놈의 거취는 일단 여기를 빠져나간 후 생각해 보지. 물론 어디까지나 말을 잘 듣는다는 전제 하에서 말이다. 우선 머리에 손을 올리고 뒤로 돌아라."

장건은 순순히 머리에 손을 올리고 몸을 돌렸다.

"좋아, 이제 천우신단을 등 뒤로 던져라."

장건의 몸이 잠시 움찔했다. 그러나 곧 품 안에 손을 넣더니 아까 품속에 갈무리했던 목갑을 꺼내어 등 뒤로 던졌다.

목갑을 받아 든 고태붕은 재빨리 뚜껑을 열었다. 붉은 환약이 그의 눈에 들어왔다.

고태붕은 눈을 반짝였다. 천우신단은 막 숨이 넘어간 자도 되살릴 수 있다는 희대의 영단, 몸속이 망가진 채로 폭룡단의 힘에 의지하고 있는 그의 육신을 회복시킬 수 있을 것이 틀림없었다. 고태붕은 망설임없이 천우신단을 꺼내 그것을 복용했다.

청량한 기운이 몸속으로 들어가는 것이 느껴졌다. 고태붕은 전신이 회복되어 가는 느낌을 받으며 득의만면한 웃음을 흘렸다. 이제 폭룡단의 기운이 다하는 한 시진이 지나게 되더라도 몸을 운신할 걱정은 할 필요가 없게 된 것이다.

"이제 앞장서라. 밖으로 빠져나가야겠다."

장건은 순순히 그의 말을 따랐다. 둘은 앞뒤로 선 채로 보고를 빠져나왔다. 장건은 뒤에서 따라오는 고태붕의 지시를 받으며 미로처럼 얽힌 철암동의 통로를 헤쳐 나갔다. 고태붕이 워낙 철암동 내부를 완벽하게 파악하고 있었기 때문에 둘은 단 한 명의 경비조도 만나지 않은 채 지하 광장까지 걸어 나올 수 있었다.

쿵! 쿵! 쿵!

광장 입구에 들어서자 웅장한 울림이 전해져 왔다. 소리의 진원지는 입구에서 멀리 떨어진 장소에 모여 있는 한 떼의 무인들이었다. 그들은 얼핏 보기에 모두 비대한 체구를 가지고 있었는데 쿵쿵거리는 울림은 그들이 진각(震脚)을 내리꽂을 때 발생하고 있었다.

고태붕은 긴장된 표정으로 그들을 주시하며 장건에게 전음을 날렸다.

"저들은 부임주 좌산 직속의 철인대이다. 아마 훈련 중인 모양인데,

절대 저들에게 모습을 들켜서는 안 된다. 저들의 시선을 피해 저기 보이는 우측의 쪽문까지만 도달하면 된다. 그 문 뒤에 있는 통로가 외부까지 이어지니 그곳까지만 가면 탈출에 성공했다고 봐도 무방하다."

장건과 고태붕은 어두운 지역만을 골라 조심스럽게 이동했다. 다행히 철인대는 훈련에 열중하고 있는 터라 주변 사물에 그다지 신경을 쓰지 않고 있었다.

장건은 철인대와의 거리가 좁혀지자 그들의 진면목을 알아볼 수 있었다. 그들은 체구가 비대한 것이 아니라 모두 철로 만든 갑옷을 입고 있었다. 그 갑옷의 무게 때문에 진각음도 그토록 요란한 모양이었다. 갑옷은 보기에도 상당히 둔중하고 무거워 보이는데 철인대의 움직임은 갑옷을 입지 않은 듯 기민한 것으로 보아 개개인이 높은 수준에 다다른 고수임이 분명했다.

조심스레 철인대의 영역을 비껴 움직인 둘은 이윽고 고태붕이 가리켰던 쪽문에 다다랐고, 소리없이 그 안으로 들어가는 데 성공했다.

쪽문 안의 통로는 계단이었다. 둘은 앞뒤로 나란히 선 채 오르막 계단을 한참 올라갔다.

고태붕은 계단을 오르던 중 옆으로 난 통로로 들어가라고 상건을 다그쳤다. 장건은 그가 시키는 대로 그 안으로 들어섰다.

통로 안으로 들어선 장건은 뭔가 이상하다는 낌새를 느꼈다. 통로는 십 장도 못 가서 벽으로 막혀 있었던 것이다.

그 순간, 등 뒤에서 덜컹거리는 소리가 들렸다. 장건이 뒤를 보니 그가 들어섰던 입구를 돌문이 솟아올라 오며 막아서고 있었고, 닫혀지는 돌문 뒤로 고태붕이 몸을 피하는 모습이 흘깃 보였다.

장건이 가까이 갔을 때는 이미 돌문은 입구를 꽉 막아버린 상태였다. 출구가 막힌 것도 문제였지만 더 큰 문제는 그 다음에 일어났다.

드드드드드드—

출구를 막아선 돌문이 장건 쪽으로 다가오기 시작한 것이다. 장건은 뒷걸음질을 칠 수밖에 없었다. 뒤는 막혀 있고 앞에서는 돌문이 밀려 들어 오고 있으니 꼼짝없이 압사당할 판이었다.

'함정이로군!'

장건은 미간을 찌푸렸다. 고태붕은 이목을 집중시킬 수 있는 제석천을 이용하지 않고 철암동 기관에 대한 해박한 지식을 이용하여 그를 함정으로 몰아넣은 것이다.

돌문이 계속 전진해 오고 있었으나 장건은 당황한 기색 없이 다가오고 있는 돌문으로 다가갔다. 그리고는 표창 십여 개를 꺼내어 돌문의 가장자리에 박아 넣었다. 그러자 돌문이 잠시 진행 속도를 늦추었지만 곧 표창들이 으깨지면서 제 속도를 회복했다.

장건은 그사이 돌문을 손으로 두드려 보았다. 둔탁한 소음이 일어나는 것으로 보아 적어도 한 자 이상의 두께임이 분명했다. 돌문을 깨뜨리기 어렵다는 것을 알아챈 장건은 몸을 돌려 막힌 통로 끝으로 향했다.

통로 끝은 벽으로 막혀 있었다. 벽과 바닥을 두드린 장건은 바닥 아래가 빈 공간임을 간파했다.

드드드드—

돌문이 바싹 접근하고 있었다. 장건은 몸을 뒤로 튕겨 날아오르며 벽과 바닥이 만나는 부분을 향해 일장을 날렸다. 그의 소매 속에서 튀어나온 작고 검은 물체가 경풍에 실려 날아가 바닥에 부딪쳤다.

콰앙!

귀를 울리는 폭음과 함께 불꽃이 난무하고 통로 전체가 흔들렸다.

방금 전 장건이 날린 것은 혼돈지서상의 비법으로 제조한 폭렬탄(爆裂彈)이란 소형 진천뢰였다. 크기가 군에서 쓰는 진천뢰의 사분지 일 정도밖에 되지 않지만 폭발력은 그보다 곱절은 강력한 폭약이었다.

뒤로 물러섰던 장건은 연기가 가실 즈음 폭발이 일어난 지점으로 다시 다가섰다. 벽은 무너지지 않았지만 바닥에는 실금이 여기저기 가 있었다.

돌문은 이제 그의 등 뒤까지 바싹 도달해 있었다. 더 이상 지체한다면 압사할 지경이었다. 장건은 갈라진 바닥을 향해 쌍장을 날렸다.

콰앙!

그의 거센 장력을 얻어맞은 바닥이 산산조각나며 아래로 푹 꺼져 버렸다.

통로의 아래에는 계단이나 다른 통로가 있는 것이 아니었다. 무너진 통로 바닥은 지하 광장의 천장이었던 것이다. 장건은 무너진 바닥의 잔해와 함께 지하 광장으로 추락했다. 그것도 훈련 중인 철인대의 머리 위로.

제4장
장건, 철무림과 부딪치다

장건, 철무림과 부딪치다

철인대는 머리 위에서 소음이 나고 사람이 떨어져 내리자 그 즉시 훈련을 멈추고 대형을 재편성했다. 장건은 철인대가 원을 그리며 물러난 빈 공간의 중앙으로 떨어져 내렸다.

처처처처척!

철인대의 장창이 일제히 장건을 향해 거누어졌고, 철인대주의 우렁우렁한 목소리가 그의 귀를 때렸다.

"뭐 하는 놈이냐? 감히 철암동 내에서 기물을 부수고 허가받지 않은 채 광장에 진입하다니! 당장 정체를 밝혀라!"

장건은 주위를 둘러보았다. 주변을 빙 둘러싼 철인대의 은빛 장창이 온 퇴로를 완벽히 차단하고 있었다. 대답을 한마디만 잘못해도 당장 저 장창들에 꼬치구이처럼 꿰어지리라. 그러나 이 상황에서 무슨 답을 하든 그게 철인대주를 만족시킬 대답이 될 리 없었다.

"철무림주의 초청을 받고 이곳을 방문한 사람이오. 안내인이 엉뚱한 길로 이끄는 바람에 발을 헛디뎌 여기로 떨어졌구려."

생뚱맞은 장건의 대꾸에 철인대주는 잠시 어이없다는 표정을 짓더니 한쪽 손을 번쩍 올렸다.

"일단 사지를 꿰놓고 나서 계속 얘기를 들어보자. 쳐라!"

그의 호령과 동시에 장건을 둘러싸고 있던 철인대의 장창이 그를 향해 일제히 파고들었다.

장건은 재빨리 몸을 띄워 쪽문 통로 방향으로 몸을 날렸다. 철인대의 머리를 뛰어넘으려는 의도였으나 철인대의 포위망은 생각보다 훨씬 견고했다. 날아가는 그의 발밑에서 대여섯 개의 장창이 일제히 솟구쳐 올라왔다.

장건은 발밑을 뚫고 들어오는 장창 두 개의 옆면을 걷어차고 다른 두 개를 손으로 붙잡았다. 그러자 좌우 옆구리로 또 다른 두 개의 장창이 파고들었다. 장건은 붙잡고 있던 두 개를 잡아당겨서 닥쳐오는 창날을 막아내고는 손을 뿌리치며 다시 날아올랐다.

장건은 포위망을 벗어나 착지했고, 철인대가 전열을 재정비하며 재빨리 그를 향해 달려왔다.

장건은 다가오는 그들을 향해 양손을 뿌렸다. 형형색색의 암기가 새까맣게 튀어나와 철인대를 덮쳤다.

팅! 티티티티티팅!

그러나 대부분의 암기는 철인대의 강철 갑주에 막혀 튕겨 나왔고, 철인대의 진격 속도는 전혀 떨어지지 않았다.

장건은 다시 양손을 떨쳐 냈다. 이번에는 승표가 다발로 튀어나와 철인대의 발을 향해 거미줄처럼 뻗어갔다.

"각(脚)!"

철인대주의 호령과 동시에 철인대의 발이 일제히 떴다 떨어졌다.

쿵!

공간을 울리는 커다란 음향이 일자, 철인대의 발목을 휘감으려던 승표가 나아가는 힘을 잃고 주춤거렸다. 철인대의 진각에는 강한 공력이 깃들어 있었기 때문에 승표가 그 힘에 밀려난 것이었다.

"척(剔)!"

다시 호령이 울렸고, 철인대가 들고 있던 장창을 일제히 아래로 훑어 내렸다. 날카로운 창날이 바닥을 어지럽히고 있는 승표의 밧줄 가닥들을 토막 내버렸다. 거치적거리는 방해물을 처리한 철인대는 장건을 향해 달려들었다.

"극(戟)!"

휘휘휘휙!

바람을 가르는 무수한 창날들이 장건을 꿰뚫을 듯이 날아들었다. 장건은 그것을 맞받지 않고 몸을 뒤로 빼며 발밑으로 뭔가를 던졌다.

펑!

터지는 소리와 함께 뿌연 연기가 화악 퍼지며 공간을 가득 채웠다. 연기 속으로 들어선 철인대의 선두 두엇이 목을 쥐고 쓰러졌다.

부하들이 쓰러지는 것을 본 철인대주가 이를 갈며 다시 외쳤다.

"피독!"

철인대는 쓰고 있던 투구를 만지작거렸다. 그들은 투구 한쪽 귀퉁이에서 푸른색의 면사를 끄집어내어 다른 한쪽 귀퉁이에 걸었다. 면사는 철인대의 입과 코를 가려주었고, 그런 후 철인대는 독연무 안으로 진입했다. 과연 피독면의 효과가 있어서 독연은 그들에게 아무 지장을 주지 않았고, 철인대는 거리낌없이 장창을 휘두르며 전진했다. 그러나 이내 그들은 발걸음을 멈추어야 했다. 독연이 워낙 뿌옇게 공간을 채우고 있어서 시야를 도무지 확보할 수 없었고, 장건의 자취 역시 찾을 수 없었다.

"퇴(退)!"

독연이 용독뿐 아니라 연막의 효과까지 있음을 뒤늦게 깨달은 철인대주가 다급히 수하들을 연기 속에서 빠져나오게 했으나 이미 때는 늦어 있었다. 장건의 모습은 지하 광장 어느 곳에서도 찾을 수 없었다.

장건은 철인대가 연무에 가로막혀 우왕좌왕하는 동안 고태붕과 함께 들어갔었던 쪽문의 통로로 다시 들어와 있었다. 그는 오르막 계단을 신속하게 오르며 계속 전진했다. 고태붕이 그를 유인했던 막힌 통로를 지나친 후에는 더 이상 갈래길이 나오지 않았고, 장건은 수월하게 통로의 끝까지 다다를 수 있었다.

통로 끝에 있는 문을 열고 나가자 양광이 눈을 부시게 만들었다.

주변을 돌아보니 울창한 숲이 모습을 드러내고 있었다. 일단 철암동에서는 빠져나온 모양이었다. 한 고비는 넘긴 셈이지만 철인대에게 들킨 이상 곧 철무림의 추격자들이 온 산에 천라지망을 펼 것이었다. 그 전에 산을 빠져나가야 했다.

장건은 머리 위에 떠 있는 해를 보며 방향을 판별하고는 산 아래를 향해 발을 떼었다. 그 순간, 누군가의 목소리가 그의 발목을 붙잡았다.

"잠깐 기다리게. 함부로 발을 떼면 몸이 다치는 수가 있어."

낯이 익은 목소리, 장건은 뜻밖이라는 눈빛으로 고개를 돌렸다. 그의 시선이 닿은 풀숲에서 고태붕이 나뭇가지를 헤치며 걸어 나왔다.

제석천을 그를 향해 똑바로 겨눈 채.

"혹시나 하는 마음에 입구를 지키고 있었지. 그래도 설마 그 함정을 헤치고 나올 줄은 몰랐는데, 정말 대단한 친구로군. 그냥 떠났다면 큰일날 뻔했네."

장건은 신기해하는 표정을 지으며 말했다.

"나를 기다리고 있었던 건가?"

고태붕은 의미심장한 미소를 지으며 고개를 끄덕였다.

"그렇다. 만에 하나 네가 탈출할지도 모른다는 생각이 들어 쪽문 통로의 기관을 바꿔놓지 않았다. 네가 행여 그 함정을 빠져나온다 해도 내 손에는 걸릴 것이라 생각했지."

"거참 신기하군. 탈출보다도 내 안위가 더 신경 쓰였나 보지? 여기서 이렇게 지체하고 있으면 철무림의 무사들에게 들킬 위험이 크지 않나?"

고태붕은 코웃음을 쳤다.

"철암동과 이 곤운봉의 지리에 대해 나보다 더 잘 아는 자는 없다. 게다가 네놈의 덕택에 천우신단으로 육신을 회복했고, 또 천하제일의 살상 무기인 제석천이 이 몸의 수중에 있으니 뭐가 두려울 게 있으랴? 천라지망이 깔린다 해도 얼마든지 빠져나갈 자신이 있다. 그보다는 네가 훨씬 신경이 쓰이더군."

"나를 그렇게 대단하게 봐주니 고맙군. 내 무엇이 그토록 신경 쓰이는 건가?"

"네놈이 내가 염왕취에 취해 있을 당시 무엇을 알아냈는지, 그것이 중요한 것이다. 그게 바로 내가 이곳에서 발을 떼지 못한 이유다."

장건은 어깨를 으쓱했다.

"말했잖나, 보고로 가는 길 외에는 물은 것이 없다고. 뭘 물었을까 봐 그토록 겁을 내나? 너의 출신? 아니면 진검성의 비사라도 물었을까 봐?"

진검성의 비사라는 말에 고태붕은 흠칫한 표정을 지었다.

"네놈, 뭔가를 알고 있구나. 조금이라도 덜 고통스럽게 죽고 싶다면 말해라. 나에게서 무엇을 알아낸 거지?"

그의 손에 들린 제석천이 위협적으로 번쩍거렸다. 그러나 장건은 아무런 표정의 변화가 없었다.

"보고로 가는 약도를 물었을 뿐이다. 그 외에는 알아낸 것이 없다, 고태붕."

고태붕의 눈이 살기로 번득였다.

"멍청한 놈! 네놈이 뭐라 하든 아무 상관이 없다. 죽은 자는 말이 없는 법이니까."

철암동에서 벗어난 이상 제석천의 소음이 좀 일어도 큰 상관이 없었다. 철무림의 무사들이 몰려오기 전에 자리를 벗어나면 그만이니까. 고태붕은 제석천을 장건의 가슴을 향해 겨누었다.

"활활 불태워 주마!"

그의 손이 제석천의 방아쇠를 당기려는 순간, 장건은 물러서거나 도망치지 않았다. 오히려 고태붕을 향해, 자신을 노리고 있는 제석천을 향해 몸을 던졌다.

'저런 미친!'

득달같이 달려드는 장건을 보며 고태붕은 눈을 부릅떴다. 장건은 어느새 그의 눈앞까지 도달해 있었다. 고태붕은 망설이지 않고 장건의 가슴을 향해 제석천의 방아쇠를 당겼다.

천하제일의 살상 병기가 불을 뿜었다. 산뢰전이 튀어나오고, 뒤를 따라 화염과 독연이 뿜어져 나와 장건을 덮쳤다.

콰앙!

산을 뒤흔드는 폭음이 울리고, 불길이 주변 십 장을 휘몰아쳤다. 그리고 시커먼 독연이 공간에 가득 흩뿌려졌다.

이윽고 서서히 연기가 가라앉을 무렵, 밭은기침 소리가 흘러나왔다.

"콜록… 콜록, 콜록!"

기침을 하고 있는 것은 고태붕이었다. 주저앉아 있는 그의 신색은 좋지 않았다. 마치 제석천의 공격을 당한 것이 자신인 양, 신체 곳곳에 산뢰전의 파편이 박혀 있었고 머리와 옷은 불에 그슬려 시꺼멓게 변해 있었다. 독연에도 당한 듯 안색이 파리했다.

고태붕은 잘 들리지 않는 고개를 어렵사리 쳐들어 자신의 정면에 쓰러져 있는 장건을 보았다. 제석천과 정면으로 충돌한 장건은 사지를 활짝 벌린 채 대자로 누워 있었다.

고태붕은 장건의 모습을 좀 더 자세히 보기 위해 말을 듣지 않는 몸을 억지로 일으켰다. 몸을 움직이자 피가 섞인 기침이 절로 튀어나왔다.

간신히 일어선 고태붕은 비치적거리며 장건 앞으로 다가섰다. 그때 장건이 꿈틀거렸다. 아직 죽지 않은 것이다. 고태붕은 눈을 크게 떴다. 제석천을 정면으로 맞고도 아직 살아 있다니?

"대체 네놈은…… 아니?"

고태붕은 말하다 말고 비명에 가까운 소리를 질렀다. 제석천에 정면으로 맞은 장건의 가슴팍은 옷이 거의 다 타버린 상태였다. 그런데 겉옷이 없어진 그의 가슴에는 검은 광택의 가죽 옷 같은 것이 입혀져 있었다. 가죽 옷은 제석천의 충격에도 전혀 영향을 받지 않은 듯 멀쩡해 보였다.

고태붕은 충격을 받은 듯 온몸을 떨기 시작했다. 그는 그 가죽 옷을 너무도 잘 알고 있었다. 그 옷은 그의 누이동생의 상징과도 같은 물건이었고, 누이동생이 죽지 않는 한 결코 다른 사람이 입고 있을 수 없는 옷이었다.

"네, 네놈이 어떻게 연혼갑을⋯⋯?"

고태붕은 쓰러져 있는 장건의 멱살을 틀어쥐었다. 그는 이제야 자신이 이렇게 적지 않은 부상을 입은 까닭을 알 수 있었다. 제석천을 작동시키는 순간 장건이 돌진해 들어왔고, 제석천에서 나간 산뢰전과 화염, 독연 등은 발사되자마자 파고드는 장건의 가슴에서 폭발했다. 이때 너무 가까운 거리에서 충돌했기에 가속도를 얻지 못한 산뢰전이 제 기능을 발휘하지 못한 채 연혼갑에 막혀 그 파편이 반대로 튀어나갔고, 연이은 화염과 독연 또한 장건에게 맞고 되튕겨 나와 가까운 거리에 있는 고태붕에게까지 큰 피해를 입힌 것이었다.

"망할 자식! 연혼갑을 믿고 무턱대고 덤벼든 게로군! 그래, 결국 네놈 의도대로 제석천이 연혼갑을 꿰뚫지는 못했구나. 그러나 겨우 옷 한 벌로 제석천의 파괴력이 모두 봉쇄되리라고 기대한 게냐? 어리석은 놈 같으니!"

고태붕의 말대로 장건의 신색은 말이 아니었다. 의외로 독연이나 화염에 대한 피해는 고태붕보다도 적은 듯했으나 산뢰전으로 인한 충격에 온몸이 망가진 듯했다. 연혼갑은 산뢰전의 날카로운 촉은 막아낼 수 있었는지 몰라도 그 가공할 파괴력까지 봉쇄하지는 못하기에 장건의 몸이 그 충격을 고스란히 받을 수밖에 없었다. 장건은 정신을 반쯤 잃은 채 입가에서 검은 피를 꾸역꾸역 흘려내고 있었고, 내장 조각 같은 것이 섞여 나오고 있었다. 오장육부가 다 부서진 듯했다.

고태붕은 장건의 뺨을 마구 후려갈겼다. 어떻게 해서든 정신이 들게 만들어야 했기 때문이다.

혼탁하던 장건의 눈빛이 조금씩 제 색을 찾자 고태붕은 다급히 입을 열었다.

"이놈! 당장 이실직고해라! 연혼갑을 어디서 얻은 것이냐?"

장건은 힘없는 미소를 지으며 입을 달싹였다.

"혈부용……."

고태붕은 장건의 목을 틀어쥐었다.

"혈부용이 어쨌단 말이냐! 그 아이는 어떻게 되었느냐?"

장건은 씨익 웃으며 말을 이었다.

"알고…… 싶은가?"

"당장 말하지 못하겠느냐! 목을 비틀어 버리기 전에 냉큼 말해라! 혈부용을 어떻게 했느냐?"

고태붕은 하나밖에 없는 누이동생에 대한 염려로 눈이 뒤집혔다.

그러나 장건은 그에 개의치 않고 여유로운 표정까지 지으며 말을 이었다.

"혈부용의 안위가 걱정된다면 말해 주지……. 단… 이대 혈부용의 동생 중소진이 어디에서 무얼 하고 있는지 말해 다오. 그걸 듣기 전에는 아무 말도 하지 않겠다……."

잠시 어리둥절해하던 고태붕은 눈빛을 바꾸고는 장건을 바닥에 내팽개쳤다. 그리고는 벌떡 일어서서 칼을 뽑았다.

"개소리 하지 마라! 네놈이 원하는 것을 들어줄 성싶으냐! 내 죽음으로 지키려던 조직의 기밀을 누이동생의 안부로 바꿀 것 같은가? 흥, 듣지 않아도 이미 짐작하고 있다. 그 아이가 죽지 않았다면 네가 연혼갑을 입고 있을 리 없지! 필경 네가 그 아이를 죽인 것이 아니겠느냐? 너만 쳐버리면 모든 것이 해결된다! 기밀 유지도! 누이의 복수도!"

장건은 힘없이 웃으며 말했다.

"크크크크…… 내 꼴을 보고도 그런 소리를 하는가. 난 이미 끝났다. 난 그저 소진이가 어떻게 살고 있는지 알고 싶을 뿐. 다른 욕심은 아무것도 없다. 네가 날 살려주리라는 기대도 하지 않고. 소진이는 내 동생과 다름없는 아이이고 내 은인의 아들이다. 난 은인을 생각해서라도 그를 목숨을 걸고 지켰어야 하는데 그러지 못했다. 그러니 어디에서 무얼 하고 있는지 죽기 전에 알고 싶을 뿐이다. 누이동생의 안위를 알려는 너도 이해할 수 있는 생각 아닌가?"

고태붕은 잠시 말이 없었다.

그는 장건을 보며 생각했다. 본인의 말마따나 장건은 이미 가망이 없는 몸이었다. 그가 손짓 한 번만 하면 바로 목이 날아갈 놈이었다. 앞서 말한 것처럼 그는 누이가 살아 있으리란 기대는 하지 않았다. 그러나 최소한 어떻게 죽었고, 어디에 묻혔는지는 정말 알고 싶었다. 그런데 그 경위를 눈앞의 다 죽어가는 놈이 소상히 알고 있었고, 이놈이 죽게 되면 더 이상 알아낼 수 있는 재간은 없었다.

조직의 기밀은 목숨과도 바꿀 수 있는 고태붕이였지만 생각해 보면 중소진의 안위 정도는 죽어가는 이놈에게 말해 줘도 큰 문제가 없을 듯싶었다. 게다가 그것을 말하면 이놈에게 어느 정도 심적인 복수까지 할 수 있었다.

생각을 굳힌 고태붕은 입을 열었다.

"좋아, 그렇다면 증소진의 안위를 말해 주겠다. 단, 내 질문에 먼저 대답해라. 누이는 죽었나, 안 죽었나?"

장건은 순순히 대답했다.

"죽었다."

고태붕의 눈에서 깊은 슬픔과 함께 강한 살기가 뻗어 나왔다. 그는 뽑아 든 칼을 장건의 목에 대고 외쳤다.

"어떻게 죽었나? 네놈이 죽인 건가?"

장건은 꿈쩍도 하지 않고 말했다.

"그것을 대답하기 전에 너도 소진이에 관한 얘기를 해다오. 그게 공평하지 않나?"

잠시 아무 말이 없던 고태붕은 차갑게 웃으며 말했다.

"좋아, 네놈이 대담한 만큼은 알려주마. 증소진은 살아 있다. 그러나 살아 있는 것이 아니기도 하다."

장건은 눈을 찌푸렸다.

"무슨 뜻이냐?"

고태붕은 흉소를 흘리며 말했다.

"말한 그대로다. 그놈은 지금 혼이 반쯤 나가 있는 상태이다. 그렇게 죽지도 살지도 못한 채 평생을 살아갈 것이다. 물론 얼마 살지도 못할 테지만. 크크크크크……."

장건의 눈에서 기광이 번쩍였다. 고태붕의 말에서 안 좋은 느낌이 들었기 때문이다.

"네놈들… 대체 무슨 짓을 하고 있는 거지? 소진이에게 무슨 수작을 부렸다는 것이냐?"

고태붕은 칼을 장건의 목젖에 바싹 들이대며 말했다.

"네놈의 질문에 대한 답은 이미 끝났어. 이제 누이가 어떻게 죽었고 어디에 묻혔는지 말해라!"

격동하는 눈으로 고태붕을 노려보던 장건은 다시 피를 한 사발 토해 냈다. 그리고는 간신히 떠듬거리며 말했다.

"소… 소진이가 있는 곳이나 좀 가르쳐 다오. 혼령이 되어서라도 가서 사죄를 하고 싶다."

고태붕은 코웃음을 쳤지만 다 죽게 생긴 놈에게 그쯤 말해 주지 못할까 하는 마음이 들었다.

"증소진이 있는 곳은 형문산 흑룡동이다. 아깝게 되었구나. 여길 찾아오는 대신 거길 갔더라면 천우신단도 찾고 동생도 찾았을 텐데 말이다."

장건은 고개를 억지로 끄덕이며 말했다.

"고… 고맙다. 이제 혈부용에 대해 말해 주마. 혈부용은…… 내가 죽였다."

"역시 네놈이……!"

고태붕은 분을 참지 못하고 장건의 옆구리를 걷어찼다.

"커헉!"

장건은 피를 토하며 옆으로 한 바퀴 굴렀다.

고태붕은 그를 쫓아가서는 발로 배를 내리찍으며 외쳤다.

"똑똑히 말해! 어떻게 죽였나!"

장건은 신음성을 내며 입을 달싹였다.

"끄으으으… 곤봉으로… 머리를 쳐죽였다. 그는… 즉사했다."

잔뜩 독이 올라 있던 고태붕은 허탈한 표정으로 장건을 내리누르고 있던 발을 내렸다. 그는 눈을 감은 채 처연하게 말했다.

"묻힌 곳은?"

"강서성 남창… 서문세가의 뒷동산……."

고태붕은 고개를 주억거렸다. 그러다가 눈을 번쩍 떴다. 눈에서는 전에 없는 살광이 뻗어 나왔다.

"누이의 원수 놈! 네놈의 사지를 발라내어 구천을 떠돌고 있을 누이의 넋을 위로해 주겠다. 죽어라!"

번쩍 들린 그의 칼이 장건의 목을 향해 내리 찍혔다.

푹!

고태붕은 눈을 크게 떴다. 분명 칼을 내리찍었건만 베는 감촉이 손에서 전혀 느껴지지 않았던 것이다.

목을 날리고 피를 흩뿌려야 할 그의 칼은 연혼갑이 착용된 장건의 팔에 의해 막혀 있었다. 그리고 누워 있는 장건의 혼미하던 눈은 또렷한 제 색을 찾은 채 그를 똑바로 응시하고 있었다.

"네 누이동생은 구천에 떠돌고 있지 않다. 지금쯤 지옥 한구석에 처박혀 있을 것이니 날 죽여봐야 조금의 위로도 되지 않을 것이다."

방금 전까지의 다 죽어가던 목소리가 아닌, 정기 넘치는 장건의 음성이 고태붕의 귀에 파고들었다.

"이… 이놈이……?"

고태붕은 대경실색하며 칼을 들어 다시 장건을 내려치려 했다. 그 순간 장건이 튕겨지듯 몸을 일으키며 그의 배를 걷어찼다.

"커억!"

고태붕은 배에 엄청난 충격을 느끼며 붕 날아가 땅에 처박혔다.

"크으윽! 어, 어떻게 이런 일이……?"

장건은 전혀 불편한 기색 없이 뚜벅뚜벅 그의 앞으로 걸어왔다.

"소진이의 안위를 알고자 잠시 연극을 했을 뿐이다. 죽는 척을 하면 혹시나 가르쳐 줄까 해서 말이지."

"마, 말도 안 되는! 제아무리 연혼갑이라 해도 산뢰전의 충격까지 막아낼 수 있단 말인가?"

장건은 무심한 목소리로 말했다.

"연혼갑 자체만으로는 제석천의 파괴력을 막아내기에는 무리가 있다. 그러나 나는 연혼갑과 최적의 조화를 이루는 연혼무상신공(練魂無上神功)이란 호체신공을 익히고 있다. 연혼갑에 이 신공을 조화시키면 기병의 공격은 물론 불과 독, 강기와 경력 등의 어떠한 무형기라 해도 육체를 침범할 수 없다."

고태붕은 믿기 어려운 듯 중얼거렸다.

"있을 수 없는… 있을 수 없는 일이다!"

그는 갑자기 버럭 소리를 지르며 들고 있던 칼을 장건에게로 던졌다. 장건은 슬쩍 몸을 피해 칼을 흘렸다. 그러는 사이 고태붕은 재빨리 몸을 던져 땅바닥에 놔두었던 제석천을 집어 올렸다.

"놈! 방심했구나."

고태붕은 득의만면한 웃음을 흘리며 제석천을 다시 장건에게로 겨누었다.

장건은 전혀 개의치 않는 듯한 표정으로 그를 향해 곧바로 걸어왔다.

"거기 서라! 다가오면 쏘겠다!"

고태붕이 호통을 쳤으나 장건은 걷는 속도를 늦추지 않으며 말했다.

"뭘 쏘겠다는 것이냐. 산뢰전은 화약을 재고 화살을 재장전해야 다시 발사할 수 있는 무기이다. 넌 그럴 시간도, 도구도 없었지 않느냐."

고태붕은 광소를 터뜨렸다.

"크하하하! 설마 제석천의 무기가 산뢰전뿐이라고 생각하는 게냐!"

그의 말대로 제석천의 몸통 부분에는 산뢰전의 방아쇠 말고도 다른 조종기가 몇 개 더 달려 있었다. 고태붕은 다가오는 장건을 향해 제석천을 겨누고는 그중에 하나를 힘껏 잡아당겼다.

철컥!

뭔가 기관이 작동하는 음향이 일었지만 제석천은 아무런 변화가 없었다.

철컥! 철컥!

몇 번을 잡아당겨도 작동음만이 울릴 뿐, 제석천에서 튀어나가는 것은 아무것도 없었다.

"이, 이게 왜 이러지?"

고태붕이 당황하여 다른 손잡이를 만졌지만 결과는 역시 같았다. 그러는 새에 장건이 그의 앞까지 다가왔다.

"고태붕, 네 말대로 제석천에는 산뢰전 외에도 여섯 가지 이상의 공격기가 숨어 있다. 그러나 화약으로 작동하는 산뢰전 외의 다른 무기들은 전부 조종자의 내공을 밑바탕으로 움직인다. 네가 아무리 손잡이를 만지작거려도 기준 이상의 내공의 운용이 뒷받침되지 않으면 제석천은 절대 움직이지 않는다."

고태붕은 장건의 말에 해연히 놀란 표정을 짓더니 후다닥 뒷걸음질을 치며 비웃음을 흘렸다.

"흐흐흐, 알려줘서 고맙구나, 바보 놈. 이제 죽어라!"

고태붕은 공력을 운용하며 손잡이를 작동시켰다. 그러나 제석천은 여전히 미동도 하지 않았다.

장건은 차가운 안광을 발하며 그에게로 다가갔다. 고태붕은 다가오는 장건을 공포심 어린 눈으로 바라보며 열심히 제석천을 만지작거렸다. 그러나 철컥거리는 기계음 외에는 그 어떤 변화도 생기지 않았다.

"왜, 왜 이러는 거냐, 대체!"

분통을 터뜨리는 고태붕의 귀에 장건의 싸늘한 음성이 들려왔다.

"말했잖나, 기준 이상의 내공이 뒷받침되어야 작동한다고. 너에게는 그런 내공이 없다, 고태붕."

고태붕은 버럭 소리를 질렀다.

"무슨 개소리냐! 이 몸은 천우신단에 폭룡단까지 잡수신 몸이다! 공력이 없을 리가 없다!"

"정말 그렇게 생각하느냐? 네 자신도 느끼고 있을 텐데? 네 몸에서 내공이 사라져 간다는 것을."

장건의 말에 고태붕의 얼굴이 새파랗게 질렸다. 아닌 게 아니라 아까부터 기이하게 내공이 자꾸 끊어진다고 생각되고 있었다.

"말도 안 되는 소리! 왜 천우신단까지 복용한 나의 내공이 사라진단 말이냐?"

장건은 차갑게 웃었다.

"네 내공이 사라지는 것은 당연한 거다. 폭룡단의 효력이 다할 정도의 시간이 흘렀기 때문이다."

"그러나 천우신단은……."

"내가 준 천우신단 말인가? 설마 일류도둑인 내가 품 안에 든 보물을 고이 너에게 빼앗기리라고 생각했단 말이냐? 네가 없어졌다 나타났을 때 이미 목갑 속의 천우신단은 비슷한 빛깔의 다른 환약하고 바꾸어져 있었다."

"그, 그런……!"

고태붕은 장건의 말에 충격을 받은 듯 온몸을 부들부들 떨었다. 그는 다가오는 장건을 질린 눈으로 바라보다가 발작적으로 고함을 지르며 달려들었다.

"노옴!"

고태붕은 제석천을 장건의 머리를 향해 집어 던졌다. 장건은 날아오는 제석천을 한 손으로 낚아챘다. 그 순간 고태붕의 칼이 그의 복부를 향해 파고들었다. 장건은 그것을 무심히 내려다보기만 했다.

뚝!

복부를 꿰뚫을 듯하던 칼은 연혼갑에 걸려 휘어지더니 이윽고 반 토막으로 부러져 나갔다. 장건의 바로 앞에 멈춘 고태붕은 부러져 나간 칼을 믿을 수 없다는 듯 바라보았다. 몸속의 내공이 산산이 흩어지는 것이 느껴졌다.

"크윽!"

고태붕은 갑자기 극심한 통증을 느끼며 주저앉았다. 뱃속이 끊어질 듯이 아파왔다.

"폭룡단의 약효가 다한 모양이군. 고통을 잊고 있던 네 몸이 그걸 다시 기억하기 시작했나 보구나."

장건의 차가운 목소리가 귓가로 파고들었다. 고태붕은 이를 악물며 다시 일어서려 했지만 오히려 중심을 잃고 바닥으로 쓰러졌다.

장건은 손을 쓰지 않아도 그가 곧 죽으리라는 것을 알고 있었다.

장건은 그를 지나쳐 산 밑으로 발걸음을 옮겼다.

그때 등 뒤에서 신음하듯 내뱉는 고태붕의 말소리가 들려왔다.

"우우… 우우욱…… 생전 듣도 보도 못한 놈에게 제대로 당했구나······. *크크크크*······ 나는 여기서 죽는다만··· 네놈도 몸 성히 산을 내려갈 수는 없을 게다. 철무림이 왜 쟁패천하할 수 있는 세력으로 꼽히는지 제대로 체험할 수 있을 것이다······. 행여 네가 여길 빠져나갈 수 있다 해도··· *크크크크*··· 형문산 흑룡동에는 가지 말길 바란다······. 기밀을 유지하고자 하는 소리가 아니다······. 정말로 네놈이 걱정되어서 하는 소리이니··· 목숨이 아깝거든 그 근처에도 얼씬대지 말거라······. *크흐흐흐*······!"

고태붕은 숨이 끊어진 듯 말을 멈추었다. 장건은 그를 일별한 후 산 아래와 주위를 살폈다. 멀리 보이는 숲의 가지들이 약간씩 흔들리는 것이 보였다. 흔들리는 가지는 곧 산 전체로 퍼져 나갔다. 천라지망이 참으로 신속하게 깔리고 있는 것이 느껴졌다. 장건은 흔들리는 요소요소를 주의 깊게 살피며 발걸음을 옮겼다.

제5장
장건, 위기를 맞다

장건, 위기를 맞다

주붕은 산 아래쪽을 내려다보며 인상을 찡그렸다. 상황 보고를 하기 위해 올라오는 중인 부관의 안색이 편치 않아 보였기 때문이다. 보고를 듣지 않아도 놈을 아직 잡지 못한 것임을 예상할 수 있었다.

부관은 그가 있는 곳까지 올라와 보고를 했다. 내용은 그가 짐작한 것과 별반 다르지 않았다.

"백검대도 놈을 잡는 데 실패했습니다. 그리고… 백검대주가 중태라 합니다."

"중태? 놈에게 당했단 말이냐?"

부관은 고개를 푹 수그리며 말했다.

"그렇습니다."

"이런 머저리 같은! 잡기는 고사하고……."

주붕은 욕지거리를 내뱉었다. 철무림의 삼인자이며 휘하에 백검대와 흑도대를 거느리고 있는 그는 철암동에서 달아난 도적을 잡기 위한 천라지망을 진두지휘하고 있었다. 그런데 밤새도록 도적을 쫓은 결과 잡기는커녕 흑도대의 반수가 궤멸, 백검대는 대주까지 중태에 빠졌다고 하니 욕설이 아니 나올 수 없었다.

부관은 그의 눈치를 보고는 머뭇거리며 말했다.

"그나마 다행인 것은 작전대로 놈을 흑암림(黑暗林)으로 몰아가고 있다고……."

"퍽이나 다행이군 그래. 이 정도의 전력 누수를 하고서도 일개 도적을 잡지 못하고 고작 토끼 몰이를 한 것에 만족하라는 거냐?"

주붕은 싸늘하게 대꾸했다. 그는 산 아래쪽의 한 부분에 시선을 주었다. 동이 터오고 있었지만 그곳만은 아직도 짙은 어둠이 깔려 있었다.

어떤 도적인지 몰라도 제법 설치고는 있지만 놈이 천라지망을 빠져나가는 것은 불가능한 일이다. 철무림의 천라지망은 적을 한곳으로 몰아넣는 식으로 운용되는 특징이 있다. 비록 백검대와 흑도대가 뜻하지 않은 피해를 입긴 했으나 도적의 퇴로를 적절히 차단하는 기본 임무는 완수를 했기 때문에 놈이 잡히는 것은 시간문제라고 봐도 무방했다.

주붕이 신경질을 내는 이유는 이왕이면 자신이 직접 도적을 잡고 싶었기 때문이다. 그런데 도적은 결국 백검대의 손을 빠져나갔고, 유달리 승부욕이 강한 그는 그것이 못내 안타까웠다.

물론 도적이 그가 다스리는 범위에서 빠져나가긴 했으나, 흑암림의 뒤편에서 기다리는 자의 손에서는 결코 벗어나지 못할 것이었다.

그때 부관이 조심스레 입을 열었다.

"우상(右上), 이제라도 흑암림으로 가보는 것이 어떠실는지요. 워낙이 신출귀몰한 능력을 보였던 놈이니 만에 하나 함정에서 빠져나올 수도 있고……."

"치워라."

주붕은 손을 저었다.

"천우신단과 제석천 때문에 마지막 함정에 부임주가 직접 행차하셨다. 황룡팔위에 철인대까지 거느리고 갔으니 그의 손을 빠져나간다는 것은 도둑 아니라 천하십대고수라 해도 불가능한 일일 게다."

부관에게 천라지망의 뒤처리를 지시하고 몸을 돌려 자리를 뜨려던 주붕은 문득 자신이 알고 있는 도둑 하나가 떠올랐다.

용권방을 단신으로 무너뜨렸던 사나이. 그는 발걸음을 멈추고 다시 흑암림이 있는 지역을 내려다보았다.

"만에 하나 철암동에 잠입했던 도적이 혹시 그놈이라면… 부임주가 곤욕을 치를지도 모르지."

*   *   *

"흑!"

낮은 신음과 함께 마지막 한 명이 쓰러졌다. 장건은 그를 지나쳐 무거운 발걸음을 부지런히 옮겼다. 멀리 보이는 능선 하나만 넘으면 산을 벗어날 수 있을 듯도 했다. 그러나 그 앞은 우거진 숲이 도사리고 있었고, 그 안에 또 어떤 복병이 숨어 있을지 몰랐다.

상황은 좋지 않았다. 곤운봉 내를 헤매고 다닌 지도 벌써 다섯 시진째. 처음 두 시진 동안은 산봉우리의 요소요소에 숨어 있는 복병들을 이리저리 피해 다녔지만 천라지망의 그물이 워낙 정교했다. 결국 종적을 들키고 말았고, 그 뒤부터는 끝없는 추격과 격투가 이어지고 있었다.

은신과 잠복을 자유자재로 구사할 수 있는 평상시의 장건이라면 철무림의 천라지망이 제아무리 삼엄하다 해도 능히 빠져나갈 수 있었을 것이다. 그러나 그는 지금 몇 가지 불리한 조건을 안고 있었고, 그것이 그의 발목을 붙잡았다.

첫째는 시간이었다. 한곳에 몸을 숨기고 열흘이고 스무 날이고 잠복하여 상대를 먼저 지쳐 떨어지게 만들 수 있는 그였으나 지금은 한시라도 빨리 이곳을 빠져나가 조비연에게 약을 전해야 할 상황, 지체할 여력이 없었다.

둘째는 몸의 상태였다. 고태붕의 제석천을 막아내긴 했으나 그의 연혼무상신공은 아직 완전치가 못했고, 제석천은 지독하게 강력했다. 고태붕 앞에서는 내색하지 않았지만 적지 않은 내상을 입고 있었고, 이것이 그의 발걸음을 무디게 만들고 있었다.

숲 속으로 들어선 장건은 뭔가 심상치 않은 기세를 느꼈다. 어지간한 복병의 느낌이 아닌, 매우 위험한 낌새가 감지된 것이다. 몸을 틀어 숲 밖으로 나가야 한다는 생각까지 들었지만 이 숲만 벗어나면 곤운봉을 빠져나갈 수 있다는 생각에 다시 앞으로 전진했다.

숲으로 들어갈수록 사위가 어두워졌다. 장건은 이상하다는 생각이 들었다. 숲으로 들어설 때가 동이 트는 시각이어서 주변이 점점 환해지고 있었는데, 오히려 시간이 지날수록 어두워지다니, 있을 수 없는 일이었다. 나무에 햇살이 가려서 그런 것이 아니었다. 울창한 가지 사이로 비치는 하늘 자체가 어두워져 있었다.

하늘이 깜깜하고 별도 보이지 않으니 방향을 알 수가 없었다. 한참을 숲을 거닐던 장건은 문득 이 숲에 진법이 행해지고 있는 것이 아닌가 하는 생각이 들었다. 그렇지 않고서야 밝아지던 하늘이 어두워지고 동서남북 방향을 분간하기 어려운 지세가 이렇게 계속 이어질 리가 없었다.

그는 품속에서 국자 모양으로 되어 있는 작은 바늘 하나를 꺼냈다.

장건은 국자의 볼록한 밑 부분을 검지손가락 끝에 올려놓고 바늘이 손가락 위에서 평형을 이루도록 중심을 잡았다. 그러자 바늘은 한 바퀴 빙글 돌더니 한쪽 방향을 가리켰다. 그 방향이 바로 남쪽이었다.

방금 장건이 사용한 것은 지관(地官)들이 쓰는 지남침이었다. 원래 지남침은 이 국자 모양의 바늘과 청동 받침대로 구성되어 있으나 장건은 휴대하기 편하도록 바늘만 가지고 다녔다.

장건은 지남침이 가리킨 방향을 고려하여 호광성 경계로 빠져나갈 수 있는 서남쪽을 변별, 그 방향으로 전진했다. 숲의 지형은 시시각각으로 바뀌며 그의 눈을 현혹시켰으나 장건은 지남침에 의지하여 숲을 빠져나올 수 있었다.

숲 밖으로 나온 장건은 '역시나' 하는 생각이 들었다. 진법이 펼쳐진 숲치고는 큰 함정이 없다 싶었는데 위험은 숲 밖에 도사리고 있었던 것이다. 마치 그가 나오기를 기다린 것처럼 그들은 거기에 있었다.

우선은 지하 광장에서 잠시 격돌했던 철인대가 보였다. 그들은 마치 병풍처럼 숲 밖의 공터를 빙 둘러싸고 있었다. 그들의 뒤쪽으로 절벽이 있었고, 튼튼한 나무 다리가 절벽과 건너편을 잇고 있었다. 다리를 건너기만 하면 호광 경계에 들 수 있을 듯했다.

철인대의 앞에는 탁자가 하나 놓여 있었다. 탁자 위에는 음식이 차려져 있었고, 한 사내가 탁자에 앉아 그것을 먹고 있었다. 그의 뒤로는 여덟 명의 붉은 옷을 입은 검사가 우뚝 서 있었다.

'좋지 않다.'

장건은 직감적으로 느꼈다. 붉은 옷의 검사들의 기도가 심상치 않았다. 그러나 그보다 훨씬 위험해 보이는 것은 음식을 먹고 있는 사내였다. 검사들이나 철인대에서는 그들의 기파를 어느 정도 파악할 수 있었다. 그러나 맛있게 식사를 하고 있는 사내에게서는 아무것도 느껴지지 않았다. 사내는 평범한 범부이거나, 혹은 이때껏 그가 접해보지 못했던 반박귀진의 경지에 다다른 고수임이 분명했다.

사내는 어느덧 식사를 마친 듯 천으로 입을 닦았다. 그리고는 장건을 보고 마치 이제야 알아본 양 눈을 크게 뜨고 말했다.

"호오, 벌써 흑암림을 나온 건가? 최소한 반나절 이상은 헤매리라 생각했는데, 능력이 대단한 친구로군."

장건은 입을 열었다.

"넌 누구냐? 관천호인가?"

"으하하하하!"

사나이는 호탕한 웃음을 터뜨렸다.

"철무림의 영역에서 임주의 이름을 함부로 부르는 자가 있을 줄이야. 하긴 그 정도 뱃심은 있어야 본 림에서 물건을 훔칠 자격이 있지. 본좌는 철무림의 부임주인 좌산이라 하네."

'쌍비수천하 좌산!'

장건은 낯빛이 무거워졌다.

좌산은 일도절혼 관천호에 이은 철무림의 이인자였다. 또한 천하십대고수 중 한 사람으로 꼽히는 당금 강호의 정점에 서 있는 무인이기도 했다.

쌍비수천하는 천하를 양팔로 가둘 수 있다는 뜻으로, 좌산은 별호에 걸맞는 막강한 장공의 대가였다. 장건이 지금껏 맞부딪친 상대 가운데 전례가 없는 최고수라 해도 과언이 아니었다.

좌산은 차를 따라 한 모금 들이키고는 말했다.

"뇌옥에서 고태봉을 빼냈길래 당연히 그의 끄나풀이라 생각했었네. 근데 산을 뒤지다 보니 고태봉의 시체가 나와 그도 아니라는 것을 알았지. 나중에 알고 보니 지하 보고에 손을 댔더군. 그제야 도둑이 아닐까 생각이 들었지. 내 자네의 수법에는 진정 감탄했네. 본 림의 지하 보고는 천하의 그 어떤 도둑이라 해도 절대 털 수 없게 되어 있다고 알고 있었는데, 설마 보고를 건설한 고태봉으로 하여금 그것을 열게 만들다니, 자네가 도둑이라면 진정 천하제일의 대도가 아니겠는가?"

장건이 말했다.

"과분한 칭찬 고맙군. 한데 식사가 다 끝났으면 길 좀 비켜주지 않겠나? 날이 밝았으니 귀가할 시간이라서 말일세. 원래 도둑은 밤에 일하고 낮에 퇴근해야 하는 직업이라서."

"으하하하하하!"

좌산은 다시 홍소를 터뜨렸다.

"보면 볼수록 재미있군. 좋아, 밤새도록 격무에 시달렸을 텐데 자고 싶다는 사람 얼른 보내줘야지. 단, 훔친 물건은 돌려줘야겠어. 그걸 이 탁자 위에 온전히 올려놓으면 집에 가도록 길도 터주고 자네가 본 림에서 지은 모든 일은 불문에 부치겠다. 본좌의 이름을 걸고 말일세."

좌산의 마지막 한마디는 지금까지의 장난기가 싹 가셔 있었다. 그의 뒤에 서 있는 붉은 검사들의 기세도 서서히 달아오르기 시작했다.

"만일 거부하겠다면…… 우리 화룡팔수의 검이 얼마나 무정한지를 몸으로 체험해 봐야 할 걸세. 난 개인적으로 자네처럼 재미있는 친구의 사지가 낱낱이 분리되는 꼴을 보고 싶지가 않아. 그러니 부디 내 충고를 들어주길 바라네."

장건은 왜 좌산이 저토록 친절한 권유를 하는 것인지 알고 있었다. 자신을 함부로 다루다가 보물 중의 보물인 천우신단과 제석천이 행여 손상될까 그걸 두려워하고 있는 것이다.

장건은 좌산의 뒤에 서 있는 화룡팔수를 흘깃 보았다. 자신이 좌산의 권유를 거부한다면 그들이 즉시 달려들 것이다.

화룡팔수의 명성은 익히 들어본 바가 있다. 이들은 원래 중경을 주름잡던 화룡방의 방주와 그 사형제들이었다. 화룡방은 쾌검과 독특한 진법으로 유명했는데, 철무림과의 세력 다툼 끝에 비무로 승부를 벌여 방주인 진천화룡 석개가 좌산에게 패하고, 무적의 진법이라 자부하던 화룡팔극진이 관천호의 손에 무너지면서 철무림의 예하로 편입되었다.

만일 저들이 나선다면 여덟 명으로 구성된 만큼 장건에게도 화룡팔극진을 쓸 것이 분명했다. 비록 패하기는 했으나 당대 최고수로 꼽히는 관천호와 삼백 초 이상의 팽팽한 대결을 벌였다는 풍문이 있는 것으로 볼 때, 내상을 입은 데다가 다섯 시진이 넘는 사투를 벌여 지칠 대로 지친 상태인 그가 과연 저들의 공격을 견뎌낼 수 있을지, 장건은 자신할 수가 없었다.

화룡팔수만으로 벅찬데 그 뒤에는 수십 명의 철인대가 있고, 최후에는 천하십대고수라는 좌산이 있었다. 곤운봉을 벗어날 수 있는 나무다리까지는 불과 오십 장도 되지 않는 거리였지만, 거기까지 도달하기에는 너무도 많은 관문이 장건을 기다리고 있었다.

"자, 어쩔 텐가. 자네가 어리석은 자가 아니라면 내 권유를 받아들이는 것이 좋을 거네."

좌산의 마지막 충고가 떨어졌다. 장건은 마음을 굳힌 듯 그의 앞으로 성큼성큼 다가섰다. 그리고는 품 안에서 목갑 하나를 꺼내 탁자 위로 던졌다.

탁!

좌산은 탁자 위로 떨어지는 목갑을 낚아챘다. 그리고 뚜껑을 열었다. 붉은색 환약 하나가 모습을 드러냈다.

"천우신단이다. 쌍비수천하 좌산의 말이 필부의 한마디와는 무게가 다르리라 믿는다."

장건의 말에 좌산은 싱긋 웃었다.

"물론 무게가 다르고말고. 자네가 이렇게 협조해 주니 본좌의 마음도 절로 흐뭇해지는군. 한데 제석천은?"

"가지고 다니기 불편하여 나중에 다시 와 찾을 요량으로 저 숲 속에 숨겨두었다. 숲 속에 펼쳐진 진법 때문에 방향을 정확히 설명할 수는 없지만 숲 중앙쯤에 위치한 대단히 큰 느티나무의 옹골 속에 숨겨두었다. 가보면 찾을 수 있을 거다."

"진실인가?"

좌산의 물음에 장건은 어깨를 으쓱했다.

"척 보면 알 수 있지 않나? 당신 부하들이 숲 근처까지 날 쫓아왔었는데, 그때 분명 나는 제석천을 들고 있었다. 그런데 지금은 없지 않나. 그러니 숲 안에 숨겨두었다는 말은 거짓이 아니다. 행여 느티나무가 아니라도 당신 부하들을 다 풀면 그리 크지 않은 숲 안에 있는 물건 하나를 찾지 못할까?"

좌산은 뒤를 돌아보며 철인대에게 물었다.

"이자의 말이 사실이냐? 숲으로 들어가기 전에는 제석천을 가지고 있었나?"

철인대주가 한 발 앞으로 나와 대답했다.

"예, 환영단주에게 들은 보고와 일치합니다. 숲으로 들어갈 때 제석천을 들고 있는 것을 보았다고 합니다."

좌산은 다시 장건을 보며 고개를 끄덕였다.

"좋아, 어차피 숲에 숨긴 거라면 자네가 거짓말을 하지는 않았을 거라 믿네. 자, 그러면 원하는 것을 돌려받았으니 이제 약속대로 길을 터 줘야겠지?"

좌산은 한 손을 치켜 올렸다. 그러자 그의 뒤에 있던 화룡팔수가 좌우로 흩어졌고, 공터를 둘러싸고 있던 철인대도 양쪽으로 갈라섰다.

좌산은 중앙에 뚫린 길을 가리키며 말했다.

"자, 이제 가서 편히 쉬도록 하게. 협조에 감사할 따름이네."

자신의 약속을 견실히 지키겠다는 듯 너무도 순순하게 길을 열어주는 좌산이었다.

장건은 잠시 제자리에 서 있다가 이윽고 발걸음을 떼었다. 좌산이 있는 탁자를 지나치고 화룡팔수를 지나쳐 철인대에 접근하려는 순간, 등 뒤에서 좌산의 음성이 들려왔다.

"잠깐 기다리게. 이 천우신단, 가짜인걸?"

그 말이 떨어지기가 무섭게 철인대가 재빨리 진형을 재구성하여 나무 다리를 막아섰다. 그러나 그전에 이미 장건의 팔방에서 화룡팔수가 일제히 달려들었다. 그들의 불꽃 같은 검기가 장건의 온몸을 휘감아왔다.

장건은 눈을 번득이며 신형을 공중으로 띄워 올렸다. 급작스러운 공격이었지만 이미 예상하고 있던 일이었다.

그가 좌산에게 내준 천우신단은 가짜가 맞았다. 그러나 좌산이 그게 가짜인지 보자마자 식별해 냈을 리는 없다. 그렇다면 좌산은 천우신단이 진품이든 가짜든 처음부터 그를 죽일 작정이었고, 그가 가장 방심하고 있을 때, 그리고 화룡팔수가 가장 그를 공격하기 좋은 시점에서 공격을 명령한 것이다. 장건이 천우신단을 어찌할 틈을 주지 않기 위해.

관천호와 팽팽히 삼백 초를 겨루었다는 명성답게 화룡팔수의 공격은 지극히 날카롭고 위맹했다. 내상을 입고 있는 장건으로서는 팔방에서 들어오는 강력한 검기를 한 손으로 막기도 어렵고, 불완전한 연혼무상신공으로 막아내기도 벅찼다. 생사의 백척간두에 놓였다 해도 과언이 아닌 순간이었다.

그러나 장건에게는 아직 숨겨둔 한 수가 있었다. 공중에 뜬 그의 장포 자락이 거둬지고, 그의 손이 허리춤에 차여 있던 곤봉으로 보이는 뭉툭한 은색 물건을 잡아챘다. 화룡팔수의 검기가 그의 하복부로 파고드는 순간, 장건은 몸을 반 회전시키며 아래 방향으로 은색 곤봉을 쭉 내밀었다. 그러자 곤봉은 접혀진 우산이 활짝 펴지듯 둥근 날개를 폈고, 화룡팔수의 여덟 개 검은 펼쳐진 날개로 일제히 파고들었다. 검극이 날개에 꽂히는 순간, 날개의 표면을 이루고 있던 육각형의 조각들이 폭죽 터지듯 터져 나가 사방으로 비산했다.

"큭!"

"아악!"

"우욱!"

비산하는 날개의 표면 조각들이 아침 햇빛에 반사되어 은광을 뿌리는 가운데, 추락하는 화룡팔수의 몸에서 흩뿌려지는 핏방울이 붉은 광채를 버무렸다.

"제석천!"

공중에서 피를 흘리며 중심을 잃고 추락하는 화룡팔수를 본 좌산이 이를 갈며 외쳤다. 제석천은 부피가 큰 무기인지라 숲 속에 숨겨놓았다는 장건의 말을 철석같이 믿은 게 실수였다.

그는 철무림의 고위직에 있었기 때문에 지하 보고에 보관되어 있는 제석천을 몇 번 만질 기회가 있었다. 그러나 그 무기가 저렇게 자유자재로 접혔다가 퍼지는 기능이 있는 줄은, 또한 산뢰전 말고도 저런 엄청난 암기가 숨겨져 있는 줄은 전혀 몰랐었고, 그것은 임주나 다른 인물들도 마찬가지였다.

여덟이 합치면 당해낼 자가 없다는 화룡팔수가 단 한 수에 핏물이 되다니! 강호 최강의 살상 무기라는 소문이 결코 과장이 아니라는 것을 절실히 체감할 수 있는 위용이었다.

털썩! 털썩, 털썩!

온몸에 육각형의 조각이 박힌 채 벌집이 된 화룡팔수의 시체가 바닥으로 떨어졌고, 그 뒤를 이어 장건의 신형이 천천히 떨어져 내렸다.

"놈!"

좌산이 벼락같은 일갈과 함께 장건에게 달려들었다. 공세를 펼치려는 순간, 장건이 제석천을 그를 향해 빙글 돌렸다. 손잡이를 돌리는 철컥 소리가 들렸다.

"흡!"

제석천의 믿기 어려운 위력을 절감하고 있던 좌산은 다급히 숨을 들이키며 측면으로 몸을 피했다.

그러나 장건이 내민 제석천에서는 방금 전과는 달리 그 어떤 것도 튀어나오지 않았다. 단순히 손잡이만 까딱거려 소리를 낸 허초였던 것이다.

장건은 좌산이 물러나는 것을 보며 그의 반대쪽으로 몸을 날렸다. 철인대가 있는 방향이었다.

철인대는 그가 날아오는 것을 보며 서둘러 진형을 구축했다. 은빛 장창이 일제히 정면으로 뻗어 다가오는 장건을 겨누었다.

장건은 제석천을 한 손으로 고정시키고는 다른 한 손으로 손잡이의 끝을 잡아 돌렸다. 그러자 우산 날개의 펼쳐진 각도가 더 커져서 거의 평평하게 변했다. 장건이 다시 손잡이를 조작하니 날카로운 음향과 함께 날개 부분이 초고속 회전을 시작했고, 장건은 자전하는 제석천을 철인대를 향해 힘차게 휘둘렀다.

위이이이이잉!

활짝 펼쳐져 원반 형태가 된 날개가 몸통에서 떨어져 나가 무시무시한 속도로 철인대를 향해 날아갔다. 원반은 직선으로 날아가는 것이 아니라 긴 호선을 그리며 철인대 대열의 한쪽 끝을 휘감아들었다.

대열 끝에 있던 철인대원이 다급히 장창으로 원반을 찔렀지만 백련 정강으로 만들어진 장창은 원반에 닿자마자 끊어져 나갔고, 연이어 철갑 투구로 보호된 그의 목이 날아갔다. 그리고 그 다음 대원이 내민 방패와 그걸 든 팔이 잘리고, 뒤이어 그 대원의 상반신이 끊어져 나갔다. 그리고 그 다음 대원이, 그리고 그 다음 대원도, 그 누구도 원반의 전진을 막아내지 못했다. 원반이 대열의 끝에서 끝까지 전진한 후 장건이 들고 있는 몸체에 다시 안착하기까지.

철컥!

원반이 몸체에 끼워졌을 무렵, 땅 위에 제대로 서 있는 철인대원은 아무도 없었다. 원반이 스치고 지나간 자리에는 지옥도가 펼쳐져 있었다. 대원들의 잘려 나간 사지가 아직도 땅바닥에서 펄떡거리고 있었고, 거기서 흘러내리는 피가 홍건하게 땅을 적시고 있었다. 반신이 끊어진 채 아직 죽지 않은 대원들의 고통에 찬 절규가 공터를 넘어 숲까지 메아리쳤다.

한편 장건의 속임수에 속아 뒤로 후퇴했던 좌산은 철인대의 허망한 최후를 두 눈으로 바라만 보고 있어야 했다. 원반이 철인대를 긋고 지나간 것은 창졸간에 일어난 일이라 그가 어찌 손을 쓸 겨를이 없었다.

철인대가 무너지는 순간 좌산의 눈에서 불꽃이 튀었다. 직속 수하인 화룡팔수와 휘하의 최정예 부대인 철인대가 장건의 단 한 수에 마치 모래성처럼 허물어져 버린 것이 그의 이성을 마비시킨 것이다.

사태의 원흉인 장건은 막 돌아온 원반을 수렴하고 있었다. 그는 극도로 분노하여 장건을 향해 몸을 날렸다. 그의 성명절기인 선풍와류장(颺風渦流掌)이 오른손에서 뻗어 나와 장건의 등을 향해 폭사되었다.

우우우웅!

장건은 등 뒤로 다가드는 무시무시한 경력을 감지하고는 눈빛이 어두워졌다. 공격해 오는 자는 장내에 남아 있는 유일한 고수, 좌산이 분명했다. 그러나 장건에게는 지금 그걸 맞받아 칠 공력이 거의 남아 있지 않은 상태였다.

절정고수인 화룡팔수를 일거에 벌집으로 만들어 버린 광영비산(光靈飛散)은 제석천의 일곱 가지 공격기 중에 시전자의 공력 소모가 가장 큰 기술이었다. 철인대를 도륙한 탈명환(奪命環) 역시 방금 전과 같은 신위를 보이기 위해서는 공력의 소모가 만만치 않은 수법이었다. 둘다 밤새도록 쉬지 않고 전투를 벌인데다가 내상까지 입고 있는 장건에게는 큰 무리가 따르는 기술들이었기에, 화룡팔수와 철인대까지는 단숨에 도륙 내는 것이 가능했으나 분노한 좌산의 공세까지 막아낼 여력이 남아 있질 않았다.

그러나 장건은 몸을 돌렸다. 어쨌든 반격을 해야 하는 순간이었다. 그는 닥쳐드는 경력에 맞서서 일장을 날렸다. 장력과 장력이 맞부딪치는 순간, 장건의 등 뒤에서 또 다른 경력이 닥쳐들었다.

펑!

예상치 못한 일격이 등에 적중된 장건은 피를 흩뿌리며 훌훌 날아 땅바닥에 처박혔다.

장건의 등을 때린 것은 좌산의 좌수에서 뻗어 나온 선풍와류장이었다. 선풍와류장은 시전자의 의지에 따라 자유자재로 방향을 틀 수 있는 신공인지라 좌산은 우수의 장력으로 장건의 시선을 붙잡은 후 좌수의 장력을 크게 휘둘려 장건의 배후로 파고들도록 조종했고, 그 의도는 정확히 맞아들어 장건에게 큰 피해를 입힌 것이다.

땅에 쓰러진 장건은 다급히 제석천을 잡아 들어올리려 했다. 그러나 그걸 그냥 놔둘 좌산이 아니었다. 그는 장건을 쫓아가며 일장을 날렸고, 거센 장력이 장건을 다시 덮쳤다.

펑!

"크윽!"

장건은 다시 신음을 흘리며 경력에 떠밀려 땅을 굴렀고, 고쳐 잡으려던 제석천은 그의 손에서 빠져나가고 말았다.

스팟!

제석천이 장건의 손에서 떨어짐과 동시에 좌산의 신형이 쾌속하게 장건에게로 날아들었다. 가장 두려워하던 제석천이 장건의 손에서 떨어져 나갔으니 이제 공격에 신중을 기할 필요가 없어진 것이다. 그의 쌍장이 장건을 향해 사정없이 퍼부어졌다.

펑! 퍼퍼퍼펑!

가죽 북 터지는 소리가 연이어 울렸다. 상하좌우로 구부러지고 휘어지는 선풍와류장이 몸을 가누지 못하는 장건을 끊임없이 공격했다. 방향을 가리지 않고 파고드는 장력에 의해 들썩이던 장건의 몸이 점차 공중으로 떠워졌고, 선풍와류장이 온 공간을 휘몰아치며 떠오른 그의 몸을 마구잡이로 강타했다. 장건은 장력이 몸으로 파고들 적마다 피를 내뿜으며 비치적거렸다. 좌산은 무려 마흔다섯 번의 타격을 장건의 몸에 가한 후에야 손을 멈추었고, 공중에 뜬 채로 그 공격을 고스란히 허용한 장건은 땅바닥으로 추락하듯 떨어져 내렸다. 쓰러진 그는 숨이 끊어진 듯 미동도 하지 않았다.

좌산은 가쁜 숨을 몰아쉬며 장건을 내려다보았다. 몸뚱어리에 무려 사십오연격의 선풍와류장을 허용했으니 놈이 금강불괴가 아닌 이상 버텨낼 수 있을 리 없었다. 이미 숨이 끊어졌거나 내장이 다 부서져 죽어가고 있을 것이었다.

좌산은 불현듯 아차 싶은 생각이 들었다. 장건이 가지고 있을 진짜 천우신단에 생각이 미친 것이다. 선풍와류장이 장건의 전신을 북어 두드리듯 두들겼기 때문에 그의 몸속에 보관되어 있을 천우신단에 손상이 갔을 수도 있겠다는 생각이 들었다.

그는 급한 마음에 널브러져 있는 장건에게로 서둘러 달려갔다. 그리고 품 안을 뒤질 요량으로 장건을 향해 허리를 굽혔다.

그때 갑자기 죽어 있을 줄 알았던 장건이 벌떡 몸을 일으키며 그를 향해 일장을 날렸다.

전혀 예상치 못한 공격이었기 때문에 도저히 막아낼 수 없을 듯했으나 좌산은 막아냈다. 십 년 이상 천하십대고수의 한자리를 차지하고 있는 그였기에 창졸간의 공격이었지만 간신히 몸을 뒤로 빼며 일장을 날려 다가오는 장력을 받아친 것이다.

그 순간, 붉은 실선이 장건의 손바닥에서 뻗어 나와 장력을 거슬러 올라 그의 장심을 꿰뚫고 들어갔다. 너무도 가까운 거리였기 때문에 피하고 자시고 할 여력이 없었다.

"크윽!"

좌산은 손바닥을 불로 지지는 듯한 극심한 통증을 느끼며 주저앉았다. 실선이 파고들어 간 오른팔이 몽땅 마비된 느낌이었다.

그가 주저앉는 사이 장건은 몸을 일으켜서는 땅바닥에 구르는 제석천을 집어 들었다. 그때 흑암림에서 바람 소리가 들리더니 주붕과 백검대가 숲을 뚫고 튀어나왔다.

주붕은 숲을 막 벗어나는 시점에서 좌산이 붉은 실선에 당하는 마지막 광경을 똑똑히 볼 수 있었다. 그는 그 광경을 보고 용권방주의 최후를 떠올렸고, 도직의 정체가 누군지 난박에 알아차렸다.

"이놈! 풍파투도!"

주붕들이 달려오는 것을 본 장건은 급히 몸을 피했다. 그는 좌산을 놔둔 채 나무 다리로 내달렸다.

장건을 쫓던 주붕은 도망치는 풍파투도의 움직임이 민활하지가 않음을 보고는 상대의 몸 상태가 정상이 아니라는 것을 알아차렸다. 좌산과의 대결에서 놈 역시 적지 않은 손해를 본 것임이 분명했다.

주붕은 달리는 속도를 더욱 높였다. 쏜살같이 장건을 추격한 그는 마침내 나무 다리를 건너는 장건을 따라잡았다.

파앗!

공중으로 도약하여 삼 장의 거리를 순식간에 좁힌 주붕은 다리를 건너고 있는 장건에 근접하여 그의 등에 일검을 날렸다.

막 등이 꿰뚫리려는 순간 장건은 몸을 비틀며 들고 있던 제석천으로 검을 막아냈다.

깡!

제석천이 힘없이 공중으로 떠올랐다. 주붕의 일검이 숨 돌릴 틈 없이 장건의 가슴으로 다시 꽂혔다.

푹!

가슴에 꽂힌 주붕의 검은 연혼갑을 뚫지 못하고 반원으로 휘어졌다가 튕겨 나갔다. 그러나 연혼무상신공을 끌어올릴 기운조차 없는 장건은 검에 실린 경력으로 인해 큰 충격을 받고 다리의 난간까지 떠밀려 나갔다.

자신의 검이 튕겨 나온 것 때문에 잠시 어리둥절해하던 주붕은 장건이 특수한 호신갑을 입고 있다는 것을 감지하고는 다시 몸을 날렸다. 그의 검기 충천한 검이 비치적거리는 장건의 정수리를 향해 날아들었다. 내상을 잔뜩 입고 무기를 들 힘조차 없는 장건이 도저히 막아낼 수 없는 일격이었다.

장건은 주붕을 보고 있지 않았다. 그는 자신의 손을 벗어나 절벽 밑으로 떨어지고 있는 제석천을 보고 있었다. 그는 그것을 따라가려는 듯 난간 밑으로 몸을 던졌다. 주붕의 검기가 그가 있던 자리를 스쳐 지나갔다.

"저놈이?"

장건이 서 있던 자리에 착지한 주붕은 의아해하며 난간 밖으로 고개를 내밀었다. 장건이 절벽 밑으로 추락하고 있었다. 떨어지는 장건과 그의 눈이 마주쳤다. 주붕은 장건의 눈이 웃고 있다는 느낌이 들었다. 그는 순간적으로 왠지 모를 꺼림칙함을 느꼈다. 풍파투도의 웃음에 만사를 포기한 자의 체념의 빛이 느껴지지 않았던 것이다. 그 웃음은 오히려 조소의 느낌이었다.

그 순간 장건의 우수가 위를 향해 휘둘러졌다. 작고 검은 공 같은 물체가 주붕이 서 있는 위치로 솟구쳐 올라왔다.

'위험하다!'

주붕은 심상치 않은 기색을 느꼈다. 그 순간 검은 물체가 다리의 밑바닥에 충돌했다.

콰앙!

폭음이 일고 불꽃이 튀었다. 장건이 던진 폭렬탄에 맞은 나무 다리의 중앙부는 흔적도 없이 날아가 버렸다.

주붕은 폭발 직전 위험을 감지하고 아슬아슬하게 몸을 띄웠다. 그는 간신히 폭발을 피해 나무 다리를 벗어나 땅 위로 착지할 수 있었다.

한숨을 돌린 주붕은 추락하고 있을 장건을 찾으려 절벽 아래로 고개를 내밀었다. 그러나 그의 예상은 다시 한 번 빗나갔다.

장건은 추락하고 있지 않았다. 그는 공중에 대롱대롱 매달려 있었다.

장건은 나무 다리를 폭파시키는 순간 승표를 날려 반대편 절벽 위의 다리 말뚝에 밧줄을 거는 데 성공했다. 그리고 다른 손의 승표로는 떨어지고 있는 제석천을 붙잡아 매기까지 한 상태였다.

그는 그 상태로 천천히 밧줄을 타고 올라가기 시작했다. 주붕과 백검대는 그것을 보며 발을 동동 굴렀다. 건너편 절벽까지는 이십여 장,

천하에 없는 경공 고수라 해도 그 거리 뛰어넘기는 불가능했다.

이를 갈며 밧줄을 타고 있는 장건을 보던 주붕은 뭔가 떠오른 듯 버럭 소리를 질렀다.

"검을 날려라!"

백검대는 들고 있던 검을 일제히 장건을 향해 날렸다. 그들은 모두 빼어난 비검술의 소유자들이었지만 이십여 장의 거리는 사정권 밖이라고 할 수 있었다. 그들이 날린 검은 장건을 크게 벗어나 절벽에 박히거나 아래로 떨어졌다. 그러는 사이 장건은 절벽을 거의 다 올라갔다.

그때 주붕이 검을 날렸다. 그의 기운을 가득 실은 비검이 바람을 가르며 날아가 절벽 위로 막 올라서고 있는 장건의 등에 꽂혔다. 장건은 움찔했으나 연혼갑을 이기지 못한 검은 힘없이 아래로 떨어졌고, 장건은 결국 절벽 위로 올라 총총히 사라졌다.

주붕은 분통을 터뜨리며 백검대에게 다른 길로 돌아 추격을 계속하라고 지시했다.

백검대가 이동하는 사이 그는 아직도 주저앉아 있는 좌산에게 다가갔다.

"부임주, 괜찮습니까?"

좌산의 안색은 심상치 않았다. 그는 한쪽 어깨를 부여잡고 있었는데, 얼굴은 시뻘겋게 달아올라 있었고 핏줄이 튀어나와 터질 듯했다. 마치 주화입마에 걸린 사람 같았다.

좌산은 주붕을 보더니 어렵게 입을 열었다.

"우상… 내 칼을 뽑아… 오른팔을 잘라라."

"예?"

뜻밖의 말에 주붕은 눈을 크게 떴다. 좌산은 소리를 버럭 질렀다.

"어서! 빨리 잘라!"

상황이 심상치 않음을 직감한 주붕은 즉시 좌산의 칼을 뽑아 그의 어깨를 내려쳤다.

"큭!"

좌산은 짧게 신음했으나 더 이상 아무 소리도 내지 않고 재빨리 어깨의 혈도를 점혈해 피를 멈추게 했다.

"부임주, 대체 왜……."

의아해하는 주붕에게 좌산은 손가락으로 그가 자른 팔을 가리켰다.

"저걸 좀 보게."

주붕은 좌산이 가리킨 곳을 보고 큰 숨을 들이켰다. 잘린 팔의 끝 부분, 어깻죽지와의 연결부에서 아까 좌산의 손으로 파고들었던 붉은 실선이 튀어나온 것이다. 팔에서 튀어나온 실선은 바로 앞에 있던 바위에 박혔는데, 부러지거나 튕겨지지 않고 오히려 바위 안으로 파고들었다. 그리고는 점점 들어가더니 이내 바위 속으로 자취를 감추었다.

"음! 저 암기가 저 정도의 위력이었나……."

주붕은 신음하듯 뇌까렸다. 그걸 듣고 있던 좌산이 물었다.

"본 적이 있는 암기인가?"

주붕은 고개를 끄덕였다.

"용권방주가 바로 저 암기에 당했습니다. 겉은 멀쩡했는데 암기에 적중당하고는 즉사를 했지요. 사인을 자세히 밝히지는 않았었는데, 이제 보니 저 암기에 심장이 터졌나 보군요."

"나도 팔을 자르지 않았으면 그자 꼴이 났겠지."

좌산은 생각만 해도 끔찍한 듯 고개를 흔들었다.

"암기가 손 안에 파고들었을 때만 해도 내공을 사용하여 단박에 몸

밖으로 빼내려 했네만, 이건 공력을 쓰면 쓸수록 오히려 몸속으로 파고들더군. 재빨리 포기하고 혈도를 막은 후 경력을 차단했지만 그래도 소용이 없었네. 자네들이 때맞춰 오지 않았다면 여기 시체 하나가 더 늘었겠지."

좌산은 몸을 털고 일어서서 장건이 사라진 쪽을 보며 말했다.

"그래, 놈의 정체가 무언가? 마주친 적이 있으니 자네가 잘 알겠군."

주붕이 대답했다.

"놈은 풍파투도란 도둑입니다. 일전에 용권방을 무너뜨린 놈이 바로 그놈이지요."

좌산은 헛웃음을 흘렸다.

"정녕 도둑이란 말인가. 일개 도둑이 선풍와류장의 사십오연격을 맞고도 버텨내고 반격까지 하여 나를 쓰러뜨리고, 자네까지 물리쳤단 말이지."

"아까 놈의 가슴에 검을 꽂아 넣었는데 튕겨 나왔습니다. 아마도 특수한 호신갑을 착용한 듯했습니다."

"호신갑이라……."

좌산은 하나밖에 남지 않은 손으로 수염을 쓰다듬었다.

"내 장공을 견뎌낼 수 있는 호신갑이라면 오대기병 중의 연혼갑 말고는 떠오르는 게 없군. 만일 그놈이 연혼갑에다가 그에 걸맞는 호체기공을 연성했다면야 내 장공에 버틸 수 있었겠지. 한데 연혼갑의 주인인 혈부용은 멀쩡히 살아 있지 않나? 얼마 전에 조비연을 쓰러뜨렸다는 보고가 올라온 것으로 아는데?"

"그렇긴 합니다만… 제 생각으로는 혈부용의 신상에 뭔가 문제가 있지 않은가 하는 생각이 듭니다. 이제껏 청부를 실패한 적이 없었는데 이천휘는 죽이지 못했을뿐더러 조비연도 숨통이 끊어진 것은 아니지 않습니까?"

"그녀가 청부를 실패한 연유가 풍파투도에게 연혼갑을 빼앗겼기 때문일 수도 있다는 얘기인가?"

"그렇습니다."

좌산은 눈을 빛내며 말했다.

"혈부용에게 빼앗았든 훔쳤든 간에 연혼갑에 제석천, 그리고 천우신단까지 가진 것만으로도 놈은 본 림에 대적하는 가장 큰 위험 인물이라 할 수 있다. 가용 가능한 전 인원을 풀어 놈이 이 지역을 벗어나기 전에 반드시 잡아내도록."

제6장
장건, 개봉으로 돌아오다 1

장건, 개봉으로 돌아오다 1

　　건장한 체구의 청년들이 대로에서 약간 떨어져 있는 한적한 길가에 위치한 만두가게에 들어섰다. 가게라고 해봐야 지붕도 없이 길가에 탁자와 긴 의자 몇 개 늘어놓고 파는 노점상이어서 장정 네 명이 한꺼번에 들어서자 앉을 자리도 마땅치 않았다. 그러나 다행히도 이들은 가장 큰 탁자에 앉아 있던 두 명의 중년인과 안면이 있는 듯했다. 중년인들이 손짓을 하자 청년들은 그들에게 목례를 한 후 합석했고, 잠시 후 따끈한 만두가 탁자 위에 차려진 후에야 이야기가 오가기 시작했다.

　　눈이 째진 청년이 먼저 입을 열었다.

　　"투서의 내용은 모두 사실이었습니다. 정양, 신야, 낙양 등지에 간 제자들이 모두 소기의 성과를 거두었습니다. 물론 장이회의 몸통은 여전히 오리무중이지만 낙양에서는 중간급 간부을 잡는 개가를 올렸습니다."

고개를 끄덕이던 청수한 외모의 중년인이 생각난 듯 물었다.

"정주 쪽은 어떻게 되었나?"

눈이 째진 청년의 얼굴에 괴로운 빛이 스쳐 갔다.

"정주 쪽은… 선발대가 소식이 끊겼습니다. 그래서 다른 제자들이 부랴부랴 지원되었는데… 선발대는 이미…….."

그가 말을 잇지 못하자 중년인은 참괴한 얼굴로 중얼거렸다.

"무량수불…… 아까운 제자들이 또다시 희생되었구나."

그의 옆에 앉아 있던 호목의 장년인이 우렁우렁한 목소리로 부르짖었다.

"사형! 지금 도호나 외우고 있으실 때가 아닙니다! 풍파투도의 종적을 좇아 하남성을 수색한 이후 희생당한 제자가 벌써 스무 명이 넘습니다! 더 이상 군자연하면서 풍파투도의 끄나풀이 틀림없는 장이회를 살살 다뤄서는 안 됩니다! 이제 피를 각오하고라도 놈들을 가차없이 쳐나가야 합니다!"

"목소리를 낮추거라, 명진!"

중년인의 꾸짖음에 호목의 장년인은 입을 다물었지만 그의 표정에는 여전히 울분이 가득했다.

중년인은 긴 한숨을 내쉬고는 다시 입을 열었다.

"그래, 명진의 말이 틀린 것도 아니다. 이 이상 제자들을 희생하는 것은 무의미한 일이다. 사실 하남성에 조사차 처음 들어올 때만 해도 풍파투도가 과연 천중보주를 살해한 범인인지부터 의심스러웠다. 그의 이제까지의 행실로 볼 때 악한에게 손속이 잔인했을지언정 의협에게 해를 끼친 적이 없기 때문에 천중보주 살해건과는 왠지 어울리지 않다는 생각이었어. 그러나 그와 관련이 있다는 장이회를 조사하던 제자들이 의문사를 당하고, 그걸 조사하던 제자들이 또다시 해를 입었고, 장이회란 단체를 캐면 캘수록 제자들에게 점점 큰 위험이 닥쳐왔다. 이러한 일련의 사고들은 풍파투도가 진정 우리 무당파를 꺼려하고 있다는 것을, 그가 범인일 가능성이 높다는 것을 입증해 주고 있는 것이니, 이제 더 이상 망설일 필요는 없을 듯하다."

"사형, 그렇다면……!"

명진이라 불린 장년인에게 중년인이 고개를 끄덕였다.

"그래, 피를 보고 관과의 관계가 불편해지는 한이 있어도 이곳 개봉에 있다고 하는 장이회주를 반드시 잡아야겠다."

중년인은 나직하고 힘있는 목소리로 말을 이었다.

"오늘밤 본산에서 지원대가 오기로 되어 있다. 그들이 도착하는 대로 거사를 실행한다. 적어도 오늘밤만은 살계를 어기는 것을 망설이지 말도록 하라."

장년인과 청년들은 비장한 눈빛을 한 채 짧고 힘차게 고개를 끄덕였다.

개봉부 지부대인 댁에 손님이 든 것은 저녁 시간이 지난 늦은 시각이었다. 어지간한 손님이라면 예의에 맞지 않다고 문전박대할 일이었지만 워낙 귀한 객들인지라 위세가 대단한 지부대인이라 해도 정중히 모시지 않을 수 없었다.

"천하무림의 태산북두이며 드높은 도력으로 중생들을 선도하시는 대무당의 진인들께서 불원천리를 마다 않고 오시어 본인의 누추한 처소를 방문해 주시다니 참으로 삼생의 영광이외다."

지부대인 이극서는 요란한 인사말을 늘어놓으며 선풍도골의 도장 두 명을 정중히 맞이했다.

"무례하다 하실 수 있는 시각에 폐를 끼치는 것 같아 송구하기 그지 없습니다. 빈도는 무당의 명선이라 하고 이 사람은 제 사제인 명진이라 합니다."

청수한 외모의 중년 도인이 깍듯이 허리를 구부리며 늦은 방문에 대한 사과와 함께 자신과 동행의 소개를 했다.

이극서는 별말씀을 다하신다면서 둘에게 자리에 앉기를 권했다.

이런 저런 의례적인 인사말이 몇 번 더 오간 후, 왜 이 느지막한 시각에 무당파의 도인들이 자신의 집에 방문한 것인지 궁금해 미칠 지경인 이극서가 먼저 운을 띄웠다.

"진인들께서 특별히 이런 시간대에 본인의 집을 방문하신 연유가 무엇인지 알 수 있을런지요?"

명선자는 명진자와 살짝 눈을 마주친 후 천천히 입을 열었다.

"빈도들이 대인을 이렇게 늦은 시간에 찾아뵙고 아뢰고자 하는 말은 다름이 아니오라……."

그때 멀리서 소음이 들려왔다. 비명 소리 같기도 하고 뭔가 부서지는 소리 같기도 한 소음이었다.

소음으로 인해 명선자의 말이 끊기자 이극서는 인상을 찡그리며 밖에 대고 외쳤다.

"게 누구 없느냐?"

밖에서 하인의 대답이 들려왔다.

"대인, 무슨 일이신지요."

"밖에 웬 소란이냐?"

"아무래도 뒷골목 불한당들이 싸움이 났나 봅니다."

"불한당 싸움 소리가 여기까지 들린단 말이냐?"

"예… 그것이…… 저택 바로 뒤편에 있는 객잔에서 싸움이 인 듯합니다."

"뒤에 객잔에서?"

이극서의 눈이 잠시 이채를 띠었다.

"그럼 서 집사에게 알려서 처리하라 일러라."

"예, 알겠습니다."

하인이 물러가는 소리가 들렸다.

"이거 참, 죄송하게 되었소이다. 진인께서는 말씀 계속하시지요."

이극서의 말을 알아듣지 못했는지 명선자는 하려던 말을 하지 않고 엉뚱한 질문을 했다.

"대인, 객잔이 이 저택과 붙어 있습니까? 이런 고관대작의 저택하고 술을 파는 객잔이 붙어 있다니, 좀 어울리지가 않는군요."

뜻밖의 질문에 이극서는 어색한 웃음을 흘리며 대꾸했다.

"하하, 말이 뒷집이라는 것이지 앞뒤로 찰싹 달라붙어 있는 것도 아니고… 어느 정도 거리가 있습니다. 이 개봉이 워낙 오래된 고도인지라 도시 배열이 좀 희한합니다. 번화가와 뒷골목이 앞뒤로 붙어 있는 이 거리가 대표적인 예이지요."

명선자는 고개를 끄덕였다.

"그렇군요. 한데 서 집사란 양반이 능력이 출중한가 봅니다? 사람 얼굴도 알아보기 어려운 이 늦은 시간에 싸우는 불한당들을 응징하러 보내시는 것을 보니."

명선자가 서 집사를 거론하자 유들유들하던 이극서의 얼굴이 흠칫

굳어졌다. 그러나 그는 이내 표정을 풀며 웃음으로 어색한 분위기를 무마했다.

"하하하, 그 친구가 좀 출중한 바가 있지요. 제법 주먹이 세서 관졸들의 말을 잘 듣지 않는 불량배들도 서 집사한테는 옴짝달싹 못한답니다."

"호오, 그래요?"

명선자는 신기하다는 듯 눈을 반짝였다.

"앞뒤가 없는 뒷골목 불량배들이 설설 길 정도라면 무공이 대단히 출중한 분인가 보군요."

"무, 무공이요? 그건 잘 모르겠는데요. 무공을 익혔나, 그 친구가?"

이극서는 당황하여 말을 더듬었다.

"어쨌든 잘되었습니다, 대인. 그분으로 하여금 제 사제의 길 안내를 좀 하게 해주시지 않겠습니까?"

"기, 길 안내라뇨? 어딜 가시기에 하필 서 집사에게……."

"아, 저 뒷골목에 볼일이 좀 있어서요. 대인께 부탁하여 그쪽 사정을 잘 알고 있는 안내자를 얻고자 했는데, 마침 그쪽의 불한당까지 제압하고 있는 분이 있다 하시니 더없이 잘됐습니다. 그분이 가시는 길에 사제를 동행시키시지요."

이극서는 땀을 뻘뻘 흘렸다. 이 집에서 '서 집사'로 통하고 있는 서달룡은 그가 함부로 부릴 수 있는 사람이 아니었다. 하인을 불러 서 집사에게 알리라 한 것은 뒷골목의 분위기가 심상치 않아 그쪽을 관할하고 있는 그에게 그 사실을 알리라고 한 것일 뿐인데, 엉뚱하게 이 무당의 도사들이 그를 만나게 해달라고 하고 있는 것이었다.

'혹시 이들이 서 집사하고 그 떨거지들을 잡으러 온 건가?'

그렇다면 그에게도 반가운 일이 아닐 수 없지만 함부로 처신할 문제가 아니었다. 서 집사와 그의 가짜 아들 이천휘는 그의 비리 내역을 소상히 틀어쥐고 있었다. 덜컥 이 무당과 도사들을 도와줬다가 패거리 소탕에 실패하여 서 집사가 비리 내역을 폭로하기라도 하는 날에는 그의 인생은 끝장 날 수도 있었다.

'아서자. 그냥 이대로 살다 죽고 말지 뭐 하러 그런 위험을 감수한단 말이냐.'

복지부동이란 말이 너무도 잘 어울리는 전형적인 이 시대의 관리인 이극서는 잠시 솔깃했던 마음을 다잡았다. 이들하고 서 집사는 마주치지 않게 하는 것이 여러모로 좋을 듯했다.

그렇게 마음을 정하고 있는 이극서에게 명선자가 뜻밖의 말을 건넸다.

"대인, 실은 저 뒷골목의 소동은 저희 무당의 제자들이 벌이고 있는 짓입니다."

"뭣이라구요?"

이극서는 깜짝 놀라 반문했다.

"저희는 얼마 전부터 하남성의 곳곳에 제자들을 뿌려 한 단체를 소탕하고 있는 중입니다. 장이회라는 단체인데, 혹시 들어보신 적이 있습니까?"

이극서는 머뭇거리다가 대답했다.

"자, 잘 모르겠소. 본인이 무림의 방회 이름을 어찌 다 알겠소?"

명선자는 고개를 끄덕였다.

"그러시군요. 어쨌든 저희는 소탕에 어려움을 겪기도 했습니다만 성 곳곳에 깊이 뿌리박혀 있던 그들의 분타들을 거의 다 처리한 상태입니다. 그리고 이제 장이회주가 머물고 있다는 이곳 개봉의 본타를 치러 온 것입니다. 저 뒷골목의 객잔은 장이회주의 은신처로 의심받고 있는 곳이고요. 지금은 본 파의 고수들이 그 안으로 진입을 한 상태인데, 칼부림 소리가 끊이지 않은 것으로 보아 정말 은신처가 맞는가 봅니다. 참으로 신기한 일 아닙니까? 개봉부의 지부대인 저택 바로 뒤에 붙어 달려 기생하고 있는 흑도방파라니요."

이극서는 연신 땀을 훔치며 대꾸했다.

"그, 글쎄요. 듣고 보니 신기하긴 하오만… 설마 그렇게 간담이 큰 놈들이 있을 줄이야……."

"그놈들은 대인의 예상보다도 더욱 대담한 듯합니다."

명선자가 이극서를 뚫어져라 쳐다보며 말했다.

"저희가 최근에 얻은 정보에 의하면, 놈들은 저 뒷골목뿐 아니라 이 번화가 쪽까지도 본타의 일부로 사용하는 듯합니다. 그런데 이곳에 와 보니 하필 대인의 집이 놈들의 객잔과 가장 가까운 거리에 있군요. 혹시 대인께서는 저택을 왕래하는 자 중에 수상쩍은 행동을 하는 자를 보지 못하셨는지요?"

이극서는 약간 과장된 몸짓으로 다탁을 꽝 소리나게 내려쳤다.

"이보시오, 명선 도장! 말씀이 너무 심하지 않소! 도장의 말씀은 본인이 흑도방파의 끄나풀이 이 저택을 드나들도록 방조라도 했단 말씀이요, 뭐요? 아무리 이 근방에서 무당파의 위세가 드높다 해도 나라의 녹을 먹고 있는 관리에게 해야 할 소리가 있고 하지 말아야 할 소리가 있소!"

이극서로서는 나름대로 최선을 다한 연기였지만 명선자는 눈썹 하나 까딱하지 않았다. 그는 여전히 평탄한 표정으로 엷은 미소를 띤 채 말을 이었다.

"고정하시지요, 대인. 빈도의 말이 이상하게 들렸다면 정중히 사과
드립니다. 다만 지금 드린 말씀은 대인이 행여 그런 불한당 놈들과 결
탁을 했다거나 하는 뜻이 내포된 말은 절대 아닙니다. 워낙 용의주도
하고 신출귀몰한 놈들이기 때문에 행여 대인이나 대인의 가족들이 모
르는 가운데 감쪽같이 이 집안에 침투하여 식솔인 양 행동하며 자신을
은닉하는 행위를 벌이고 있지나 않은지, 그런 뜻으로 드린 말씀입니
다."

"으음… 그러시다면야 이해가 가오만… 어쨌거나 본인의 식솔 중에
수상쩍은 자는 없소!'

이극서는 칼로 무 자르듯 딱 잘라 말했다.

명선자는 선선히 고개를 끄덕였다.

"알겠습니다. 다른 사람도 아닌 대인의 말씀이니 틀림없겠지요. 하
면 서 집사란 사람이나 좀 불러주시지요. 어쨌든 뒷골목의 소동은 저
희가 가야 일단락될 듯하니까요."

이극서는 잠시 머뭇거리다가 말했다.

"글쎄, 그서야 어려운 일이 아니지만… 좀 전에 나간 하인이 이미
서 심사를 그쪽으로 보냈을 거외다. 다른 사람을 붙여 드리겠소."

이극서는 명선자가 대답할 틈도 주지 않고 밖의 하인을 불러 뒷골목
으로 안내할 사람을 구해오라고 시켰다.

잠시 후 안내자가 방문 앞에 도달했고, 명선자는 명진자를 그와 동
행시켜 내보냈다. 내심 안도의 한숨을 내쉬던 이극서는 명선자가 가지
않고 남아 있는 것이 의아했다.

"도장, 아직 하교할 말씀이 남아 있는지요?"

"예, 별것은 아니옵고… 이번에 본 파 속가인 만해표국이 하남성에 지부를 하나 설치하려 하고 있습니다."

"만해표국이요?"

이극서는 눈을 크게 떴다. 만해표국이라면 호광성의 최고 표국이고 중원 전체를 통틀어도 세 손가락 안에 들 정도의 거대 표국이었다. 워낙 거래하는 상방이 많아서 지부 한 곳에 들락거리는 표물만 해도 웬만한 소도시의 전체 표물 거래량과 맞먹을 정도라고 하는 평이 있을 정도였다.

"만해표국의 하남 지부는 낙양에 있지 않소이까?"

"그렇긴 합니다만, 역시 안휘나 산동성으로 가는 물자를 좀 더 원활하게 유통시키려면 물산의 중심지인 하남에 지부 하나쯤 더 있는 것이 좋겠다는 것이 표국주님의 생각입니다. 한데 이 지부를 과연 허창에 놓을 것인지 개봉에 놓을 것인지 고심을 많이 하는 모양이더군요."

"허창이라면 호광에서 그리 멀지 않은 곳인데 굳이 거기에 지부를 설치할 필요가 있겠소? 동부 지방을 노리려면 당연히 이곳 개봉이 최적지이지요!"

이극서는 저도 모르게 흥분하여 침을 튀기며 외쳤다. 만해표국 정도의 거대 표국 지부가 신설된다고 하면 그곳에서 거둘 수 있는 세수도 어마어마할 것이거니와 그 뒤로 얻을 수 있는 은밀한 부수입 또한 그에 못지않을 것이니, 지부대인 이극서로서는 흥분하지 않을 수 없는 문제였다.

"물론 대인의 말씀처럼 허창에 지부를 놓는 것은 조금 비효율적일 수도 있습니다. 그러나 표국주께서 천명하신 지부 예정지의 첫째 조건은 도시를 횡행하는 흑도의 무리가 없는 깨끗한 지역이여야 한다는 것입니다."

"깨끗한 지역… 말씀이오?"

"그렇습니다. 아시다시피 저희가 지금 장이회와 결전을 벌이고 있습니다만, 허창의 경우 장이회의 잔당이 이미 깨끗이 소탕된 상태입니다. 한데 이곳 개봉은 장이회의 수괴가 잠복하고 있는 곳으로 알려져 있다는 게 문제이지요. 물론 저희는 이곳 개봉으로 들어와서 요 며칠간 적지 않은 개가를 올렸습니다. 장이회의 근거지로 보이는 곳을 몇 군데 급습하여 놈들의 숨통을 조이는 데 성공했지요. 이제 관건은 장이회의 머리인 회주 천면서를 잡느냐 마느냐입니다. 놈만 잡게 되면 장이회의 숨통을 끊어버릴 수 있습니다만, 행여 놓치기라도 하는 날에는 잡초처럼 질긴 장이회의 생명이 계속 유지될 터이니, 이곳 개봉에서의 싸움은 장기전으로 이어지겠지요. 저희는 그러한 양상을 막아보고자 대인께 협조를 구하는 것입니다만 대인께서는 아시는 것이 없다 하니 어쩔 수가 없군요."

'장이회가 혹도 조직이었나?'

이극서는 고개를 갸웃거렸다. 정보 관할 조직이라는 말은 들었어도 흑도란 말은 처음 들었기 때문이다.

명선사는 안타까운 듯 고개를 저으면서 한숨까지 내쉬었다.

"하아, 오늘 장이회를 박멸할 기회를 놓치게 된다면 허창으로 기운 표국주의 마음을 돌리지는 못할 듯합니다. 개인적으로 빈도의 고향이 이 근처인지라 되도록이면 개봉이 지부 예정지로 간택되었으면 하는 마음이었는데…… 안타깝기 그지없군요."

명선자의 말을 듣던 이극서는 침을 꿀꺽 삼켰다. 지금 명선자의 말은 다잡았던 그의 마음을 정신없이 흔들어놓고 있었다. 표국 지부도 지부지만 장이회를 무너뜨리기 일보 직전이라는 얘기가 더 와 닿았다. 무당파가 그토록 원하고 있는 수괴의 행방은 자신이 너무도 잘 알고 있지 않은가? 수괴를 잡기만 하면 장이회의 숨통을 끊는 것은 시간문제라고 하니, 한 번의 선택이 희망찬 미래를 보장할 수도 있는 순간인 것이다.

'만일 무당파가 그 쥐새끼 같은 서 집사를 잡는 데 성공한다면… 이제 더 이상 머리 아플 일은 없게 되는 것 아닌가!'

천면서 서달룡과 가짜 아들 이천휘가 저택에 자리잡은 지난 삼 년간의 세월은 이극서와 그의 식구들에게 두통이란 지병을 얻게 해준 나날들이었다. 거칠 것 없는 위세를 휘둘러야 할 자리에 있으면서도 워낙 약점이 단단히 잡힌 탓에 숨도 크게 못 쉬고 살아야 했던 것이다.

'그래, 위험 부담이 있긴 하지만… 누가 뭐래도 무림의 태산북두라는 무당파가 아닌가! 제아무리 쥐새끼가 용의주도하다 해도 기껏해야 지역 흑도방파의 수괴… 무당파 고수의 손을 벗어날 수 없을 것이다. 쥐새끼 놈만 없애면 가짜 아들은 애송이 놈이니 신경 쓸 것도 없겠지!'

그가 복잡한 머릿속을 정리하고 있는 찰나, 명선자가 몸을 일으켰다.

"빈도는 그럼 이만…… 뒷골목의 소음이 그친 듯하니 상황이 어떻게 되었는지 알아보아야겠습니다. 나중에 좋은 자리에서 다시 뵙지요."

이극서는 방을 나서는 그를 다급히 붙잡았다.

"자, 잠깐 기다리시오! 서 집사를 만나보지 않겠소?"

"서 집사 말이십니까?"

대답하는 명선자의 눈에 득의의 빛이 어렸다.

하인의 안내를 받으며 뒷골목 객잔까지 도착한 명진자는 상황이 끝나가고 있음을 알 수 있었다. 객잔 안으로 들어서자 변복한 무당 제자들이 거친 외모의 사내들을 다수 포박하고 있는 것이 보였다.

명진자는 급습의 책임자인 명원자를 찾아 그에게로 갔다.

"사형, 놈들을 잡았습니까?"

명원자는 무릎을 꿇고 있는 우락부락한 사내 두 명이 뭐라뭐라 떠들어대고 있는 얘기에 귀를 기울이고 있었다. 그는 다가오는 명진자를 보고는 인상을 쓰며 고개를 저었다.

"어째 엉뚱한 놈들하고 싸운 느낌이 드네. 이놈들은 용아방이란 흑도방파의 자들이라 하는군."

"예? 한데 어째서……."

"객잔의 도박장으로 들이닥쳤더니 이놈들이 일제히 칼을 뽑더군. 우리도 검을 뽑고 들어서는 참이었으니 자연스레 싸움이 일어났지. 격투 끝에 몽땅 제압해 놓고 얘기를 듣고 보니 이놈들이 오늘 이 도박장을 전세 냈다는 거야."

"서릿발을 하는 건 아닙니까?"

"그런 것 아닌 듯하이. 여기 이놈이 방주인데, 이곳 토박이인 속가제자가 얼굴을 확인하고는 용아방주가 맞다고 하더군."

"그럼 이들 말고 다른 사람들은 어디로 갔습니까? 객잔이 장이회의 은신처라면 점소이나 주인을 잡아야 하지 않겠습니까?"

"그건 그렇네만…… 우리가 도박장에서 이놈들하고 치고 박고 하는 사이 객잔 위층에 있던 점소이들은 샛길로 다 빠져나간 모양이야. 주방에서 일하는 자들을 잡아들이긴 했으나 대부분이 나이든 여자들로,

모두 고용된 일반인이었네."

"그런 일이……."

명진자는 할 말을 잃었다. 엉뚱한 놈들하고 치고 박느라고 정작 잡아야 할 놈들은 미꾸라지처럼 빠져나간 것이다.

그때 반가운 소식이 들려왔다. 객잔 밖을 지키고 있던 제자들이 도망치던 점소이 한 명을 잡아끌고 들어온 것이다.

점소이는 알고 있는 사실을 모두 불었다. 그는 장이회의 회원이 아니고 단순히 객잔에 고용되어 있었을 뿐이지만 중요한 사실 하나를 토로했다. 고급스러운 옷을 입은 자들이 가끔 도박장에 와서 도박은 하지 않고 환전소로 들어가는 광경을 보았다는 말이었다. 신기하게도 환전소로 들어갔던 자는 도로 나오는 법이 없었다고 했다.

명선자와 명원자는 당장 환전소를 찾았다. 도박장 끝에 위치한 환전소의 문은 굳게 잠겨 있었다. 둘은 문을 부수고 안으로 들어갔다.

환전소 안은 텅 비어 있었고, 빈 책상과 큼지막한 달마도만이 휑한 방 안을 채우고 있었다.

둘은 점소이를 끌고 와 다시 물었다.

"여기 환전소는 누가 담당하고 있었나?"

점소이는 몸을 떨며 대답했다.

"석대치라는 뚱보 지배인이 돈 관리를 했습니다."

"우리가 쳐들어왔을 때 그자는 어디 있었나?"

"그는 새벽녘에 도박장 문을 닫을 때까지 환전소를 벗어나는 법이 없습니다. 그 안에서 식사고 용변이고 모두 해결하며 돈을 지킵니다."

명원자가 호통을 쳤다.

"거짓말 마라! 내가 이 안에 쳐들어왔을 때 뚱보는 늙은 상인 한 명

뿐이었다! 놈이 이 안에서 문을 잠그고 있었다면 대체 어디로 빠져나 갔단 말이냐!"

점소이는 울상을 지으며 팔을 벌렸다. 그로서는 대답할 말이 없었기 때문이다.

명원자의 호통을 듣고 있던 명진자는 혹시 하는 생각에 방을 꼼꼼히 조사하기 시작했다. 점소이의 말이 사실이라면 뚱보가 빠져나갈 통로 가 분명 방 안에 있을 법했기 때문이다.

한참 동안 방을 살피던 명진자는 달마도 바로 아래의 돌바닥이 뭔가 이상하다는 것을 발견할 수 있었다.

"사형, 이 방에 기관이 장치되어 있는 듯합니다."

두 사형제는 다른 제자들까지 동원시켜 방 내부를 이 잡듯 뒤졌다. 그들은 결국 책상 아래 있는 단추를 하나 발견할 수 있었고, 단추를 누 르자 달마도 아래의 돌바닥이 스르르 열리며 지하 통로가 모습을 드러 냈다.

명진자는 제자 다섯 명을 이끌고 지하 통로로 들어갔다. 통로는 계 단으로 이어졌고, 그들은 계단을 따라 캄캄한 통로 안을 계속 전진했 다. 한참을 나아갔을 때, 명진자의 귀에 '딸깍' 하는 소리가 들려왔다. 그와 동시에 그의 등 뒤에서 서늘한 바람이 스치고 지나갔다.

"아악!"

명진자의 바로 뒤에 있던 제자 한 명이 비명을 지르며 쓰러졌다. 캄 캄해서 보이지 않았지만 명진자는 등을 적시는 뜨뜻한 액체를 느낄 수 있었다.

'피!'

명진자는 다급히 몸을 돌리며 외쳤다.

"창선, 왜 그러느냐!"

비명을 지른 이대제자 고창선이 숨을 헐떡이며 말했다.

"사숙… 허벅지… 허벅지가 꿰뚫렸습니다!"

손을 더듬어 고창선의 허벅지를 만져 보니 박혀 있는 굵은 창대가 느껴졌다. 통로에 함정이 설치된 것이 분명했다.

"빌어먹을!"

명진자는 도인답지 않게 욕지거리를 내뱉었다. 급하게 들어오느라 화섭자를 가져오지 않은 것이 실수였다. 어두워서 보이질 않으니 어떻게 대처할 방도가 떠오르지 않았다.

"류현은 창선이를 데리고 환전소로 돌아가거라! 나머지는 계속 전진한다!"

류현이라 불린 제자가 고창선을 부축하여 환전소로 몸을 돌렸고, 명진자 이하 네 명은 다시 전진하기 시작했다.

"너희 셋은 잠시 제자리에 있거라! 내가 스무 걸음을 전진하여 아무 함정이 없음을 확인한 후 부르면 그때 쫓아오도록!"

명진자는 제자 셋을 놔두고 홀로 전진했다. 그는 최대한 안광을 돋 웠지만 앞이 한 치도 보이지 않았다. 통로는 빛이 전혀 새 들어오지 않도록 만들어진 공간이었다. 명진자는 눈으로 보는 것을 포기하고 나머지 감각을 최대한 곤두세웠다. 그 순간 그의 예민해진 귀에 다시 철컥! 하는 작은 소리가 들렸다.

명진자는 소리를 감지함과 동시에 공중으로 몸을 띄웠다. 그러나 이번 함정은 아래쪽이 아닌 천장이었다. 명진자는 어깨를 꿰뚫고 들어오는 무언가를 느끼고 처참한 비명과 함께 바닥으로 추락했다.

석대치는 통로에서 들려오는 아스라한 비명성을 듣고 회심의 미소를 지었다.

"무당파 놈들, 하늘 높은 줄 모르고 까불다 단단히 당하는군요. 이놈들이 포기하지 않고 계속 전진해야 할 텐데. 미로에 설치된 열여덟 개의 함정을 몽땅 시험해 볼 좋은 기회 아닙니까? 큭큭큭, 결국 그 함정을 통과하고 온다 해도 전혀 엉뚱한 곳이 나올 테지만."

서달룡의 신경질적인 목소리가 들려왔다.

"닥치고 이리 와서 짐이나 들어."

석대치는 의아한 표정을 한 채 짐을 꾸리고 있는 서달룡에게 다가갔다.

"회주, 여길 뜨실 작정입니까? 지부대인 댁 팔층보다 더 좋은 은신처가 중원 천지에 어디 있다고……."

서달룡은 고개를 저었다.

"아무리 좋은 은신처라 해도 삼 년이면 너무 오래 있은 거야. 어차피 무당파 아니라도 지부대인 둘째 아들 이천휘의 이름이 강호에 알려진 판국이라 풍파투도나 나나 여길 뜰 생각이었어."

"참 아깝군요. 이극서는 간이 작은 인물이라 절대 우리를 배신할 염려는 없는데."

"사람한테 절대란 말은 옳게 적용되는 말이 아니야. 물론 나도 이극서가 배신할 일은 없다고 생각하지만."

그때 벽에 붙어 있는 여러 색깔의 수술 중 하나가 마구 흔들렸다. 아래층에서 보내는 신호였다.

"내려오라는 걸 보니 무당파 말코들이 갔나 보군."

서달룡의 말에 석대치는 깜짝 놀란 얼굴로 물었다.

"무당 말코들이 지부대인 댁까지 냄새를 맡았단 말입니까?"

서달룡은 심각한 표정으로 고개를 끄덕였다.

"그래, 도무지 알 수 없는 일이야. 어떤 놈이 조직적으로 배신하지 않고서야 이렇게 회의 근거지가 각개격파당할 수는 없는 일이거든."

석대치가 말도 되지 않는다는 듯 말했다.

"회의 형제 중에 배신을 할 자는 절대 없습니다."

"절대라는 말 함부로 쓰지 말랬잖나. 나도 자네 말에 동의하긴 해. 이번 무당파 건은 형제 중에 배신자가 나왔다기보다는 하오문 연합과 모종의 연관이 있는 듯해."

"하오문 연합이요? 사분오열되어 연합 자체가 존재하지 않고 있지 않습니까?"

"최근에 전대 련주 중심으로 재결성되었다는 소문이 돌더군. 만일 놈들이 우리에게 앙심을 품고 조직에 관한 정보를 무당파에 판 것이라면 말이 될 듯도 해. 사건이 터지기 직전에 무당파가 우리의 옛날 근거지 몇 곳을 얼쩡거린다는 보고를 받았거든. 본 회가 과거 하오문 연합 소속이었단 것을 떠올려 보면 충분히 있을 수 있는 일이지."

"그렇다면 큰일이군요. 하남성의 전역에 깔려 있는 것이 그네들인데 여길 뜨면 몸을 피하기가 쉽지 않겠는데요."

"뚱뚱해서 눈에 띄기 쉬운 네놈이나 쉽지 않지 나는 걱정 않는다."

"큭! 회주, 말씀이 심하십니다."

"어쨌거나 중요한 것은 풍파투도가 돌아올 때까지 아무 데서고 시간을 때워야 한다는 거야. 풍파투도만 돌아오면 그때부터는 이 정파의 탈을 쓴 악적 놈들에게 뜨거운 맛을 배주자고."

서달룡의 말에 석대치는 힘있게 고개를 끄덕였다.

"아무렴요!"

둘은 하인 복장으로 갈아입은 후 짐을 들고 팔층을 나섰다. 아래층에서는 저택의 진짜 하인들이 기다리고 있었다. 서달룡은 마치 그들이 자기 하인이라도 되는 듯 자연스럽게 명령했다.

"밖에 짐마차를 대기시켜라. 성 밖으로 나갈 수 있는 통행증 하나 작성해서 지부대인 서명을 받아오고 말이다."

하인들은 고개를 숙이고 서둘러 아래로 내려갔다.

서달룡과 석대치는 그 뒤를 따라 천천히 계단을 내려갔다. 얼마 지나지 않아 짐마차가 준비되었고, 둘은 그것을 타고 관저를 나서 성문으로 향했다.

지부대인의 허가증으로 성문을 통과한 짐마차는 관도를 타고 남쪽으로 내달렸다. 그러나 얼마 가지 못하여 마차는 정지할 수밖에 없었다.

"무슨 일이냐?"

마차가 정지하자 안에 있던 석대치가 짜증 섞인 목소리로 물었다.

마부가 겁을 먹은 목소리로 대답했다.

"칼을 든 자들이 길을 막아서고 있습니다!"

"도적이냐? 녹림도당이면 돈 좀 줘서 보내!"

마부는 벌벌 떨며 앞을 막고 서 있는 자들에게 물었다.

"노, 녹림도당들이시오?"

선두에 선 장한이 답을 하지 않고 되레 질문을 던졌다.

"개봉부 지부대인 관저에서 오는 마차가 맞소?"

마부는 고개를 끄덕였다.

"맞소. 그걸 아는 자들이 어찌 마차의 진로를 막는단 말이오? 지부대인의 중요한 심부름을 하고 있는 마차요. 관아에 끌려가 치도곤을 맞기 싫으면 냉큼 비키시오!"

마부 딴에는 으름장을 놓았지만 장한은 아무런 표정의 변화가 없었다.

"우리는 안에 계신 분들과 잠시 면담을 하고자 할 뿐이오. 마차 안의 분들! 잠시 나와 보시지 않겠소?"

말은 권유의 형식이었지만 이십여 명의 장한이 검을 빼 든 채 마차의 앞뒤를 막고 하는 소리이니 협박이나 다름없었다.

잠시 후, 마차 문이 열리고 비대한 덩치가 걸어 나왔다. 석대치였다.

"대체 뭐 하는 자들이기에 관의 행사를 방해한단 말인가?"

장한은 석대치에게 물었다.

"당신이 서 집사요?"

석대치는 잠시 움찔한 표정을 짓더니 고개를 끄덕였다.

"그래, 내가 서 집사다. 그게 뭐 어쨌단 말이냐?"

장한은 고개를 저었다.

"아니, 당신은 서 집사가 아니다. 서 집사는 쥐상의 늙은이라고 들었다. 당신은 혹시 만추객잔 도박장의 지배인이 아니신가?"

석대치의 눈에 암담한 빛이 스쳐 지나갔다. 이놈들은 이미 자신과 서달룡의 정체를 낱낱이 파악하고 있었다.

석대치는 이렇게까지 몰리게 된 것이 믿어지지 않았다. 뒷골목의 만추객잔까지는 하오문 연합의 제보에 의해 탄로날 수 있다고 해도 지부 대인 댁의 서 집사까지 정체가 드러난다는 것은 말이 되지 않았다. 그건 이극서가 배신하지 않는 한 있을 수 없는 일이었다.

'설마 이놈들이 그 소심한 이극서까지 구워삶았단 말인가?'

석대치가 말이 없자 장한은 한 발 앞으로 나섰다.

"침묵하는 것을 보니 내 말이 맞나 보지? 서 집사는 마차 안에 있나?"

석대치는 능글맞은 표정으로 돌변하며 유들유들하게 대꾸했다.

"대체 무슨 말씀을 하시는 게요? 난 도박장 지배인이 아니라 관저의 일개 하인인 장삼이오. 그리고 서 집사님은 형장의 짐작대로 마차 안에 계신다오."

"그렇다면 냉큼 밖으로 모셔라."

"나도 그러고 싶지만 노친네가 요 며칠 골골하더니 마차 멀미를 심하게 하고 있소. 지금 반쯤 정신이 나가 잠에 취한 상태라 밖으로 나오게 하기가 어렵소이다. 설마 병든 노친네를 끌어내라 하시는 것은 아니겠지요?"

"끌어내지 못할 것은 또 뭐가 있나. 당장 끌어내!"

"에휴, 난 그렇게는 못하겠소. 노인을 공경하라는 가정교육을 어려서부터 투철하게 받은 터라……. 정히 서 집사 얼굴을 보고 싶걸랑 형장이 직접 들어가 끌어내시구랴."

석대치는 설레발을 치며 마차에서 한 걸음 물러섰다.

상한은 인상을 구기더니 뒤로 손짓을 했다. 그러자 두 명이 앞으로 나섰고, 장한은 그들을 데리고 석대치를 지나쳐 마차 앞까지 도달했다.

장한은 조심스럽게 마차 문의 문고리를 붙잡았다. 혹시 모를 마차 안에서의 습격을 대비하는 자세였다. 그리고는 천천히 문고리를 당기다가 활짝 열어젖혔다. 따라나선 두 명이 문이 열림과 동시에 마차 안으로 검을 쑤셔 넣었다. 마차 안에서 가해질지 모를 공격에 대한 완벽한 방어였지만 그들은 등 뒤에서 공격이 닥칠 수도 있다는 것은 전혀 예상치 못하고 있었다.

그들이 문을 여는 순간 뒷짐 진 채 물러서 있던 석대치가 전광석화같이 그들에게로 뛰어들었다. 그의 쌍장이 검을 든 두 명의 뒤통수에 작렬했고, 둘은 뇌수가 터져 나오며 즉사했다. 장한이 다급히 몸을 날리며 검을 뽑았지만 석대치의 발이 비대한 체구와는 어울리지 않는 쾌속한 속도로 솟구쳐 그의 턱을 먼저 걷어찼다. 장한은 턱이 바숴진 채 땅바닥으로 쓰러졌다.

일거에 세 명을 해치운 석대치를 향해 무시무시한 경기가 닥쳐들었다. 장한을 비롯한 이대제자들에게 일을 맡겼던 무당의 명원자와 명진자가 뒤늦게 나선 것이었다.

명원자의 일검이 태극의 호선을 그리며 마차 문을 막 닫고 있는 석대치의 등으로 꽂혀들었다. 석대치는 체구에 어울리지 않는 경신술을 발휘하며 검을 피해 마차 위로 뛰어올랐지만 등에 긴 칼자국이 나는 것을 피하지는 못했다.

그는 피를 줄줄 흘리면서도 마부를 밀어젖히고 마차를 출발시켰다.

명진자가 마차로 뛰어오르며 그를 공격했다. 석대치는 왼 어깨에 일검을 허용했지만 장력을 날려 명진자를 마차에서 떨어뜨렸다.

그러는 사이 마차는 막아서고 있는 무당 제자들에게로 돌진했다. 마차를 끌고 있는 말 두 필은 석대치의 가혹한 채찍질에 흥분하여 앞에 있는 사람을 짓밟을 듯이 달려들었으나 상대는 대무당파의 고제자들, 한낮 미물을 두려워할 자들이 아니었다.

검기 충천한 그들의 검이 번쩍였고, 말들은 다리가 잘린 채 길바닥에 나뒹굴었다. 마차 역시 요란한 소리와 함께 뒤집혀졌다.

석대치는 마차와 함께 나뒹굴지 않았다. 그는 무당 제자들이 말을 공격하는 순간 영악하게 마부석을 박차고 뛰어올라 포위망을 건너뛰어 넘어버렸다.

포위망을 벗어난 이상 빼어난 경신술을 가진 그는 얼마든지 도망칠 자신이 있었다. 그는 멀리 보이는 지평선을 향해 힘차게 발을 놀렸다. 그러나 기이하게도 평상시에 신속하기 그지없던 그의 발은 마치 늪에 빠진 듯 허우적거렸고, 한 발을 내디딜 적마다 엄청난 통증이 엄습했다. 석대치는 이상하다고 생각하면서 아래를 내려다보았다. 두껍고 커다란 그의 발이 보이지 않았다. 공중에 떠 있을 때 누군가에 의해 잘려 나간 것이다.

'아하, 발이 없어져서 그렇게 아팠구나.'

석대치는 고통스러운 가운데서도 씩 웃었다.

역시 무당파라는 생각이 들었다. 서달룡과 함께 개봉을 날고 기었던 그였으나 명문의 저력 앞에서는 불가항력인 모양이었다. 그러나 석대치는 계속 웃었다. 이렇게 강한 놈들의 얼굴이 일그러지는 모양이 눈에 선했기 때문이다.

'풍파투도만 돌아오면 네놈들은 끝이야.'

웃고 있는 그의 머리가 궁중으로 치솟았다. 그의 양 발목을 일격에 잘라 버린 검이 그의 목마저 그어버렸기 때문이다.

명진자는 검에 묻은 피를 털고는 몸을 돌려 뒤집힌 마차로 다가갔다.

마차 앞에 서 있던 명원자는 다가오는 명진자에게 뭐라고 말하려다 이내 입을 다물었다. 생포하는 것이 좋았지 않느냐고 하려 했지만 석대치에 의해 머리가 부서진 두 제자가 명진자의 직계 제자들임을 떠올리고는 아무 말 하지 않기로 마음을 먹었다. 어차피 석대치가 죽었다고 해도 마차 안의 서 집사, 장이회의 회주 천면서로 추정되는 인물이 있기 때문에 큰 문제는 없을 듯했다.

"마차 안을 수색하라! 혹시 모를 습격을 조심하고!"

명원자의 명을 받은 제자들이 조심스레 마차로 다가가 부서진 잔해를 들추어냈다. 잔해를 숨아내면 낼수록 제자들의 표정이 굳어졌다. 이윽고 마차 내부가 훤히 드러나자 그들뿐 아니라 모여 있던 모든 사람의 표정이 딱딱하게 굳어졌다. 내부에는 아무도 없었다. 처음부터 마차 안에는 석대치 외에 누구도 타고 있지 않았던 것이다.

제7장
장건, 개봉으로 돌아오다 2

장건, 개봉으로 돌아오다 2

당나귀가 끄는 작은 짐수레 하나가 늦은 저녁 개봉부로 들어섰다.

수레를 모는 순박하게 생긴 청년은 객잔이 많은 거리에 이르러 주변을 두리번거리더니 으슥한 한구석에 수레를 세웠다. 그리고는 차양이 처진 수레의 뒤로 가 안에 대고 조용히 속삭였다.

"이봐요. 개봉에 도착했소. 일어나시오."

잠시 후 창백한 얼굴을 한 청년의 얼굴이 차양 안에서 쑥 튀어나왔다. 그는 주변을 두리번거리더니 천천히 수레 밖으로 몸을 내밀었다.

수레 주인 청년이 그를 부축했다.

"조심해서 내려요, 몸도 불편한 양반이."

주인 청년의 도움을 받아 수레에서 내린 청년은 주변을 두리번거리고는 중얼거렸다.

"탕평로로군."

"맞게 온 것이오?"

주인 청년이 조심스레 묻자 창백한 청년은 엷게 웃으며 고개를 끄덕였다.

"예까지 태워줘 고맙소. 이걸 받으시오."

작은 가죽 주머니 하나가 그의 품에서 나왔다.

주인 청년은 손사래를 쳤다.

"아이고, 처음에 받은 액수로도 차고 넘치오. 그건 넣어뒀다가 형장 약값에나 쓰시오. 오는 내내 그 안에서 피를 토하고 기절하고 별 난리도 아니던데. 젊은 사람이 무슨 중병이 그렇게 들어서는……."

주인 청년은 청년이 내미는 가죽 주머니를 한사코 거절하고는 몸조리 잘하라는 인사를 남기고는 짐수레를 몰고 떠나갔다.

청년은 들고 있던 가죽 주머니를 출발하는 수레의 짐칸에 슬쩍 던져 넣었다. 수레가 떠나는 것을 지켜보던 그는 갑자기 콜록거리며 기침을 했다. 입을 막았던 손을 떼자 피가 묻어나왔다.

청년은 인상을 쓰며 중얼거렸다.

"아직 멀었군. 관저 가는 길에 하오문 최말단 졸개가 눈에 띄어도 슬슬 피해 다녀야겠는걸."

청년은 고급 저택이 즐비한 상류층 거리로 발걸음을 옮겼다.

번화가에 들어선 청년은 지부대인 관저 근처까지 도달했다. 그는 그 주변을 하릴없는 사람처럼 어슬렁거렸다. 관저 근방은 원래 사람이 많이 다니는 곳이 아니었는데 건장한 체구의 장한들이 돌아다니고 있는 것이 눈에 띄었다.

청년은 그것을 보고는 이내 몸을 돌려 다른 곳으로 걸음을 옮겼다.

그때 누군가가 그를 불렀다.

"어이, 거기!"

청년은 슬쩍 뒤를 돌아보았다. 날카로운 눈매의 장한 한 명이 그에게 다가오고 있었다. 몸놀림이 경쾌하고 눈빛에 정기가 흐르는 것이 무림인, 그것도 명문정파의 고수라는 것을 한눈에 알아볼 수 있었다.

청년은 의아한 표정으로 다가오는 장한에게 물었다.

"무슨… 일이신지요?"

장한은 청년의 위아래를 한 번 훑어보고는 되물었다.

"자넨 뭐 하는 사람인가?"

"저요? 저는 저쪽 거리에 있는 천일표국이라는 곳에서 쟁자수로 일하고 있는 사람입니다만."

"그래?"

장한은 잠시 머뭇거렸다. 눈썰미가 좋은 그는 청년의 손에 박힌 굳은살을 보고는 그가 무림과 관계된 자라는 것을 확신하고 질문을 던진 것이었다. 창백한 얼굴을 빌미로 문사라던가 한량이라던가 하는 답이 나왔다면 즉시 제압하려 했는데 쟁자수라는 청년의 답은 굳은살에 대한 적절한 설명이 되고 있었다.

"한데 쟁자수라는 자가 왜 그렇게 얼굴이 새하얀 건가? 표행을 이끌고 다녀야 하는 쟁자수라면 얼굴이 시커메져 있어야 정상 아닌가?"

"하하, 협사께서는 잘 모르시는군요. 저희 표국은 멀리 나가는 표행을 하는 곳이 아니라 간단한 물건 심부름이나 맡아 하는 작은 표국입니다. 멀리 나가 봐야 개봉부 안입니다. 얼굴이 이리 창백한 것은 최근에 배앓이를 하는 바람에 수일 동안 피죽도 못 먹고 누워 있던 바람에 그렇습니다."

"그래?"

장한은 미심쩍은 표정을 풀지 않으며 재차 물었다.

"한데 자네는 왜 이곳에서 어슬렁거리고 있는 건가?"

시비조로 들릴 수도 있는 질문이었지만 청년은 웃으며 응대했다.

"사실은 이 근처에서 처자와 만나기로 약속을 했습니다. 한데 이 계집애가 시간이 지나도록 모습이 보이지 않는군요. 혹시 약속 장소를 착각한 것이 아닌가 하여 돌아보고 있는 중이었습니다."

장한은 묻는 질문마다 딱딱 맞아떨어지게 나오는 청년의 대답에 더 이상 캐물을 질문이 없는 듯했다. 그는 손을 내저으며 말했다.

"사정은 알겠네만 이 근처에서 처자를 본 기억은 없으니 그만 가보게!"

청년은 알겠다며 고개를 숙이고는 몸을 돌렸다. 그러다가 갑자기 걸음을 멈추고는 다른 곳으로 가려는 장한을 불렀다.

"저기, 협사님."

장한은 귀찮아하는 표정으로 고개를 돌렸다.

"또 뭔가?"

"보아하니 관원은 아니신 듯한데, 협사님은 왜 이 근방을 배회하고 계십니까? 저 건물은 지부대인의 관저로 알고 있는데, 그 근방을 어슬렁거리는 사람들이 꽤 많군요. 무슨 일이 있습니까?"

청년의 당돌한 질문에 장한은 어이가 없는 듯 말했다.

"자네가 알 것 없는 일일세! 쓸데없이 참견하다 봉변당하지 말고 어서 썩 꺼지게!"

장한이 짐짓 강하게 나오자 청년은 황망한 표정으로 고개를 숙이고는 냉큼 사라졌다. 장한은 그 뒷모습을 보며 쓴웃음을 지었다.

그때 맞은편에서 장한을 향해 한 사람이 걸어오고 있었다. 그는 자신을 스쳐 지나가는 청년을 일별하고는 고개를 갸웃거렸다. 그리고는 장한에게로 다가와서 물었다.

"무슨 일이 있었길래 그렇게 웃고 있나?"

장한은 웃음을 그치며 말했다.

"별것 아닐세. 방금 자네 곁을 지나간 친구가 이 근방 표국의 쟁자수라는데, 아주 맹랑하더군."

"표국? 이 근방에 표국이 있다고? 그럴 리가 없는데……."

동료가 의아한 표정을 짓자 장한은 미간을 찌푸렸다. 그의 동료는 이 근방에서 활동하고 있는 무당파 속가제자였기 때문이다. 장한 역시 무당파의 이대제자로, 그는 변복을 하고서 관저 주변을 감시하고 있는 중에 청년과 마주친 것이었다.

"표국이 근처에 없다는 것이 확실한가? 듣기로 심부름을 주로 하는 작은 표국이라 하던데……."

"작은 표국이라… 그렇다면 내가 기억 못할 수도 있지."

장한이 고개를 끄덕였다.

"아마 그럴 거야. 말을 나눠봤는데 장이희와 연관이 있는 인물인 것 같지는 않았네."

그의 동료는 청년이 사라진 방향으로 시선을 돌리며 말했다.

"그건 그렇다 치고… 이상하게 그자가 눈에 걸리는군. 얼굴을 어디선가 본 듯하단 말이야……."

"자네처럼 이 근방에서 일하는 자이니 오다가다 봤겠지 뭐."

장한의 말에 그런가? 하며 고개를 끄덕이던 속가 동료는 갑자기 생각난 듯 주먹으로 손바닥을 탁 쳤다.

"맞아! 지부대인 댁 이공자랑 닮았어!"

"지부대인 댁 이공자? 닮았다는 거야, 아니면 본인이라는 거야? 물론 본인이라면 우리에게 신분을 속일 리가 없을 테지."

"자네 말이 맞아. 닮긴 했지만 동일 인물은 아냐. 그리고 이공자는 외유 중이라고 들었네."

두 사람은 그저 닮은 사람이라고 결론을 짓고는 청년에 대한 일을 잠시 잊어버렸다. 관저에서 나오던 명선자와 마주치기 전까지는.

관저가 있는 거리를 뜬 청년은 근처에 있는 큼지막한 객잔으로 들어섰다. 그는 그곳에 방 하나를 잡았다.

청년은 방 안에 앉아 품속에 들어 있던 물건 하나를 꺼냈다. 정교하게 만들어진 얇은 인피면구였다. 그러나 그것은 반으로 갈라져 있어서 쓸 수 없게 되어 있었다.

"이 지경이 되었으니 이천휘로 가장할 수는 없고……."

찢어진 인피면구를 든 채 고민하는 이 청년은 바로 장건이었다. 철무림의 거센 추격에서 간신히 벗어나 하남성까지 도망쳐 오는 데는 성공했으나 그의 상태는 말씀이 아니었다.

산뢰전을 맞고 내상을 입은 상태에서 화룡팔수와 철인대를 물리치는 과정에서 제석천을 무리하게 운용하느라 내상이 악화되었고, 좌산의 선풍와류장 사십오연격을 막아내기 위해 최악의 몸 상태에서 불완전한 연혼무상신공을 운용한 것이 치명적이었다. 간신히 주봉의 손에서 벗어나 그 자리를 뜨는 데까지는 성공했으나 도망치는 도중 몸이 극도로 나빠져 운신이 거의 불가능해지기까지 했다. 그때 운 좋게 개봉으로 오는 짐수레를 얻어 타지 못했다면 철무림의 추격에 따라잡혔

을지도 몰랐다.

오는 동안 운기조식에 힘써 몸을 추스를 정도까지는 회복이 되었지만 내상을 치료하기 위해서는 쉴 공간과 시간이 필요했다. 그것을 충족시키기 위해 개봉으로 돌아왔건만 상황은 좋지 않았다. 낌새를 보아하니 장이회에 무슨 일이 있는 모양이었다. 만추객잔과 지부대인 관저를 어슬렁거리고 있는 놈들은 무림인들이 분명했다. 게다가 은연중에 배어 나오는 절도있는 자세와 정기 어린 눈빛으로 볼 때 보통 무림인이 아닌 명문정파의 고수들이었다.

'혹시 무당파일까?'

장이회는 정보를 규합하는 조직일 뿐 타 문파와 권력 다툼을 하거나 흑도의 일을 행한 경우는 없었다. 구대문파 같은 명문에서 괜히 건드릴 이유가 없는 단체였다. 그렇다면 떠오르는 가정은 한 가지뿐이었다. 천중보주를 죽인 자를 찾고 있던 무당파가 풍파투도를 용의자로 지목하고, 풍파투도와 연결된 장이회를 쳤을 수 있다는 것이었다.

'명한청이란 친구가 결국 무당파에 내 얘기를 고했다면 충분히 그럴 수 있는 일이다. 하나 나와 장이회가 연결되어 있다는 것을 어떻게 알았을까?'

의문이 꼬리를 물었지만 결국 장이회와 접촉을 해야 명확한 경위를 알 수 있을 듯했다.

접선지였던 만추객잔이 함락된 듯했으나 장건은 서달룡의 안위에 대해 큰 걱정을 하지 않았다. 만추객잔과 지부대인 관저의 연결 통로에는 수많은 기관과 함정이 설치되어 있어서 행여 통로를 발견했다 해도 절대 관저 팔층까지 도달할 수 없다. 무당파가 명문정파의 지위를 포기하고 관저로 들이닥치지 않는 한, 소심한 이극서가 배신을 때리는 불가능한 상황이 벌어지지 않는 한 서달룡이 위험해질 리는 없는 것이다.

장건은 객잔 창문에 장이회원만이 알아볼 수 있는 표식을 걸어놓았다. 여기서 휴식하며 몸조리를 하다 보면 장이회원들이 알아서 찾아올 것이었다.

그런데 표식을 걸어놓은 지 얼마 되지도 않아 문을 두드리는 소리가 들렸다.

장건이 문을 여니 서달룡이 냉큼 안으로 들어왔다. 장건은 의아한 표정을 지었다. 관저에 꼭꼭 숨어 있으리라 생각한 그가 직접 객잔을 찾아오리라고는 예상치 못했기 때문이다.

서달룡은 가타부타 아무 말도 하지 않고 즉시 창문으로 가서 장건이 해놓은 표식을 치워 버렸다.

"대체 무슨 일이오? 왜 관저에서 나왔소?"

장건이 물었다.

서달룡은 그에 말에는 대꾸하지 않고 창밖을 살피며 말했다.

"지금 이러고 있을 때가 아니야. 무당파 놈들이 이 근방을 샅샅이 뒤지고 있네. 즉시 여길 빠져나가야겠어."

"멀리 갈 것 없이 관저로 가면 되지 않소? 내 인피면구를 우선 수선해야겠지만."

서달룡은 고개를 저었다.

"이극서가 배신했네. 놈들이 자네 정체까지 알아차린 모양이야."

장건은 눈을 크게 떴다. 상황은 그의 생각보다 훨씬 심각해져 있었다.

창밖을 살피던 서달룡이 미간을 찌푸리며 말했다.

"무당파 몇 놈이 오고 있군. 이 객잔을 뒤지려는 모양인걸?"

장건은 그의 어깨 너머로 오고 있는 자들을 눈으로 확인했다. 아까 전에 자신과 잠시 마주쳤던 장한이 섞여 있었다.

"난감하군. 저 중에 한 명이 내 얼굴을 보았소. 이천휘가 가짜란 것을 알게 되었다면 비슷한 용모의 나를 수상하게 여기고 쫓아온 것일 수도 있소."

서달룡이 초조한 기색으로 말했다.

"일단 나가세. 우리 회원들이 마차와 퇴로를 준비해 놨어. 나 혼자 떠나려고 했지만 자네를 만났으니 같이 가야지."

"놈들이 객잔으로 들어오고 있는데 지금 나가잔 말이오?"

"별수없네. 회원들과 만나기로 한 시각에 이미 늦었어. 더 지체했다가는 무당파 때문에 위험해. 나가다가 들어오는 놈들하고 마주칠 수도 있겠지만 그때는 자네가 손을 쓰게. 몇 놈쯤은 소리없이 처리할 수 있겠지?"

장건은 고개를 저었다.

"몸이 멀쩡하다면 피하지도 않을 거요. 상황이 좋지 않아요. 내상이 심한 상태요. 회복할 시간과 공간이 필요하오."

서달룡의 낯빛이 침중해졌다. 어지간한 부상은 다쳤다는 말도 하지 않는 장건이었다. 그가 자기 입으로 심하게 다쳤다고 하는 것은 운신하기도 힘든 부상을 입었다는 의미였다.

"변장을 하세. 시간이 없으니 완벽하게 할 수는 없겠지만 별수없지."

둘은 서달룡의 분장 도구로 대충 얼굴을 꾸미고는 방에서 잠시 기다렸다. 객잔으로 들어온 무당파 무사들이 객잔 내를 활보하는 소리가 들렸다.

"객방까지 뒤질 기세로군. 이쯤에서 자연스럽게 나가는 것이 좋겠네."

꼽추 노인으로 분장한 서달룡이 먼저 나서고, 언청이가 된 장건이 그 뒤를 따랐다.

때마침 무당파 무사들이 이층으로 올라오고 있었다. 둘은 자연스러운 걸음걸이로 계단을 내려갔다. 꼽추 노인과 언청이를 본 무사들은 별 신경을 쓰지 않는 듯 스쳐 지나갔고, 둘은 내심 안도의 한숨을 내쉬며 일층으로 내려섰다. 그때 등 뒤에서 부르는 소리가 들렸다.

"어이, 거기 잠깐!"

장건과 서달룡은 어리둥절해하는 표정으로 몸을 돌렸다. 그들을 부른 것은 아까 장건과 마주쳤던 장한이었다.

그는 미심쩍은 표정으로 장건에게 다가섰다. 동료가 그를 따라 내려오며 물었다.

"어이, 왜 그래? 번듯하게 생긴 놈이라고 그러지 않았어? 저 사람은 언청이 아냐?"

장한은 장건을 유심히 보며 말했다.

"외모는 다른데, 옷이 똑같단 말이야……."

장건의 눈에 안타까운 빛이 스쳐 갔다. 시간도 없고 여벌의 옷도 없었기 때문에 어쩔 수 없이 입고 있던 채로 그냥 내려온 게 화근이 되고 있었다.

"나으리, 저희 조손에게 무슨 볼일이라도……."

서달룡이 비굴한 표정으로 손을 비비며 나섰다.

장한은 날카로운 눈빛으로 그를 보더니 동료에게 물었다.

"이 노인도 좀 수상하군. 얼굴이 쥐상 아닌가? 장이회주가 쥐새끼를 닮았다고 했잖아?"

'염병할!'

서달룡은 속으로 욕지거리를 내뱉었다. 지금 그의 얼굴은 평상시와는 백팔십도 달라진 면상이었지만 입이 나오고 이마가 들어간 쥐상의 골격은 도저히 분장으로 바꿀 수 없었기 때문이다. 신체적 결함이 또다시 발목을 잡고 있었다.

그러는 사이 장한의 동료들도 다시 계단으로 내려왔다.

"그러고 보니 노인네가 쥐를 닮긴 했군."

"장이회주가 꼽추라는 말은 없었잖아?"

"꼽추야 분장을 하면 그만 아닌가. 등에 난 이 혹이 가짜일 수도 있지."

그러면서 무사들은 장건과 서달룡을 둘러쌌다. 누군가 서달룡의 혹을 찔러보기라도 하는 날에는 곧바로 정체가 탄로 날 순간이었다.

장건은 소매 속에 감춘 손가락을 꼼지락거렸다. 평상시 같았다면 내공이 크게 달린다 해도 암기와 독으로 충분히 제압할 수 있는 상황이었다. 그러나 좌산에게 사십오연격을 맞으면서 옷이 다 해지는 통에 지금의 그는 번천제룡환과 제석천 등 몇 가지를 제외한 대다수의 무기들을 잃어버린 상태였다. 번천제룡환이나 제석천, 은형검 등은 고절한 병기였지만 공력이 뒷받침되지 않으면 무용지물이나 다름없는 것들이었다. 지금 그를 둘러싸고 있는 무사들이 검을 뽑는다면 도무지 대처할 방도가 없었다.

서달룡의 등 뒤에 선 무사가 검을 검집째로 들어올렸다. 등의 혹을 쿡 찔러보려는 듯한 자세였다.

절체절명의 순간, 날카로운 목소리가 객잔을 울렸다.

"그 손 내려놓지 못해요!"

무사들은 둘에게 접근하던 동작을 멈추고 소리가 난 쪽으로 고개를 돌렸다.

소리친 것은 한 여인이었다. 여인은 스물도 채 되어 보이지 않는 아리따운 소녀였다. 그녀는 화가 단단히 난 듯 눈에 불을 켜고 무사들을 향해 걸어왔다.

장건은 그녀를 보고 깜짝 놀랐다. 소녀는 천의문 진원외의 외동딸인 진연이었던 것이다.

"보아하니 명문의 제자들 같은데, 대체 뭐 하자는 짓인가요? 왜 여럿이 둘러싸고 꼽추가 어땠느니 언청이가 어땠느니 하는 망발을 하는 거죠? 당신네 문파에는 법도도 없나요? 어떻게 신체가 성치 않은 사람들에게 그따위 짓을 할 수가 있어요!"

진연의 서슬 퍼런 질책에 무사들은 해쓱한 표정이 되었다. 그도 그럴 것이 외부에서 보기에는 영락없이 불구자를 핍박하는 것으로 보였을 것이기 때문이다.

장한이 서둘러 말했다.

"소저, 화가 난 까닭은 이해하지만 여기에는 속사정이 있소. 우선 우리는 무당파의 제자들이오. 대무당의 제자는 까닭없이 사람을 핍박하지 않소."

"호오, 무당파의 제자시라고요."

진연은 더욱 독이 오른 표정으로 말했다.

"무당파의 제자가 무슨 대단한 연유가 있기에 이토록 사람을 능멸하는 행동을 하는 것인지 해명을 한번 해보시죠."

장한은 난감한 표정을 지으며 대꾸했다.

"자세한 사항은 말해 줄 수 없소. 다만 이 두 사람의 인상착의가 본파가 찾고 있는 범죄자들과 흡사한 구석이 있어 조사하고 있었을 뿐이오."

"말은 참 쉽군요. 그래, 무당파에는 범죄한 사람을 잡고자 하면 아무나 붙잡고 언청이니 꼽추니 하면서 모욕을 주며 조사해도 된다는 법도가 있나 보죠?"

진연의 신랄한 어투에 장한은 얼굴이 붉어졌다.

"신체적 결함을 함부로 언급한 것은 우리가 경솔했소. 이 두 분이 용의자가 아니란 것이 밝혀지면 정중히 사과하겠소."

진연은 코웃음을 치며 말했다.

"그럼 당장 사과하면 되겠네요, 왜냐하면 이 두 분은 당신들이 찾고 있는 사람이 아니니까."

"그건 좀 더 조사해 봐야 알 수 있는 문제요. 조사에 대해서는 소저가 관여할 사항도 아니고."

장한은 이쯤에서 못을 박고 진연을 물리치려 했지만 그의 상대는 만만치 않았다.

"천만에. 그건 반드시 내가 관여해야 할 문제예요. 왜냐하면 이 두 분은 저의 일가친척이기 때문이니까요."

"소저의 일가친척이라고요?"

장한은 황당한 표정을 지으며 반문했다.

진연은 고개를 끄덕였다.

"그래요. 여기 이분은 작은할아버지시고 이분은 육촌 오빠랍니다."

황당해하던 장한은 갑자기 장건에게 고개를 돌려 물었다.

"이 소저의 이름이 뭐요?"

장건은 침착하게 대꾸했다.

"제 육촌 동생은 진 자 연 자를 씁니다."

장한이 다시 묻기도 전에 진연은 자신의 호패를 내밀었다.

"자, 봐요, 내 이름. 이제 됐죠? 당장 저희 할아버지와 오빠를 풀어 주세요!"

장한은 강하게 고개를 저었다.

"소저가 이들의 일가친척이라 해도 달라지는 것은 아무것도 없소. 이 사람이 소저의 오빠인 것과 우리가 찾고 있는 자인가 아닌가 하는 것과는 별개의 문제요."

진연은 꼿꼿하게 말했다.

"별개의 문제가 아니에요."

"별개의 문제가 아니라? 소저가 이들의 신분 보증을 할 만한 대단한 사람이 아니고서야……."

"난 그 정도의 위치에 있는 사람이에요."

진연은 너무도 당당하게 얘기했다.

장한은 그녀를 보며 어이없어하는 표정을 짓다가 다시 말했다.

"소저가 대관절 무슨 위치에 있기에 이들을 보증할 수 있단 말이오?"

진연이 갑자기 다른 얘기를 했다.

"당신, 무당파 몇 대 제자죠? 사부가 누구예요?"

장한은 뚱딴지같은 질문에 어리둥절해하면서도 대답을 했다.

"사부께서는 도호로 명 자 원 자를 쓰시오. 난 그분의 둘째 제자요."

"명원 진인의 제자라면 이대제자로군요."

"그렇소."

"그럼 당신은 제 사질이 되는 거네요. 제가 무당파의 일대제자니까요."

뜻밖의 발언에 장한의 눈이 휘둥그레졌다.

"그게 대체 무슨 소리요?"

"말 그대로예요. 저희 모친께서는 무당파 전대 원로이신 청광자 어르신의 친척 여동생이시고 무당의 속가제자셨답니다. 그분의 무공을 이어받은 저 역시 무당의 속가제자이고. 그러니 항렬상 일대제자와 동급인 거지요."

장한은 그제야 진연의 이름을 떠올리고는 그녀가 누군지를 알아보았다.

"이제 보니 천의문의 진 소저였군! 명 사제에게 얘기는 익히 들었소. 진작 그렇게 얘기했으면 쓸데없는 실랑이를 하지 않아도 되었을 텐데."

진연은 장한이 자신을 알아보자 싱긋 웃으며 말했다.

"좀 전의 일 때문에 발끈해서 저도 말이 급하게 나왔군요. 마음 상하셨다면 죄송해요. 그럼 이제 작은할아버지를 모셔가도 되겠죠?"

장한은 웃으며 고개를 끄덕이고는 동료들과 함께 서달룡과 장건에게 정중히 사과했다.

진연은 풀려난 서달룡과 장건을 이끌고 객잔을 빠져나왔다. 객잔 밖에는 그녀의 사형인 백담이 기다리고 있었다. 진연은 초조한 표정으로 그에게 물었다.

"사형, 한청이는 어디 갔죠?"

"명원 진인이 부른다며 만추객잔으로 갔다."

진연은 안도한 듯 한숨을 내쉬었다.

"도대체 어떻게 된 일이오? 여긴 어떻게 알고 찾아왔소?"

진연은 장건의 질문에 대답하지 않고 길을 재촉했다.

"일일이 설명할 시간 없어요. 한청이가 언제 돌아올지 모르는데 그 애와 마주치지 않는 것이 좋겠어요. 빨리 마차를 잡고 여길 빠져나가죠!"

서달룡이 끼어들었다.

"마차는 대기되어 있소. 일단 동문 방향으로 갑시다."

네 사람은 장이회원들이 기다리고 있는 장소로 가 대기하고 있던 마차를 탈 수 있었다. 마차는 무당파에 아직 발각되지 않은 회원들이 준비한 것이었다. 그들이 손을 쓴 덕택에 마차는 쉽사리 성문 밖까지 나설 수 있었다.

"이제 어디로 가야 할지가 문제로군. 대다수의 분타가 무당파에 함락된 상태라, 하남성에는 더 이상 발붙일 곳이 없고……."

서달룡이 난감한 표정으로 중얼거렸다.

진연이 말했다.

"저희 천의문으로 가도록 하죠. 장 공자가 몸을 쉬려면 그곳이 제일 안전할 거예요."

좋은 의견이었지만 장건은 고개를 저었다.

"그전에 들를 곳이 있소. 강서성 서문세가로 먼저 가야 하오."

진연은 난감한 표정을 지었다.

"거긴 너무 먼 곳인데요. 이동 거리가 길면 한청이한테 꼬리를 잡힐 수도 있어요. 걔는 제가 꼽추 할아버지와 언청이 육촌 오빠가 없다는 것을 알기 때문에 아까 그 무사한테 얘기를 듣고 나면 수상하다고 생각할 거고, 그렇게 되면 쫓아올 가능성도 있어요."

서달룡이 끼어들었다.

"치료약 전달하는 것 때문에 그러나? 가는 길에 표국에 들러서 맡기지 그래?"

장건은 고개를 저었다.

"시간도 촉박한 상황인데 표국은 그다지 미덥지가 못하오. 믿을 만한 사람에게 맡기면 모르겠지만……."

진연이 말했다.

"뭘 전달하려 하는 건지는 몰라도 크지 않은 물건이라면 저희 사형한테 맡기죠. 사형은 발도 빠르고 무공도 나쁘지 않으니 물건 전달하는 일 정도라면 충분히 할 수 있을 거예요."

백담도 고개를 끄덕였다.

"장 공자에게 저희가 입은 은혜가 적지 않소. 맡겨준다면 목숨을 걸고라도 물건을 제때 전달하겠소이다."

잠시 침음하던 장건은 진연과 백담의 제안을 받아들였다. 지금 상황에서는 다른 선택의 여지가 없었다.

장건우 품속에서 천우신단을 꺼내어 백담에게 건넸다.

"이건 목숨이 경각에 달린 환자의 치료약이오. 시간이 많이 지체되어서 적어도 이십 일 안에는 가져다줘야 하오."

개봉에서 강서성 남창까지는 두 성을 가로질러야 하는 거리, 결코 쉽지 않은 여정이었다. 백담은 결연한 표정으로 약을 받들었다.

"잘 알겠소. 내 반드시 전달하리라. 한데 서문세가의 누구에게 이 약을 전달하리까?"

"조비연이란 여인이오. 그곳에 가면 일전에 보았던 범 선생과 석초

진, 나할라리 등이 있을 터이니 그들에게 내가 보낸 것이라고 전달하면 될 것이오."

"알겠소. 내 반드시 기한 내에 전하리다."

백담은 결연한 표정으로 다짐을 하고는 마차를 떠났다.

셋만 남게 되자 서달룡은 히죽거리며 장건을 팔꿈치로 찔렀다.

"여자는 도통 관심이 없는 줄 알았더니 자네 제법이군. 이 아리따운 소저 분은 또 어디서 홀린 겐가?"

장건이 뭐라 대답하기도 전에 진연이 얼굴을 붉히며 쏘아붙였다.

"착각하지 마세요! 이 사람이 저희 천의문에 큰 도움을 주었기 때문에 은혜를 갚는 차원에서 이러는 거니까."

진연의 대꾸에도 불구하고 서달룡은 여전히 능글맞은 미소를 지으며 둘을 번갈아 보았다. 장건은 분위기를 바꾸려는 듯 진연에게 말을 던졌다.

"개봉에는 어떻게 오게 된 거요? 그 객잔은 어떻게 알고 찾아온 거고."

진연은 자초지종을 설명했다. 무당파가 풍파투도를 잡기 위해 장이회를 공격한다는 것을 명한청을 통해 알게 된 진연은 장건을 돕고자 하는 마음에 그의 주 활동 영역이라고 들어온 이곳 개봉까지 오게 된 것이었다. 그녀는 장이회의 거점을 무당파가 공격한다는 정보를 입수하고는 명한청을 만난다는 핑계로 이 지역까지 오게 되었다.

객잔에서 장건을 발견한 것은 우연이었다. 원래 진연은 그 객잔에서 명한청과 만나고 있었는데, 객잔 안으로 들어오는 장건을 발견하게 된 것이다. 진연은 명한청의 시선을 끌며 그가 장건을 보지 못하도록 애쓴 후, 장건이 이층으로 올라간 후 백담에게 명한청을 다른 곳으로 유인하라고 시켰다. 명한청이 백담을 따라 객잔 밖으로 나간 직후 서달룡과 장건이 일층으로 내려왔고, 무당파의 제자들과 부딪치는 상황에서 그를 구해내게 된 것이었다.

"거참, 듣고 보니 우리가 운이 좋았군. 이 친구를 염려하는 소저의 마음이 하늘에 닿았나 보오."

서달룡이 능글맞게 웃으며 말했다. 진연은 다시 발끈하며 말도 되지 않는 소리 말라고 소리를 질렀다.

장건이 둘을 만류하며 서달룡에게 물었다.

"객쩍은 소리 그만 하고 현재 정황을 좀 설명해 보시오. 아까 얘기를 들어보니 본타뿐 아니라 분타들까지 무당파에 당했다고 하는데, 장이회가 그렇게 호락호락한 조직은 아니지 않소? 불과 한 달도 안 되는 기간 내에 이 지경이 된 연유가 무엇이오?"

"우선 하남성 하오문 연합이 무당파와 손을 잡은 것 같네. 이건 확실한 사실일 걸세."

서달룡은 모처럼 침중한 표정이 되어 말했다.

장건은 고개를 갸웃거렸다.

"장이회에 대한 정보를 가장 많이 갖고 있는 게 그들이니 충분히 있을 법한 가정이오. 그러나 좀 이상한 느낌이 드는군. 그런 잡배들을 포섭하여 정보를 끌어내려면 상당히 지저분한 거래를 해야 할 텐데…… 왠지 무당파와는 어울리지 않는 듯하오."

서달룡은 고개를 끄덕였다.

"나도 그리 생각하네. 명분을 중시하는 무당파가 그런 짓을 해서까지 우리를 공격한다는 자체가 어울리지 않지. 여기에는 제삼의 세력이 끼어들었음이 분명해."

"제삼의 세력?"

"그래. 그놈들이 중간에서 농간을 부린 것이 분명해. 회원들의 보고에 의하면 무당파가 눈에 불을 켜고 우리를 공격한 이유는 자네 때문만이 아닐세. 처음 하남성에 들어와 장이회를 탐문하던 무당파 제자들이 떼거지로 죽음을 당했다고 하더군. 그쪽에서는 당연히 조사를 받고 있는 우리가 그렇게 한 거라고 생각했겠지. 그러나 그런 짓을 한 것은 우리가 아니라……."

"바로 그 제삼의 세력이 한 짓이겠군."

"맞았네. 아마 하오문 연합에서 우리에 대한 정보를 캐낸 것도 바로 그놈들일 거야. 거기서 캐낸 정보를 무당파에 넘겼겠지. 자네를 잡는 것보다도 죽은 제자들의 복수가 우선이 된 무당파는 앞뒤 가릴 것 없이 그 정보를 바탕으로 우리를 공격한 거고."

장건은 생각에 잠겼다. 과연 그 제삼의 세력은 어디일까?

우선적으로 떠오르는 것은 혈부용, 증미미였다. 장건에게 개인적 원한이 있는 그녀는 계속해서 그를 곤경에 빠뜨려 왔다. 게다가 그가 혈부용을 비롯한 삼대살수의 목적—오행신단의 복용자만을 암살하고 있다는—까지 간파했다는 사실을 알았고, 그가 개봉부 이대공자 이천휘로 분하고 있다는 사실 또한 알아차렸다.

그녀가 만일 자신이 몸담고 있는 조직, 혈부용을 비롯한 삼대살수 모두를 아우르고 있을 그 조직에 그에 대한 모든 사실을 보고했다면, 그 조직은 당연히 그를 처치하기 위해 온갖 수단을 동원할 것이 불을 보듯 훤했다. 고로 풍파투도에 의혹을 갖고 있는 무당파를 이용하여 그를 공격할 가능성이 농후하다 할 수 있었다.

'행동의 은밀함을 극도로 추구하는 자들이니 이번의 일 처리와도 일

맥상통하는 바가 있다.'

장건은 생각하면 할수록 혈부용의 배후 조직이 제삼의 세력 같다는 확신이 들었다.

그러나 이것은 어디까지나 가정일 뿐 아직 명확한 결론을 내릴 단계는 아니었다. 아마도 멀지 않은 시간 내에 그들과 직접 부딪치게 될 것이고, 그때에야 명확한 정체를 파악할 수 있을 것이다.

'그전에 몸의 최대한 빠른 회복이 급선무이다.'

장건은 마음을 정리하고 있을 때, 진연이 궁금한 표정으로 입을 열었다.

"조비연이라면 용봉지회에 참여했던 종남 장문인의 고명따님 아닌가요? 그분이 많이 다쳤나 봐요?"

"그렇소."

장건은 짤막하게 대답했다. 잠시 머쓱한 표정을 짓던 진연은 다시 물었다.

"희한한 일이네요, 당신이 다른 사람을 그렇게 각별히 챙기다니."

지나가는 투로 묻는 말이었으나 그녀의 얼굴에는 호기심이 가득했다. 왜 장건이 조비연을 챙기는 것인지 무척 알고 싶은 듯했다. 장건은 별 생각 없이 대꾸했다.

"어쨌든 약혼녀니까."

진연의 눈이 갑자기 휘둥그레졌다.

"야… 약혼녀요? 당신 약혼녀란 말인가요?"

장건은 계속된 그녀의 질문이 귀찮은 듯한 표정으로 무심히 고개를 끄덕였다.

진연의 얼굴이 눈에 띄게 어두워졌다.

눈치 빠르고 노회한 서달룡이 그러한 감정 변화가 왜 일어나는지 모를 리가 없었다. 진연이 장건을 마음에 두고 있다는 것을 즉시 알아챈 그는 장건을 쿡 찌르며 진연에게 말했다.

"하하! 이 녀석은 항상 말이 너무 짧아서… 명목상의 약혼녀일 따름이라오. 그러니 소저는 너무 개의치 마시오."

그러자 진연이 그를 째려보며 말했다.

"뭘 개의치 말라는 말인가요, 대체?"

"아니, 뭐…… 약혼했다 하니 소저가 상심한 듯 보여서 하는 말이오."

"이 영감님이! 아까부터 노망이 났나, 무슨 헛소리예요, 대체! 난 이 사람이 약혼을 했든 파혼을 했든 전혀 신경 쓰지 않는다구요!"

소리를 버럭 지르는 진연이었지만 그녀의 안색은 좀 전에 비해 훨씬 밝아져 있었다.

둘이 툭탁거리는 소리를 한 귀로 흘리며 장건은 조용히 몸을 다스렸다. 천의문으로 가기까지 쉽지 않은 여정이 될 것이니 회복에 전념하기 위함이었다.

제8장
장건, 다시 천의문으로 가다

장건, 다시 천의문으로 가다

　　　　　　　　　장건 일행은 지속적으로 말과 마차를 바꾸며 최대한 속력을 내어 치달려 이십여 일 만에 형문산 근방에 이르렀다. 그러나 형문산이 불과 오 리쯤 남은 위치에서 추격자들에게 붙잡히는 위기를 맞게 되었다.

　일행의 마차를 가로막은 것은 다름 아닌 명한청이었다. 그는 뒤늦게 일행이 객잔에서 마주쳤던 장한에게 꼽추와 언청이에 대한 얘기를 듣고는 진연을 수상히 여겨 여기까지 쫓아오게 되었다. 오는 도중 길이 엇갈렸지만, 오히려 속도를 배가하여 장건 일행을 앞질러 형문산에 도달해 일행이 오기를 기다리고 있었던 것이다.

　명한청은 세 명의 동료를 대동하고 마차의 길목을 막아섰다.

　마침 어자석에 나와 있던 진연은 명한청을 마주하고는 가슴이 뛰는 것을 느꼈다. 그녀를 바라보는 명한청의 얼굴은 평상시의 장난기 어린 표정은 온데간데없이 냉랭하기 짝이 없었다. 모르긴 몰라도 그녀에게 이용당했다는 것에 크게 실망한 기색이었다.

"한청아, 무슨 일이니? 왜 여기까지 온 거지?"

진연은 시치미를 떼고 말을 건넸다.

명한청은 침중한 안색으로 그녀를 잠시 응시하다가 입을 열었다.

"긴말하지 않겠다. 안에 있는 사람을 내놔. 우린 그에게 볼일이 있다."

"무슨 소리야, 그게? 안에 있는 사람이 누구인 줄 알고?"

명한청은 낮은 한숨을 내며 고개를 흔들었다.

"풍파투도가 타고 있는 거 다 안다. 우리 시간 낭비는 하지 말자. 네가 말을 듣지 않는다면, 부득이하게 손을 쓸 수밖에 없다."

"풍파투도라니? 이 안에는 본 문의 사저 한 분이 타고 계실 뿐이야. 병중이라 빨리 사문까지 가야 해. 길을 좀 비켜주지 않겠니?"

진연이 계속 딴청을 피우자 명한청의 뒤에 있던 무당파 무사 한 명이 분통을 터뜨리며 앞으로 나섰다.

"명 사제, 이 여인이 하는 꼴을 보니 영락없이 풍파투도와 한패거리가 아닌가! 그러니 더 이상 대화를 해봐야 무슨 의미가 있나? 당장 손을 쓰세!"

명한청은 손을 내밀어 그를 가로막았다.

"사형, 마음은 압니다만 부탁입니다. 제 사부님과 천의문주님과의 친분을 봐서라도 함부로 대해서는 곤란합니다. 잠시만 제게 시간을 주십시오."

무사는 명한청을 잠시 노려보다가 끄웅! 하는 소리를 내며 한 발 뒤로 물러섰다.

명한청은 진연에게 고개를 돌려 말했다.

"연아, 이쪽에 계신 세 분 사형은 모두 이번 장이회와의 싸움에서 직계 사형제들을 잃는 아픔을 겪었다. 나 역시 마음 같아서는 당장 그 마차를 부수고 풍파투도를 끌어내고 싶은 마음이 간절하다. 그럼에도 불구하고 우리가 자제력을 발휘하는 이유는 네 아버지와 사부님과의 의리, 그리고 천의문과 무당파와의 돈독한 관계를 어떻게든 손상시키지 않게 하려 함이다. 그러나 네가 끝까지 이런 식으로 나온다면……. 부디 우리가 대의를 거스르는 행동을 하지 않도록 해다오."

더 이상 시치미를 떼어봐야 소용이 없음을 알게 된 진연은 명한청에게 간청하는 표정으로 말했다.

"한청아, 너도 알고 있잖아. 풍파투도가 천중보주를 암살하는 일 따위는 하지 않을 사람이란걸. 그 사람은 군룡회의 손에서 우리 목숨을 지켜주었고, 천의문을 구했어. 그런 크나큰 협행을 한 사람이 암살 따위를 한다는 게 가당키나 한 일이라고 생각하니?"

"네 기준에서 볼 때는 말이 되지 않겠지. 그러나 내 기준으로 볼 때는 말이 된다. 네 가족과 천의문을 도와준 것은 높이 평가할 수 있으나, 거기에는 사대신약과 번천제룡환 등의 부수적인 목적이 개입되어 있으니 순수한 협행이라 볼 수만은 없다. 무엇보다도 그가 진정 떳떳하다면 어째서 장이회를 단순 조사하는 우리 제자들을 그토록 잔인하게 살해할 수 있단 말이냐? 죄가 없다면 절대 있을 수 없는 행동이다. 우린 그에게 천중보주의 암살 건과 더불어 본 파 제자들의 피에 대한 값을 받아내고야 말 것이다!"

명한청은 형형한 안광을 내뿜으며 외쳤다.

진연은 안타까운 표정으로 말했다.

"왜 그걸 장이회가 했다고 생각하는 거니? 장이회는 어디까지나 정보를 다루는 조직이야. 그런 사람들이 무림의 태산북두로 꼽히는 무당파 제자들을 일방적으로 주살했다는 게 이상하단 생각이 들지 않아? 한청아, 좀 더 신중하게 생각해 봐. 상황이 이렇게 된 데에는 다른 세력의 음모가 내포되어 있는 게 분명해."

"연아! 그게 말이 되는 소리라고……."

명한청이 말을 다 맺기도 전에 물러섰던 무당파 무사가 다시 한 발 앞으로 나오며 부르짖었다.

"명 사제, 계속 시간 낭비할 겐가! 저 여자 말하는 것 좀 보게. 풍파투도와 한통속이 아니고서야 어찌 저런 얼토당토않은 음모론까지 내세워서 그를 비호하겠나? 명색이 혈맹이라던 천의문이 본 파를 이렇게 우롱할 줄이야……. 우형은 수련이 부족하여 더 이상 인내할 힘이 남아 있지 않으니, 자네가 막아선다 해도 손을 써야겠네!"

다른 두 무사도 그에 동조하는 듯 따라나섰다.

명한청은 다시 손을 내밀어 그들을 막았다.

"사형들, 잠깐만 기다리십시오."

"명 사제! 자네 정말……."

"고정하십시오. 제가 먼저 나서겠습니다. 그를 마차 안에서 끌어낼 터이니 사형들은 퇴로를 막아주십시오."

말을 마친 그는 성큼성큼 나서서 마차 앞으로 다가갔다. 그와 진연의 두 눈이 마주쳤다. 진연의 두 눈 가득히 서린 안타까움을 읽은 명한청은 마음에서 불길이 치솟는 것을 느꼈다.

'연아, 네가 진정……!'

고모니 조카니 농을 주고받으며 절친하게 지내온 이면에 내심 그녀를 흠모하고 있던 그였다. 진연 역시 자신을 좋아하고 있다고 철석 같이 믿어온 명한청으로서는 상황이 이렇게 되었음에도 풍파투도를 끝끝내 비호하는 진연의 모습에 충격을 받지 않을 수 없었다. 그녀의 태도에서 풍파투도를 생각하는 그녀의 마음을 읽을 수 있었기 때문이다.

동료 장한에게서 진연과 언청이, 꼽추에 관한 얘기를 들었을 때 모른 척하려면 모른 척할 수도 있었다. 기실 그 역시 풍파투도가 천중보주를 살해한 범인이 아닌 듯하다는 느낌을 갖고 있었기 때문이다. 그럼에도 불구하고 여기까지 사형제들을 대동하고 쫓아온 것은 풍파투도 때문이라기보다는 진연 때문이었다. 그녀의 마음이 다른 곳으로 가고 있는 것 같아 초조했고, 따라와 확인해 보니 결국 그녀의 마음은 그가 원치 않는 방향으로 가고 있었다. 그것이 지금 그를 못 견디게 만들고 있었다.

명한청이 마차 문 앞까지 다가오자 진연은 어자석에서 뛰어내려 그의 길목을 막았다.

"더 이상은 못 지나가."

"비켜."

"안 돼."

명한청은 그런 그녀를 물끄러미 바라보다가 말했다.

"네가 계속 고집을 피우면 손을 쓸 수도 있다."

"해볼 테면 해봐!"

진연은 버럭 소리를 질렀다.

명한청의 검이 뽑혀 나왔다. 그리고 그것이 진연의 목을 향해 겨누어졌다.

진연은 눈앞에 아른거리는 명한청의 검극을 응시하며 이를 악물고 연검의 손잡이를 움켜잡았다. 친남매 이상으로 친하게 지내온 두 사람은 생사대적과 마주친 듯이 서로를 노려보았다. 누구 한 사람이 움찔하기라도 하는 날에는 곧바로 서로의 검이 교차할 판이었다.

그때 굳게 닫혀 있던 마차 문이 삐그덕거리며 천천히 열렸다. 그리고 한 사람이 걸어 나왔다. 짙은 흑의에 냉막한 인상의 청년, 명한청이 그토록 찾고 있던 자였다.

"풍파투도!"

마차에서 내린 장건은 진연의 어깨를 잡아 옆으로 밀어내고는 명한청의 앞에 섰다.

장건이 나서자 진연은 초조한 눈빛으로 그를 바라보았다. 왜 그가 밖으로 나온 것인지 알 수가 없었다.

이곳까지 오는 동안 요상에 힘을 써온 장건이었지만, 달리는 마차 안에서 내상 치료가 제대로 이루어질 리 없었다. 아직까지도 하루에 두어 번은 각혈을 하는 형편이었고, 도저히 무공을 쓸 수 있을 것 같지 않은 상태였다. 싸움은커녕 무당파 무사들이 일수만 휘둘러도 피를 토하고 죽을 것 같았기에, 그를 바라보는 진연의 초조함은 극에 달했다. 그녀는 여차하면 대신 나설 요량으로 한 발 물러서서도 검병을 움켜잡은 손을 풀지 않았다.

장건은 그녀의 걱정을 아는지 모르는지 여유만만한 표정으로 명한청들에게 말했다.

"당신들이 찾고 있는 내가 이렇게 나왔으니, 이제 이 여자를 괴롭힐 것은 없겠지?"

명한청은 이를 악물고 대답했다.

"난 그녀를 괴롭힐 마음은 추호도 없다. 내가 이러고 있는 것은 오직 당신 때문이야!"

"뭐, 어찌 되었든."

장건은 자신을 둘러싼 무당파의 세 무사를 돌아보며 말했다.

"엄한 사람 가운데 끼고 시간 낭비할 필요 없이 당사자들끼리 담판을 짓자고. 나를 쫓는 이유가 대체 뭔가?"

명한청이 뭐라 말하기 전에 뒤의 무사가 버럭 소리를 질렀다.

"몰라서 묻느냐! 천중보주와 장이회에게 죽어간 우리 형제들의 핏값을 받으려는 것이다!"

장건은 차갑게 그를 바라보며 말했다.

"천중보주는 내가 아니라 혈부용이 죽였다. 그리고 당신네 사형제들 역시 장이회가 손을 대지 않았다."

"그걸 우리더러 믿으라는 거냐?"

"믿고 안 믿고야 그쪽 사정이지. 다만 내가 답답한 것은 조금만 머리를 굴려봐도 알 수 있는 문제를 당신들은 전혀 생각하지 않으려 한다는 거야. 하오문의 하부 조직밖에 되지 않는 장이회가 대문파인 무당파의 제자를 함부로 죽인다는 게 말이 된다고 생각하나? 천중보주 거도 보주가 없어진 그날 없어진 것이 사람인지, 물건인지만 잘 알아보았어도 범인이 누군지 즉시 알 수 있었을 것이다."

"개소리 마라! 네가 그렇게 떳떳하다면 어째서 우리 앞에 나와 해명하지 않고 이렇게 계속 도망 다녔단 말이냐!"

장건은 씩 웃었다.

"너희들이 이렇게 막무가내로 나올 것이라는 걸 알고 있었기 때문이지."

그가 말장난하고 있다는 것을 알아차린 무사들은 극도로 분노를 표출하며 일제히 검을 뽑았다.

한편 명한청의 얼굴에는 침중한 기색이 어렸다. 풍파투도와 직접 마주하고 보니, 예전에 보았던 그의 경천동지할 신위가 머릿속에서 되새겨지고 있었다. 세 사형의 무위가 출중하긴 하나 그가 본실력을 발휘한다면, 그들에 자신을 더해도 역부족이었다. 절대 그를 당해낼 수 없었다.

'그러나… 지금 그의 모습은 조금 이상하다.'

오랜만에 만난 풍파투도의 안색은 좋지 않아 보였다. 낯빛이 백지장같은 것이, 한눈에 보아도 내상을 입은 듯 보였다. 게다가 그가 알고 있는 풍파투도라면 진연이 실랑이를 벌이도록 놔두지도 않을 것이고, 이렇게 말을 길게 끌지도 않고 손부터 먼저 썼을 것이다. 계속 시간을 끌고 있는 것이 왠지 수상쩍었다. 만일 짐작대로 내상을 입은 것이라면 한번 해볼 만하다는 생각이 들었다.

그때 장건이 그에게 말했다.

"당신 동료들이 손을 쓸 모양인데, 그럼 나도 손을 쓸 수밖에 없다. 당신도 알다시피 난 싸움에 임하면 적의 사정을 봐주지 않는다. 이제까지 하남성에서 죽어간 당신 동료들은 다른 세력에 의해 죽었다. 하지만 오늘 죽는 자들은 정말 내 손에 죽게 될 것이다. 그렇게 되면 무당파와 나와는 돌이킬 수 없는 관계가 되고 말 것인데, 그래도 좋은가?"

"건방진 놈! 입을 열 때마다 광오한 소리를 내뱉는군! 네가 감히 본파를 위협할 수 있다고 생각하는 게냐?"

무사 한 명이 참지 못하고 소리를 지르며 장건에게 덤벼들었다.

"사형, 잠깐 기다리세요!"

명한청이 다급히 만류했지만 그의 검은 이미 장건에게 도달하고 있었다. 검이 장건의 미간을 쪼개 들어가는 순간 장건의 팔이 검을 막았고, 다른 한 손이 검병을 잡은 손을 후려쳤다. 그 충격으로 검이 무사의 손에서 빠져나오는 순간, 검을 막았던 팔이 쭉 뻗어나가며 무사의 가슴을 쳤다.

"커억!"

무사는 검을 빼앗긴 채 뒤로 나뒹굴었다.

"최 사형!"

명한청과 다른 동료들이 쓰러진 그에게 다급히 다가갔다. 무사는 내상을 입지는 않았는지 몸을 벌떡 일으켰다. 그러나 단 한 수에 검을 빼앗긴 것이 믿겨지지 않는 듯 얼굴은 새하얗게 질려 있었다.

"네… 네놈이……?"

용완구를 이용하여 공수탈백인의 솜씨를 부린 장건은 빼앗은 검을 그의 발밑에 집어 던지고는 말했다.

"이것이 단 한 번의 기회다. 더 이상은 인내하지 않겠다. 당신들이 끝까지 고집을 부린다면 살수를 쓸 수밖에 없지. 죽고 싶으면 덤비도록."

"크하히히히!"

검을 빼앗긴 무사가 앙천광소를 터뜨렸다.

"나 최관석, 긍지 높은 무당파의 제자로서 당당하게 세상을 살아왔건만, 오늘 일개 도둑의 손에 크나큰 모욕을 당하는구나! 사부께서 하사하신 검을 빼앗겨 사문에 누를 끼치고, 그것도 모자라 죽음이 두려워 뜻을 꺾는 소인배로 취급을 받게 되었으니, 사문에 이보다 더 큰 죄인이 어디 있으랴? 내 죽음으로 사죄해야 하나 자결을 택하기 전에 네놈의 사지라도 하나 끊고 가야 두 눈을 감을 수 있겠구나!"

그는 바닥에 떨어져 있는 검을 주워 두 손으로 움켜잡았다. 다른 동료들도 이제까지와는 다른 비장한 눈빛을 발하며 그의 옆에 섰다.

명한청 역시 깊은 한숨을 내쉬며 그들과 어깨를 나란히 했다.

풍파투도의 방금 말은 역효과만 불러일으켰다. 무당파와 같이 긍지 높은 대문파의 제자에게 죽고 싶지 않으면 물러서란 말처럼 모욕적인 말은 없었다. 게다가 방금 자신의 검을 빼앗겼던 사람에게는 더욱 커다란 모욕이 될 수밖에 없는 말이니, 이러한 상황에서는 협상이고 자시고 할 계제가 못 되는 것이다. 이제는 검과 검으로 맞부딪칠 수밖에 없게 되었다.

"사형들, 저자는 독과 암기를 전문으로 쓰는 자입니다! 게다가 진신의 실력 또한 절정고수라 칭할 수 있으니 신중에 신중을 기해야 합니다!"

그의 동료들은 굳은 낯빛으로 고개를 끄덕였다. 검을 뽑아 든 무당파의 네 무사는 날카로운 살기를 발하며 장건과의 거리를 좁혔다. 장건 역시 뭔가를 준비하는 듯 한 손은 소매 속에, 한 손은 허리 뒤춤으로 돌아간 채 무사들의 움직임에 맞추어 옆 걸음을 걷기 시작했다.

일촉즉발의 순간, 장건이 돌연 걸음을 멈췄다. 그러더니 품속에서 비수 하나를 천천히 꺼내 들었다. 그가 암기 공격을 하려는 줄 짐작한 무당파 무사들은 움찔하며 방어 태세를 갖추었다.

장건은 깨내 든 비수의 끝을 잡고 느린 동작으로 가슴 앞에 내밀었다. 마치 무당파 무사들에게 뭔가 보여주려는 듯한 자세였다. 그러다가 그의 손이 돌연 옆으로 휙 뿌려졌다. 비수는 보이지도 않을 정도의 빠르기로 날아가 관도에서 오 장 남짓 떨어진 풀숲으로 꽂혀 들어갔다.

"욱!"

풀썩!

풀숲에서 단말마의 비명이 들리더니 사람이 쓰러지는 소리가 들렸다. 명한청과 그의 동료들은 깜짝 놀랄 수밖에 없었다. 장건에 집중하고 있던 터라 숲 속에 누가 숨어 있을 줄은 전혀 짐작하지 못하고 있었던 것이다.

"이제 그만 슬슬 기어 나오시지? 쥐새끼처럼 숨어 있지 말고."

장건의 목소리가 울리자 풀숲이 들썩거리더니 열 명 남짓한 사람이 모습을 드러냈다. 모두 눈에서 형형한 안광을 내비치고 있고, 태양혈이 움푹 들어간 사람도 상당수여서 한눈에 빼어난 고수들임을 알 수 있었다.

무리들은 풀숲을 나와 마차로 다가왔다. 그들 중의 선두에 선 냉막한 인상의 사내가 장건에게 감탄한 듯 말했다.

"본 대의 은신술을 간파하다니, 제법이로군. 자네가 풍파투도인가?"

장건은 고개를 끄덕였다.

"그렇다, 빙룡(氷龍) 구천(具擅)."

구천이라 불린 사내의 눈에 이채가 서렸다.

"호오, 날 알고 있단 말인가?"

한편 그의 이름을 들은 진연과 명한청들은 경악할 수밖에 없었다.

"빙룡 구천? 저자가 왜 이곳에……!"

빙룡 구천은 군룡회 제일의 살인귀라 불리는 자로, 외부 행사에 좀처럼 나서지 않아 얼굴이나 외양은 거의 알려져 있지 않았지만 살성으로서의 명성은 천하를 울리는 자였다. 그가 이끄는 뇌격대는 군룡회의 전투 시 항상 최일선에 서서 적의 예봉을 꺾는 역할을 했는데, 구천 혼자서 적의 삼 할을 도륙한다는 평을 들을 정도로 그 활약이 대단했다.

"빙룡 구천이 외부에 모습을 드러내는 것은 단 한 경우뿐이지, 군룡회가 전쟁을 벌이는 경우. 이제야 상황이 어떻게 돌아가는지 알겠군."

장건은 고개를 끄덕이고는 명한청들에게 시선을 돌렸다.

"어떻게 된 일인지 알겠소?"

명한청은 이자가 무슨 말을 하는가 싶어 되물었다.

"뭘 알겠냐는 말이오, 대체?"

"답답하군. 구천이 척후병으로 나섰으니 당연히 저 뒤에는 군룡회의 대군이 이곳으로 진격해 오고 있을 것이 아닌가? 그들의 목표는 이곳 천의문일 테고."

그 말에 진연의 낯빛이 새파랗게 변했고, 명한청의 얼굴도 딱딱하게 굳어졌다. 그의 옆에 있던 최관석은 장건의 말을 이해 못한 듯 소리쳤다.

"그래서 그게 뭐 어떻단 말이냐? 군룡회가 천의문을 치는 것이 뭐 어쨌다고?"

"일일이 설명을 해야 알아듣겠소? 애초에 송영조의 야욕이 탄로난 후, 군룡회는 더 이상 천의문을 노리지 못하게 되었소. 그 이유는 천의문과 무림의 강자인 무당파와의 돈독한 교분 때문이었지. 그러나 지금 군룡회는 두려움없이 천의문을 공격하고 있소. 천의문을 도와줄 무당파는 엉뚱한 곳에서 시간을 허비하고 있기 때문이오. 참으로 공교로운 상황이 아니오?"

"군룡회가 때를 잘 노린 게로군."

"때를 잘 노린 것이 아니라 좋은 때를 만들어낸 거라는 생각은 들지 않소?"

최관석은 그제야 장건의 말을 알아들은 듯, 눈을 가늘게 뜨고 말했다.

"그러니까 네놈의 말은, 네가 아까 말했던 다른 세력의 개입이라는 것이 군룡회를 지칭하는 것이란 말이냐?"

"이제야 알아듣는군. 어차피 천의문을 치고 나면 호광성의 패권을 놓고 무당파와 일전을 겨뤄야 할 군룡회가 아니오? 그러니 나를 매개로 무당파와 천의문 사이를 벌려놓고 각개격파를 하려는 수작이 아니겠소?"

짝짝짝짝짝!

박수 소리가 울렸다. 박수를 친 자는 구천이었다.

"매우 훌륭한 추리로군. 끼워 맞추는 것도 그 정도면 경지에 올랐다고 할 수가 있겠네. 그러나 그건 어디까지나 자네 위주로 판단한 가정이 아닌가? 우리가 단지 천의문을 친다는 이유 하나로 무당파에 음모를 꾸몄다는 것은 지나친 억측일세. 왜냐하면 우리는 무당파와는 이제까지처럼 앞으로도 돈독한 관계를 유지할 것이기 때문이지."

진연이 발끈하여 외쳤다.

"헛소리! 네놈들이 강호를 제패하려는 야욕을 가졌다는 것을 만천하가 다 안다! 한청아, 설마 이놈의 말을 믿으려는 것은 아니겠지?"

구천은 클클 웃었다.

"천의문의 아가씨가 사문을 지켜보려 발악을 하시는군. 무당파의 고제자들께서는 본 파와 천의문의 행사에서 이만 물러나 주시오. 그러면 우리는 이제까지와 같은 돈독한 관계를 앞으로도 이어가게 될 것이오. 이 둘의 처단은 우리가 맡도록 하지."

명한청이 한 발 앞으로 나섰다.

"당신들이 정말 천의문을 칠 작정이라면, 본 파가 좌시하지 않을 거요."

구천은 혀를 찼다.

"이런이런, 의협이 한 분 탄생하셨군. 다른 분들도 이분과 같은 생각이오? 당신들의 동료, 사형제를 해한 자를 이토록 비호하는 천의문이 과연 동맹으로서의 자격이 있다고 생각하시나?"

무당파의 세 무사는 복잡한 표정을 지었다. 동맹 관계를 이어온 천의문이 군룡회의 손에 넘어가기 직전이었으나, 구천의 말마따나 풍파투도를 감싸고 있는 그들에게 호의적인 시선이 가지 않는 것이 사실이었다. 게다가 작금의 상황은 자신들의 목숨이 경각에 달렸다고도 볼 수 있었다.

만일 천의문을 돕는답시고 구천에 대적한다면 살아남지 못할 것이 자명했다. 구천과 그 휘하의 뇌격대의 명성은 귀가 따갑게 들어왔다. 척후조인지라 고작 열 명 남짓이었지만, 구천 하나만 해도 명한청을 제외한 자신들 세 명 정도는 능히 감당할 수 있는 강자였다. 거기다가 조만간 이곳으로 군룡회의 대군이 몰아닥칠 것이니 어찌 살아남기를 기대할 수 있겠는가.

세 무사가 갈등하는 이유는 목숨이 아까운 것보다도 과연 풍파투도를 비호하는 천의문을 위해 목숨을 걸 가치가 있느냐는 것이었다. 명한청이야 진연과 깊은 관계였기에 구천과 대적하는 것이 당연했으나, 이들 입장에서는 오히려 구천의 말을 듣는 것이 풍파투도를 처리하기에도 알맞고 가치없는 일에 목숨을 던질 필요가 없어지는 올바른 선택이었다.

풍파투도에게 앙심을 품고 있는 최관석이 먼저 입을 열었다.

"명 사제, 일단 물러서자. 여긴 우리가 더 이상 개입할 상황이 아닌 것 같다."

"사형! 대체 그게 무슨 말입니까!"

명한청이 눈을 크게 뜨고 외쳤다.

다른 동료들도 최관석에 보조를 맞추었다.

"명 사제, 우리도 같은 생각일세. 여기서 우리가 군룡회와 대적하느냐, 마느냐를 사문을 대표하여 결정할 자격은 없을 듯하네. 이 문제는 사문의 윗선에서 결정해야 할 문제이니 일단 물러나세."

"사형, 풍파투도의 말을 들었잖습니까! 상황이 이 지경이 된 것은 군룡회의 음모입니다, 풍파투도를 매개로 저희와 천의문을 이간질시키려는!"

최관석이 고개를 저었다.

"풍파투도의 말이 그럴듯하기는 해도 아무런 증거가 없지 않느냐? 난 일개 도둑의 말에 혹하는 네가 더 이상하게 보인다. 우리 형제들을 죽인 저놈을 비호하는 천의문을 굳이 도와야 할지가 의문이니, 일단 지금은 물러섰다가 사문 어른들의 결정에 따르는 것이 옳지 않겠느냐?"

"그러나 그렇게 하면 이미 때가 늦습니다! 지금 돕지 않으면 천의문은 군룡회의 손에 넘어갑니다!"

"상황이 그렇다면 우리 넷이 보태진다고 해서 뭐가 달라지겠는가? 차라리 한발 물러서서 후일을 도모함이 현명한 판단일 것이다."

"매우 현명한 말씀이오."

명한청 대신 구천이 대꾸하며 한 발 앞으로 나섰다. 그러자 그를 뒤따르는 뇌격대 열 명이 마차를 빙 둘러쌌다.

"자, 현명한 무당파의 고제자들께서는 어서 자리를 떠주시오, 이자들은 우리 손에 맡기시고."

최관석들은 뇌격대가 열어준 길을 통해 포위망을 빠져나갔다. 그러나 명한청은 자리를 뜨지 않았다.

"명 사제! 당장 거기서 나오게!"

명한청은 자신을 바라보고 있는 진연과 눈이 마주쳤다. 그녀의 마음이 다른 곳에 가 있다고 해서 그가 어찌 그녀를 배신할 수 있겠는가?

명한청은 단호히 고개를 저었다.

"사형들은 어서 가서 이 상황을 한시라도 빨리 무당파에 알리십시오. 그리고 하남성에서 죽은 제자들이 과연 장이회의 손에 죽은 것인지, 아니면 군룡회의 음모였는지 다시 한 번 철저히 조사하라 하십시오. 저는 여기 남겠습니다."

최관석들이 빨리 나오라는 성화에도 명한청은 꿈쩍도 하지 않고 장건과 진연의 곁을 지켰다.

그 광경을 지켜보던 구천이 다시 흉소를 흘렸다.

"클클클, 굳이 벌주를 받겠다니 할 수 없군. 얘들아!"

그가 딱 소리가 나도록 손가락을 튕기자, 포위망을 구축하고 있던 열 명 중 네 명이 빠져나가 최관석들에게 다가갔다. 마치 무슨 이야기를 전달하려는 듯한 태도였다. 그런데 최관석들 앞에 다다르더니 돌연칼을 빼내 그들을 공격했다. 방심하고 있던 최관석들은 기습에 당해 상처를 입은 채 몰리기 시작했다.

"사형들!"

명한청이 부르짖으며 그들에게 달려가려 했으나 뇌격대에게 가로막혔다.

"네 이놈, 구천! 보내준다더니 무슨 짓이냐!"

명한청이 호통을 치자 구천은 흉소를 흘리며 말했다.

"클클, 모두가 네놈 때문이다. 무당파와는 단시간 내에 부딪치지 않으려 했건만, 네놈이 남게 되어 우리에게 죽임을 당한다면 제자를 잃은 무당파 놈들이 결국 복수하겠다고 덤벼들 것이 아니냐. 어차피 싸울 것이면 한 놈보다 네 놈 다 죽여 버리는 편이 속편하지. 게다가 너희들의 입을 모두 막아버리면 당분간은 무당파에서 낌새를 못 알아챌 것이 아니냐?"

"이놈!"

명한청이 악을 쓰며 달려들었으나 뇌격대 세 명에 가로막혀 구천에게 달려들지 못했다.

구천은 여유자작한 태도로 장건에게 다가왔다.

"네놈이 근자에 회주의 심기를 불편하게 만든 풍파투도라고? 한 번 만나보고 싶었다. 듣자 하니 암영대를 도륙했다고 하던데, 그 정도라면 본좌의 뇌격십칠도를 시험해 볼 만하겠더군. 네 안색을 보아하니 몇 수 받아내지 못할 듯하여 아쉽긴 하다만 말이다."

구천은 서서히 특유의 살기를 흩뿌리기 시작했다. 그의 장도는 아직 허리에 채여 있었으나 호광제일의 쾌도로 꼽히는 그였기에 어느 순간에 칼이 뽑혀서 나올지는 전혀 짐작할 수 없었다.

상선은 부심한 기색으로 그를 응시하고 있었으나 심경은 복잡하기 짝이 없었다. 지난 이십 일간 요상에 전심전력해 왔으나 내공을 채 삼할도 회복하지 못한 상태였다. 아까의 공수탈백인도 용완구의 효능을 알지 못하는 최관석의 방심을 이용하여 기세를 올린 것일 뿐, 무당파의 무사 네 명이 일제히 덤벼들었다면 물리치기가 어려웠을 것이다. 한데 지금 눈앞에서 아른거리는 구천과 퇴로를 막고 있는 삼 인의 뇌격대는 그들보다도 더욱 어려운 상대였다. 더군다나 이들을 해치운다 해도 잠시 후 군룡회의 대군이 당도할 것이니, 최악의 위기 상황이라 해도 과언이 아니었다.

'멀리 생각하지 말고, 우선 닥친 일부터 한 가지씩 처리한다.'

장건은 구천을 일별하고, 좌우와 후위에 품 자형으로 자신을 둘러싸고 있는 뇌격대 세 명을 곁눈질했다.

장건의 시선이 자신에게서 떨어짐과 동시에 구천이 육박해 들어왔다. 허리춤에 차여 있던 그의 장도는 어느새 뽑혀져 나와 장건의 미간으로 파고들고 있었다.

짓쳐들어 오는 장도를 장건의 왼팔이 막아섰다. 그러나 구천은 좀 전에 최관석이 장건에게 당하는 것을 똑똑히 보았기 때문에, 그의 왼팔에 호수구가 끼워져 있다는 것을 잘 알고 있었다. 왼팔과 충돌할 듯하던 그의 장도가 뱀처럼 미끄러지며 팔을 빗겨 나가 장건의 목으로 파고들었다.

그 순간 장건의 몸이 철판교를 시전하며 뒤로 벌렁 뉘어졌다. 목표물을 잃고 허공을 가를 듯하던 구천의 장도는 회전 반경을 최소화하며 한 바퀴를 돌아 방향을 아래로 틀어 내리 꽂혔다. 그 방향 전환의 속도가 너무나도 신속하여 뉘었던 몸을 일으키며 역공을 취하려는 장건이 자세를 다 갖추기도 전에 이미 장도가 그의 가슴으로 파고들었다.

푹!

득의의 빛이 어리던 구천의 눈이 경악으로 물들었다. 장건의 가슴을 꿰뚫었다고 생각하는 순간 그의 장도가 전진을 멈추고 활처럼 휘어졌고, 장건은 휘어진 칼을 한 손으로 잡아채어 부러뜨려 버렸다.

당황할 법도 한 순간이었지만 구천의 눈은 빠르게 평정을 되찾았다. 칼을 부러뜨린 장건의 반격이 나오려는 찰나, 그의 왼손이 새하얗게 빛나기 시작했다. 그의 또 다른 성명절기인 명옥수(明玉手)였다. 십성에 도달한 그의 명옥수가 장건의 가슴으로 내리 꽂혔다.

"위이이잉!

명옥수가 가슴팍에 작렬하는 순간, 장건의 허리춤에 감추어졌던 한 손이 제석천과 함께 튀어나왔다. 제석천의 날개가 우산처럼 활짝 펴지며 매서운 속도로 자전(自轉)하기 시작했고, 장건은 다가오는 명옥수를 가슴으로 받아내며 제석천의 날개를 구천의 몸에 꽂아 넣었다.

"크아아악!"

구천은 처절한 비명과 함께 허리에서부터 몸이 두 동강나고 말았다. 그 순간 뒤에서 달려든 세 명의 뇌격대원의 칼이 장건의 몸으로 꽂혀 들었다.

장건은 피하지 않고 제석천과 함께 몸을 팽이처럼 휘돌렸다. 제석천의 날개에 부딪친 뇌격대원들의 칼이 부러져 나갔다. 칼을 잃은 대원들을 향해 은형검이 튀어나왔고, 보이지 않는 검신이 그들을 스쳐 지나가자 몸을 잃은 세 개의 목이 공중에 떴다 떨어졌다.

"쿨럭!"

난숨에 구천과 세 명의 뇌격대를 해치운 장건은 피를 토하며 무릎을 꿇었다. 제석천의 회전은 이미 멈춰져 있었다. 내공이 한계에 달하여 회전의 힘을 잃어버린 탓이었다.

공력이 부족한 탓에 탈명환을 날리지도 못하고 자전(自轉)만 시켰을 뿐인데도 기혈이 진탕되었고, 거기에 명옥수까지 몸으로 받아낸 터라 간신히 제자리를 찾았던 내장들이 뒤죽박죽으로 얽히고설켰다. 더 이상 공력을 운용했다가는 무슨 일이 일어날지 모르는 지경이었다. 그러나 아직도 적은 남아 있었다.

"네 이놈, 풍파투도!"

명한청을 상대하던 뇌격대원 두 명이 상황을 보고는 그에게로 달려왔다. 그때 진연이 나섰다. 그녀의 연검이 빠르게 공간을 점하며 길을 차단하자 두 대원은 쉽사리 전진하지 못하고 웅대하는 수밖에 없었다.

그때 서달룡이 쪼르르 마차에서 튀어나오더니 잽싸게 장건을 부축하여 마차에 태웠다. 그리고는 말을 몰아 천의문 쪽으로 도망치기 시작했다.

"진 소저! 일단 우리 먼저 천의문에 가서 지원군을 불러 오겠네!"

진연은 둘을 상대하느라 대답도 못하고 고개를 끄덕이기만 했다.

다급해진 것은 뇌격대원들이었다. 부상당한 무당파 세 무사를 상대로 기세를 올리고 있던 네 명이 그들을 뇌둔 채 마차로 달려들었다.

금세 마차를 따라잡은 네 명은 동시에 몸을 날려 마차 위로 올라섰다.

그 순간 마차 안에서 분홍 연기가 치솟았다. 장건이 최후까지 보관하고 있던 미량의 홍미분을 사용한 것이었다. 네 명 중 세 명이 그 연기를 들이마시고는 목을 붙잡은 채 마차에서 떨어져 바닥을 굴렀다.

"이놈이!"

살아남은 한 명은 눈이 뒤집힌 채 마차 문을 부쉈다. 마차 안에 있던 장건은 의자에 비스듬히 기댄 채 그를 바라보고 있었다. 더 이상 저항할 힘도 없는 듯했다.

뇌격대원은 앞뒤 가릴 것 없이 그의 정수리로 칼을 내리 꽂았다. 그러나 그의 칼은 끝까지 전진하지 못했다. 한 자루의 검이 그의 가슴을 꿰뚫었기 때문이다.

뇌격대원은 즉사했고, 그의 시체는 마차 밖으로 던져졌다.

장건은 힘없는 눈으로 새로이 나타난 자를 올려다보았다.

뇌격대원을 처치한 자는 최관석이었다. 무당파의 세 명 중 비교적 부상이 적었던 그는 마차가 떠나는 것을 보고 뇌격대원들을 쫓아 마차에 올라탔던 것이다.

최관석은 피 묻은 검을 장건에게 겨누었다.

"내가 널 구한 이유를 알고 있나?"

장건은 힘없이 고개를 저었다.

"내 검을 빼앗고 나를 모욕한 놈을 내 손으로 처단하기 위해서다. 바닥에 떨어진 나의 긍지를 세우기 위함이다!"

장건은 차갑게 미소를 흘렸다.

"철부지 같은 놈. 참으로 쓸데없는 것에 집착하며 살고 있구나."

"이 건방진!"

최관석은 노호성을 터뜨리며 장건에게 달려들었다. 장건이 호수구를 착용하고 있다는 것을 목격했기에, 휘두른 그의 검은 장건의 목을 향해 내리 꽂혔다.

푹!

날아든 검이 장건의 목줄기로 파고들었다. 장건은 마지막 순간 목을 비틀어 치명상을 아슬아슬하게 피했다. 아니, 장건이 피했다기보다도 검이 마지막에 제 힘을 잃고 말았다. 최관석이 마차 바닥으로 쓰러졌기 때문이다.

"이, 이놈!"

바닥에 쓰러진 최관석은 발을 붙잡고 바동거렸다. 그의 두 발에는 독질려가 한 움큼 박혀 있었다.

장건은 마차 바닥에 미리 독질려를 뿌려놓고 그가 다가오기를 기다리고 있었던 것이다. 그는 그것을 모른 채 장건의 격장지계에 흥분하여 돌진하다가 그것을 밟고 말았다.

"움직일수록 독이 빨리 퍼지니 가만있는 것이 좋을 것이다."

장건은 의자에 기댄 채 힘없이 중얼거렸다. 이제 더 이상은 손가락 까딱할 힘도 남아 있지 않았고, 속에서는 핏물이 괴어 나오고 있었다. 함부로 움직이지 말아야 하는 것은 최관석보다 자신인지도 몰랐다.

신음하던 최관석은 이를 악물고 외쳤다.

"이 비겁한 놈! 네놈에게 희롱을 당하느니 차라리 죽겠다!"

그는 떨어뜨렸던 검을 주워서는 자신의 목을 찌르려 했다. 그 순간 마차 안으로 한 사람이 뛰어들어 와 그의 검을 쳐냈다.

"사형! 이러시면 안 됩니다!"

나타난 것은 명한청이었다. 그는 남은 뇌격대원들을 처리하고는 마차로 뛰어든 것이었다.

명한청은 장건에게 말했다.

"해독제를 주시오."

장건은 그를 바라보며 말했다.

"해독제를 주면 날 보내주겠소?"

최관석이 버럭 소리를 질렀다.

"명 사제! 놈을 죽여! 사형제의 원수를 갚고, 치욕을 씻을 수 있다면 난 죽어도 상관없네!"

장건은 피식거렸다.

"끝까지 자기 세상 속에서 사는 친구로군. 저 친구 말을 들을 거요?"

명한청은 잠시 침묵하다가 입을 열었다.

"난 개인적으로 당신을 좋아하지 않소. 마음 같아서야 사형의 말을 듣고 싶지만…… 솔직히 말해 당신이 천중보주를 죽이고 사형제들을 해한 것 같지는 않소. 당신 말대로 이 상황은 군룡회가 야기한 듯하오."

"명 사제! 놈의 꾀임에 넘어가선 안 돼!"

최관석이 다시 부르짖었지만 명한청은 그의 말을 신경 쓰지 않고 말했다.

"해독제를 주시오. 당신을 보내주겠소. 다만 지금 천의문으로 피신해 봐야 위험에서 벗어나는 게 아니라는 것만 알아두시오."

장건은 고개를 끄덕였다.

"그건 내가 알아서 할 일이고… 해독제는 내 품 안에 있소. 꺼낼 기운도 없으니 당신이 꺼내시오. 검은 색깔의 약병을 꺼내어 저자에게 먹이면 될 거요. 안 먹겠다고 버티면 수혈을 짚은 다음 먹여도 상관없소."

"알았소."

명한청은 장건이 시키는 대로 약병을 꺼내어 최관석에게 먹였다. 최관석은 장건의 예상대로 안 먹겠다고 버텼고, 명한청은 결국 수혈을 짚고 나서야 그에게 약을 먹일 수 있었다.

"부탁이 하나 더 있소."

잠든 최관석을 의자 위로 누이던 명한청은 장건의 말에 고개를 돌렸다.

"또 뭘 부탁하겠다는 거요? 당신을 별로 좋아하지 않는다고 했을 텐데?"

"당신도 듣고 보면 별로 싫지 않은 부탁일 거요."

명한청의 눈에 호기심이 일 때 진연이 마차 안으로 뛰어들어 왔다.

"한청아, 그 사람을 해치면 안 돼!"

그녀는 명한청이 장건을 해할까 봐 다급히 달려들어 온 모양이었다.

명한청은 고소를 지으며 말했다.

"얘기 다 끝났으니 걱정 마라. 지금 네가 걱정할 것은 이 사람이 아니지 않니."

그제야 진연은 정신을 차린 듯 마부석의 서달룡을 닦달했다.

"이봐요, 영감님! 속력을 더 내요! 한시라도 빨리 본 문에 군룡회 놈들의 공격을 알려야 한다고요!"

수선스러운 진연을 보던 명한청은 다시 장건에게 고개를 돌렸다.

"부탁이란 게 뭐요?"

장건은 눈짓으로 진연을 가리켰다. 명한청은 알아들은 듯 말없이 고개를 끄덕였다.

장건이 말했다.

"지금 가는 게 좋지 않겠소?"

"그러는 게 좋겠구려. 부디 내가 다시 올 때까지 살아 있길 바라겠소."

"걱정 마시오, 무당파에 당한 빚을 갚기 전에는 살아 있을 테니까."

장건의 말에 명한청은 쓴웃음을 지었다.

"둘이 대체 무슨 소릴 하는 거예요?"

진연이 호기심이 이는 듯 끼어들었다.

장건은 그녀를 보며 말했다.

"진 소저, 여긴 위험하니 이 사람하고 같이 떠나는 것이 어떻겠소?"

그의 말에 진연은 발끈했다.

"대체 또 무슨 헛소리를 하는 거예요? 내가 아버지와 사문을 뇌두고 어딜 간다고…….”

그녀의 말은 중간에서 끊어졌다. 뒤에서 다가온 명한청이 수혈을 짚었기 때문이다.

풀썩 쓰러지는 진연을 명한청이 받아 최관석과 함께 의자에 나란히 뉘었다.

장건은 창밖을 힐끔 바라보고는 말했다.

“산에 다 온 것 같으니 당신이 이 마차를 가져가시오.”

“당신은 몸도 성치 않은데…….”

“어자석의 저 영감이 보기보다는 힘이 세니, 나를 업고서라도 천의문에 갈 수 있을 거요. 당신은 잠든 두 사람하고, 저 밖의 부상당한 두 동료까지 데려가야 하니 마차가 필요할 거요. 한시라도 빨리 무당파로 가서 지금의 상황을 알려주시오.”

명한청은 묵묵히 고개를 끄덕였다.

잠시 후, 마차가 멈추고 장건이 서달룡의 부축을 받으며 하차했다.

명한청과 진연을 태운 마차는 방향을 틀어 북쪽으로 달려갔고, 장건은 서달룡에게 업히다시피 하여 형문산에 올랐다. 그리고 얼마 지나지 않아 군룡회의 대군이 천의문으로 들이닥쳤다.

제9장
장건, 오행조화의 방에 들어서다

장건, 오행조화의 방에 들어서다

　　　　　　장건은 서서히 의식이 돌아옴을 느꼈다.

　그는 마차에서 내린 직후 바로 의식을 잃었다. 회복되지 않은 몸을 혹사시킨 데다가 구천의 명옥수로 인해 내상이 도진 탓에 기식이 엄엄해지기까지 했다.

　서달룡에게 업혀 형무산에 오르는 중에 간간이 의식이 돌아오긴 했으나 내상이 워낙 심하여 그 고통으로 곧 다시 정신을 놓아버리기 일쑤였다.

　그런데 신기하게도 지금은 이전과 같이 고통스러운 느낌이 들지 않았다. 너무 아파서 고통에 무감각해졌던가, 아니면 의원이 치료를 이미 한 것이 아닌가 하는 생각도 들었다.

　의식이 좀 더 또렷해지자 장건은 무겁게 눈을 덮고 있는 눈꺼풀을 들어올렸다. 눈을 떴음에도 사위는 여전히 캄캄했다. 잠깐의 시간이 흘러 눈이 어둠에 적응하자 그는 자신이 있는 곳이 창이 없는 석실이라는 것을 알아차렸다.

'좋지 않군.'

장건은 인상을 썼다. 왜 하필 자신이 있는 곳이 이런 밀폐 공간이란 말인가.

나름대로 가장 안전하다고 생각했기에 환자인 자신을 데려다 놓은 것이겠지만, 지하의 밀폐된 공간으로 보이는 이곳은 위치가 적에게 발각되면 더 이상 퇴로가 없다는 불리함을 지니고 있었다.

장건이 몸이 성치 않음에도 굳이 천의문으로 진로를 택한 것은 천의문에서 조금만 시간을 벌어 몸을 추스를 수만 있다면, 한 몸 건사할 자신은 충분히 있었기 때문이다. 은신술에 있어서는 타의 추종을 불허하는 실력을 지닌 그였다. 몸이 성치 않다 해도 형문산 같은 산악 지형에서는 군룡회의 대군이 아니라 군의 수십만 대군이 들이닥쳐도 얼마든지 몸을 숨길 자신이 있었다.

'그런데 하필 이런 갇힌 공간이란 말인가.'

장건은 몸을 일으켰다. 고통이 느껴졌지만 예상했던 것만큼은 아니었다. 왠지 가뿐한 느낌까지 드는 것으로 보아 기절해 있는 동안 모종의 치료를 받긴 한 것 같았다.

일어선 장건은 벽으로 다가가 귀를 대보았다. 밖의 상황을 알고자 하는 행동이었지만 아무 소리도 들려오지 않았다.

이곳으로 오면서 잠깐잠깐 의식이 돌아왔을 때의 기억이 떠올랐다. 천의문에 들어섰을 즈음 천의문주가 되었다는 진원외의 얼굴을 잠시 본 것과 '군룡회가 쳐들어온다!'라는 고함 소리를 얼핏 들은 기억이 있었다.

분명 전투가 벌어졌을 터인데, 밖에서 들려오는 소음이 없다는 것은 벌써 전투가 끝난 것이거나 아니면 이 공간이 천의문과 별개의 장소일 수도 있었다. 혹은 지하 깊은 곳이라 소리를 들을 수 없는 건지도 몰랐다.

장건은 외부 상황을 알기를 포기하고 석실 내부를 살피기 시작했다.

석실은 작은 연무장 정도의 크기를 가지고 있었다. 장방형 형태를 띠고 있었고, 한 켠에는 벽곡단이 가득 든 항아리와 지하수가 올라오는 작은 식수대까지 마련되어 있었다. 아마도 폐관수련을 하는 곳인 듯 보였다.

외부로 통하는 문은 굳게 잠겨 있었다. 밖에서 잠겨 있는 듯 손잡이를 밀고 당겨도 전혀 꼼짝도 하지 않았다.

특이하게도 한쪽 벽에는 매우 복잡한 문양의 부조가 새겨져 있었다. 지옥의 야차 같은 괴물들이 인간을 잡아먹는 형상이 무수히 새겨져 있고, 간간이 부처와 하늘의 신장 같은 인물들도 보이는 것으로 보아 지옥도를 묘사한 듯했다. 그런데 그 모양이 대단히 정교하고 생생하여 감탄을 금치 못하게 만들어져 있었다.

부조 근방에는 긴 막대기 두 개가 벽에서 삐쭉 나와 있었다. 장건은 그것들이 기관을 조작하는 장치라는 것을 알아차렸다. 그는 두 개의 막대기를 붙잡고 이리저리 돌려도 보고 내려도 보았다. 그러자 천장에서 소리가 나더니 석실이 확 밝아졌다. 커다란 야명주가 천장 위에서 모습을 드러냈기 때문이다.

장건은 감탄한 눈으로 야명주를 올려다보았다. 도둑인 그가 보기에도 대단한 가치의 물건임이 분명했다.

'천의문 같은 크지 않은 규모의 문파에서 이런 정도의 연공실이 있

다는 것이 놀랍군. 적어도 장문인급의 연공실이 분명해.'

장문인의 연공실이라 해도 지나치게 호화로운 것이 사실이었다. 천의문같이 내실있는 문파에는 조금 안 어울리는 느낌이 들었다.

석실을 계속 살폈지만 더 이상의 특별한 점은 없었다.

밀폐된 공간에 갇혔다는 것이 아쉽긴 했으나 벌써 이루어진 상황이니 어쩔 수 없었다. 천의문의 전력으로 보아 군룡회에 얼마 버티지 못할 것이 자명했고, 이 석실은 발견하기 힘든 장소이겠지만 아마 얼마 지나지 않아 위치가 발각될 것이다. 그때 어떻게든 몰래 빠져나가기 위해서는 최소한의 몸 상태는 회복을 해야 할 형편이었다.

장건은 끼니때마다 벽곡단을 섭취하며 피폐해진 몸을 치료하는 데 전력을 기울였다.

그는 오행신단을 복용한 터라 내공의 회복 속도가 남다른 편이었지만, 이번만큼은 회복이 쉽지 않을 거라 예상했다. 최근에 겪은 일련의 전투에서 얻은 중첩된 상처가 워낙 컸기 때문이다. 상처를 치료할 변변한 의약품이나 다른 사람의 도움 없이 혼자서 운기행공으로 요상을 한다는 것은 한계가 있었다.

그런데 일단 운기행공을 하며 요상을 시작하고 보니 뜻밖의 상황이 발생했다. 몸의 상태가 불가사의하리만치 빠르게 회복되었다. 기절해 있을 때 받은 치료의 효과가 대단한 것이었다고밖에는 설명할 길이 없었다.

불과 이틀(추정되는 시간) 만에 이탈되었던 내장이 제자리를 찾았고, 다시 이틀 만에 내공을 이 할 이상 회복할 수 있었다. 이대로 열흘 정도만 요양하면 내공을 완전히 회복하는 것도 불가능하지 않을 듯했다.

나흘이 지나도록 석실 밖에서 아무런 변화가 없다는 것도 다행스런 일이었다. 아직까지 천의문이 버티고 있거나, 아니면 군룡회가 이 장소를 발견하지 못한 것이거나 둘 중에 하나일 듯싶었다.

그러나 다시 이틀이 지났을 무렵, 석실에 변화가 닥쳐왔다.

장건이 이 즈음 벌써 내공의 오 할 가까이를 회복하고 있었다. 회복 속도가 너무 빨라 두려움이 느껴질 정도였다.

그가 운기행공에 한참 열중하고 있을 때 석실이 미세하게 진동하더니 기관이 돌아가는 소리가 들렸다. 그러더니 닫혀 있던 문고리가 서서히 움직이기 시작했다.

장건은 재빨리 행공 자세를 풀고 기관을 만져 천장을 밝히고 있는 야명주를 감추었다. 그리고는 한쪽 구석에 가서 몸을 숨겼다. 고도의 은신술을 익히고 있는 그는 금세 어둠과 동화되었다.

장건의 은신술은 혼돈지서상의 은형신술(隱形神術)이란 술법과 신투 사부에게 전수받은 천기조화수(天氣造化手)란 수법을 적절히 조화시킨 것이었다.

특히 신투 사부에게 받은 천기조화수는 일반적인 은신술과는 궤를 달리하는 특이한 수법으로, 특별한 내공심법이 필요치 않아 몸이 성치 않은 상태에서도 감쪽같이 자신의 기척을 지울 수 있는 절기였다.

잠시 후 문고리가 완전히 한 바퀴를 돌았고, 둔중한 소리와 함께 닫혀 있던 철문이 서서히 열렸다. 그리고 두 명의 사내가 안으로 들어섰다.

먼저 들어온 사내는 문사 차림에 여인처럼 새하얀 피부에 붉은 입술, 기이하게 일렁이는 잿빛 눈을 가진 자였다. 그 뒤를 따르는 자는 당당한 체구에 검은 경장이 매우 잘 어울리는 무사였다. 발걸음이 매우 가볍고, 발자국 소리가 전혀 나지 않는 것이 만만치 않은 무력을 지닌 것으로 보였다.

문사는 붉은 입술을 열어 여인처럼 가는 목소리로 말했다.

"여기 온 지 이틀 만에 비로소 들어오는군."

경장사내가 대꾸했다.

"천의문 놈들이 뭘 알고서 이곳을 숨긴 걸까요? 부엌 지하실로 위장해 놓는 통에 못 알아볼 뻔했군요."

문사가 코웃음 쳤다.

"그래 봤자 여기 오기 전부터 이곳 구조를 완벽히 파악하고 있는 나인데 발견하지 못할 리가 없지. 놈들이 뭘 알고 위장해 놓은 것은 아닐 거야. 그랬다면 저 지옥도가 저 형태를 유지하고 있지는 않을 테니까. 위장해 놓은 것은 저것 때문인 것 같군."

문사는 석실 한쪽 구석에 있는 책상에 다가갔다.

"천명검법의 주해로군. 전임 문주인 노해성이 쓴 거야. 이곳이 문주 연공실로 쓰였다고 하더니 이런 비급이 있었군 그래. 아마도 우리 손에 여기 있는 비급들이 들어가는 게 아쉬웠나 보지."

문사는 손에 든 비급을 검은 경장에게 던졌다.

"가지고 있어. 회로 돌아가 회주에게 건네주면 좋아하겠군. 천명검법을 애타게 기다리고 있을 텐데 아주 잘됐어."

문사는 만족한 듯 웃음을 흘리며 석실을 가로지르더니 지옥도 앞으로 다가갔다.

"바로 이거로군."

그는 그림을 꼼꼼히 살피는가 싶더니 손을 내밀어 부조의 몇 군데를 누르고 비틀었다. 그렇게 몇 번을 조작하자 기관음이 울리고 석실이 흔들리기 시작했다.

"좋아, 아직 제대로 작동하는군."

문사는 기꺼워하며 말했다.

"이거 무너지는 것 아닙니까?"

석실이 계속 흔들리자 경장사내가 걱정이 되는 듯 물었다.

"그럴 가능성도 전혀 없지는 않지. 세워진 지 이백 년이 넘은 데다가, 지진으로 기관 전체의 구조가 한 번 비틀어졌으니까. 그놈의 지진만 없었어도 이렇게 어렵고 복잡한 과정을 거칠 필요는 없었을 텐데말이야."

문사의 대답이 끝날 즈음 석실에 기이한 변화가 일어났다. 지옥도가정확히 절반으로 갈라지며 그 뒤의 공간이 모습을 드러낸 것이었다.

공간은 길게 이어지지 않았다. 계속 이어질 듯하던 통로가 돌무더기로 가득 찬 채 막혀 있었던 것이다.

문사와 경장사내는 막다른 곳까지 걸어가서는 아랫바닥을 예의주시했다.

"문을 여는 장치가 여기 있군! 다행히도 돌무더기에 묻히지 않았네."

문사는 허리를 굽히고 바닥에서 움푹 솟아올라 있는 길쭉한 돌을 잡아 눌렀다. 그러자 다시 기괴음이 들리더니 바닥이 갈라지며 네모진입구가 나타났다. 입구 밑으로는 아래로 내려가는 계단이 연결되어 있었고, 아래쪽에서는 은은한 청광이 솟아올라 왔다.

"지하로 내려가는 계단이 무너지지 않았군! 오행신마(五行神魔)의유산이 아직 소실되지 않은 모양일세!"

문사가 흥분된 목소리로 외쳤다.

둘은 서둘러 계단을 통해 아래로 내려갔다. 계단 밑에는 위층의 석실과 같은 크기의 방이 존재하고 있었다. 방의 내부는 온통 옥색의 푸른 돌로 꾸며져 있었다. 돌이 뿜어내는 은은한 청광이 환상적인 분위기를 자아내고 있었다.

문사는 사방을 둘러보며 들뜬 목소리로 말했다.

"여기가 바로 오행조화의 방! 오행신마의 지하 신전에 있는 금목수화토의 방의 기운들을 모두 조화시킬 수 있는 최고의 수련실이야! 이제 실혼인(失魂人)들을 여기 끌어 모을 수만 있다면, 무적의 전사가 완성될 수 있을 게야!"

그때 경장사내가 갑자기 후닥닥 계단 위로 뛰어올라 갔다.

문사는 의아해하며 외쳤다.

"무슨 일인가?"

계단 위에서 경장사내의 목소리가 들려왔다.

"아닙니다. 무슨 소리가 난 듯해서……."

"누가 있나?"

"아무도 없습니다. 잘못 들었나 봅니다."

문사는 코웃음을 치며 계단 위로 올라갔다.

"이 좁은 공간에서 나와 자네의 이목을 속이고 숨어 있을 사람이 있다면, 그건 사람이 아니고 귀신이겠지."

문사는 그만 가자며 계단 위로 올라왔다. 그는 기관을 조작하여 오행의 방 입구를 닫고 다시 석실로 가 지옥도의 기관을 만졌다. 그러자 활짝 열려졌던 지옥도가 서서히 닫혀 버렸다.

모든 것을 예전과 같은 형태로 돌린 두 사람은 만족한 표정으로 석실 문을 열고 나갔다.

장건은 석실 문이 닫히는 것을 눈으로 보지 못하고 귀로서만 확인할 수 있었다. 왜냐하면 그는 지금 지옥도의 뒤편, 무너진 돌무더기 틈의 작은 공간에 숨어 있었기 때문이다.

그는 은신술로 자신의 기척을 지운 채 석실 한구석에 숨어서 두 사람의 대화를 낱낱이 들을 수 있었다. 둘의 대화에는 그의 흥미를 끌 만한 내용이 다수 포함되어 있었다. 두 사람이 지옥도를 열고 그 안으로 들어가자 장건은 둘을 쫓아갔고, 두 사람이 지하로 내려가자 계단 입구에 붙어 귀를 기울였다. 그런데 지하에서 들려오는 목소리가 잘 들리지 않아 입구에 좀 더 바싹 붙은 것이 화근이 되고 말았다. 그로 인해 이상한 낌새를 느낀 경장사내가 재빨리 튀어 올라왔고, 그를 피해 다급히 몸을 숨긴 곳이 이 돌무더기의 한 구석이었다.

경장사내에게 들키지 않은 것까지는 성공했으나 두 사람이 차례로 올라가 지옥도 문을 닫고 석실로 나갈 때까지 그는 전혀 움직일 수가 없었다. 그 결과, 장건은 지옥도 뒤의 공간에 갇히게 되고 만 것이다.

장건은 돌무더기 틈에서 기어 나와 닫힌 지옥도의 문 앞에 섰다. 이 문을 열려면 지옥도를 조작해야 하는데, 지옥도는 그가 있는 공간의 반대편에 있으니 열 방도가 없었다. 문과 벽을 꼼꼼히 살폈지만 조금의 틈도 보이지 않았고, 어떤 기관 장치도 발견할 수 없었다.

벽을 부수어볼까도 생각했지만, 그것은 위험이 따르는 일이었다. 우선 내공이 아직 오 할 정도밖에 회복이 안 된 터인데, 아까 지나가면서 본 지옥도 문의 두께는 대략 한 자가 넘는 듯했다. 게다가 일반적인 돌도 아닌 특수한 재료로 만들어진 것으로 보여 여간한 힘 가지고서는 깨뜨리는 자체가 어려울 듯했다. 한 번에 시도해서 깨뜨리지 못한다면, 그 소리 때문에 밖에 있을 적을 불러들이게 만들 터이니 더욱 곤란한 지경에 처할 수 있었다.

그렇다고 해서 마냥 이대로 있을 수도 없었다. 우선 식량과 물이 문제였다. 벽곡단과 식수는 모두 지옥도 문 건너편의 석실에 있었다. 계속 이곳에 갇혀 있다가는 굶어 죽거나 말라죽을 것이 자명했다.

다급한 상황이었지만 장건은 그다지 당황하지 않았다.

자신을 가둬놓고 나간 저들은 이곳을 필요로 하는 자들이니 어차피 언젠가는 다시 들어올 것이다. 그때를 기다려 그들이 다시 왔을 때 빠져나가면 되는 것이니, 군이 지옥도 문을 부수려는 무리수를 둘 필요는 없다.

식량 문제가 걸리긴 했으나 극한의 상황에 단련이 되어 있는 그이기에 열흘 정도는 아무것도 먹지 않아도 몸에 별문제가 되지 않았다. 저들의 말하는 품새로 보아 조만간 다시 돌아올 것이 분명해 보이니, 기다리고 있다 보면 위기 상황은 자연히 타개가 될 것이다.

그렇게 마음을 정리한 장건은 우선 이곳에서 할 수 있는 일을 하기로 했다.

그는 먼저 문사가 닫아놓고 간 지하로 통하는 계단 입구를 찾았다.

입구를 여는 손잡이는 그다지 복잡한 조작을 필요로 하지 않았다. 당겨서 한 바퀴 돌리니 스르릉 소리와 함께 닫혔던 문이 열렸고, 그 아래 공간에서 뿜어져 나오는 은은한 청광이 그의 눈을 부시게 만들었다.

밑으로 내려가니 온통 옥색으로 이루어진 방이 나타났다. 방 안으로 들어선 장건은 바닥을 만져 보고 몹시 차갑다는 느낌이 들었다.

'한옥(寒玉)인가?'

한옥은 극음의 기운을 지닌 옥으로서, 음공(陰功)을 익히는 자들이 이것을 몸에 지니고 수련하면 최상의 효과를 얻을 수 있다는 기보였다. 시중에 유통되는 것은 손바닥만한 크기의 한옥이라도 부르는 대로 값을 받을 수 있다고 하는데, 이곳은 커다란 방 전체가 한옥으로 뒤덮여 있으니 좀처럼 놀라지 않는 장건으로서도 감탄성을 금치 못했다.

그런데 더 더욱 신기한 것은 한옥으로 둘러싸여 있는 방 안에 있음에도 전혀 춥다는 생각이 들지 않는 것이었다. 방 안의 온도는 매우 적당하게 느껴졌다.

"참으로 기이한 일이군."

장건은 혹시 바닥의 일부만 한옥인가 싶어 방을 돌아다니며 벽과 천장까지 꼼꼼히 만져 보았다. 전부 틀림없는 한옥이었다.

"그럼에도 춥지 않다는 것은……."

냉기가 사무쳐야 하는 곳이 춥지가 않다면, 분명 그 냉기를 감소시키는 열화가 있어야 하는 것이다. 한옥의 음한 기운을 이 방의 어떤 장치가 중화시키고 있음이 분명했다.

'음을 상대할 수 있는 것은 양, 방 안 어딘가에 양의 기운을 뿜는 뭔가가 있는 걸까?'

호기심이 인 장건은 직접 그 기운을 느껴보기로 작정했다. 그는 방의 한구석으로 가 벽에 등을 대고 가부좌를 틀고서 행공을 시작했다.

바닥과 벽에서 한옥의 차가운 기운이 그의 몸속으로 스며들었다. 그는 침투하는 음기를 몸의 양강한 기운과 한데 조화시키며 행공을 지속했다.

장건은 행공을 하면 할수록 몸이 가뿐해지고 내공이 부쩍 활성화되는 것을 느꼈다. 몸속에 들어오는 음기는 내부의 양기와 완벽한 조화를 이루어 내공을 증진시키고 있었다.

장건은 행공이 진행됨에 따라 새로운 사실을 깨달았다. 한옥의 한기는 그의 내부에 있는 양기와 조화되고 있는 것이 아니었다.

'내상을 입어 크게 부족한 내 몸속의 양기가 노도와 같이 밀려드는 한옥의 음기를 제대로 감당해 낼 수 있을 리가 없다. 한옥의 음기를 상대하고 있는 것은 호흡을 통해 지금 체내로 들어오고 있는 양기이다. 이 방 안 전체의 기운이 순정한 양기로 이루어져 있어!'

장건은 그제야 비로소 이 방의 구조와 특성을 알 수 있었다.

이 방은 풍수지리적으로 극양의 기운을 띠고 있는 장소에 만들어졌음이 분명했다. 방 전체에 양강한 기운이 형성되어 있기 때문에 강력한 한옥의 음기와 조화하는 것이 가능한 것이다.

장건은 문사가 말했던 최고의 수련실이란 표현이 비로소 이해가 되었다. 누구든 이 방에 들어와 수련하면 천고의 음기와 양기를 몸속에 받아들이며, 그것들을 완벽히 조화할 수 있으니 최적의 내공 수련을 할 수 있게 된다.

'위층 석실에서 내상이 그토록 빠르게 치유된 것도 다 이 방의 효험 때문인 게로군!'

석실이 이 오행조화의 방과 붙어 있으니 이 방의 유익한 기운이 석실까지 전달되어 장건의 요상에 도움이 된 듯했다.

어차피 문사와 경장사내가 되돌아올 때까지 할 일이 없던 장건은 잘됐다 싶어 오행조화의 방에 머무르며 내상 치유와 행공에 전념하기 시작했다.

오행조화의 방에서 행공을 시작하고 보니 그 효험은 위층 석실에 비견할 바가 아니었다. 장건은 불과 삼 일 정도의 시간 만에 잃어버렸던 내공을 모두 회복할 수 있었다.

그러나 그 이후 오랜 시간이 지나도록 문사와 경장사내는 돌아오지 않았고, 그 누구도 석실의 문을 열지 않았다.

장건은 계속 단식하며 물 한 모금 마시지도 못했지만 크게 개의치 않고 수련에 열중했다. 오행조화 방의 효험 때문에 수련을 할 적마다 내공이 부쩍부쩍 느는 느낌이었고, 전신에 활력이 넘쳐 배고픔이나 갈증도 잊는 채 행공에 집중할 수 있었다.

장건은 시간이 흐르는 것도 잊고 거의 무아지경의 상태에서 행공을 지속했다. 그는 점차 체내에 잠복해 있는 오행신단의 느낌을 감지하기 시작했다. 눈으로 본 것도 아니고, 손으로 만져 본 것도 아니지만 그는 신단이 있는 위치와 크기를 알 수 있었다.

그가 예전에 복용했던 오행신단은 완전히 용해되지 않은 채 단전 근처에 머물러 있었다. 크기는 처음 복용했을 때의 사분지 일밖에 되지 않았는데, 그간 무학의 깨달음을 얻으면서 그 크기가 점차 줄어든 것임을 알 수 있었다.

쪼그라든 오행신단은 오행조화 방에서의 수련이 지속될수록 그 크기가 빠르게 줄어들었고, 줄어든 만큼 장건의 체내로 용해된 기운은 그의 사지백해로 퍼지며 전신의 내공을 더욱 활성화시켰다.

장건은 한옥의 음기를 피부로 받고 방 안의 양기를 백회혈로 끌어들이며 수련에 집중했고, 무아지경의 상태를 지속하며 신단의 기운을 남김없이 흡수해 갔다.

얼마의 시간이 흘렀을까. 갑자기 머리 위에서 울려온 미세한 진동이 장건의 의식을 깨어나게 만들었다. 누군가의 발자국 소리, 위층 석실로 다가오고 있었다.

의식이 돌아온 장건은 자신의 몸부터 살폈다. 체내에 잔존해 있던 오행신단은 거의 다 용해되어 이제 처음의 십분지 일 크기밖에 남지 않은 상태였다. 용해된 신단 탓인지 전신에는 기운이 충만하고, 용솟음치는 내력이 체내에서 꿈틀거림이 느껴졌다. 내공은 다치기 전보다 비약적으로 상승한 느낌이었다.

장건은 기쁨을 느낄 새도 없이 신속히 움직였다. 그는 재빨리 위층 계단으로 올라가 오행조화 방 입구를 닫는 기관 장치를 작동시켰다. 기관이 닫힐 즈음 석실 문이 열리는 소리가 들리고, 누군가가 안으로 들어왔다.

아직 지옥도 문이 열리지 않았으므로 석실이 보이지 않았지만 장건은 들어온 자가 두 사람이란 것을 알 수 있었다. 두 사람의 발걸음은 가벼워서 제법 고수인 듯 느껴졌다.

이전에는 들어온 사람이 있음을 감지할 수야 있었지만 이렇게 구체적으로 파악할 수는 없었다. 이곳 오행조화 방에서의 수련이 그의 내공 수준을 몇 단계 위로 끌어올린 모양이었다.

장건은 방 안 한구석에 숨어서 지옥도가 열리기를 기다렸다. 잠시 후 기관이 돌아가는 소리가 들리고 지옥도의 문이 절반으로 갈라져 열리기 시작했다.

문이 열린 후 장건이 있는 쪽으로 들어선 것은 무복을 입은 두 사내였다. 둘 다 대단히 건장한 체격에 우람한 팔뚝을 가지고 있어서 외공 수련이 도드라진 자들이라는 것을 짐작할 수 있었다.

장건은 그들의 무복이 눈에 익음을 느낄 수 있었다. 그것은 군룡회 무사의 복장이었다.

두 덩치는 돌무더기 쪽으로 다가갔다. 장건은 그들이 움직이는 틈을 타 슬쩍 석실로 빠져나갔다. 제아무리 그라 해도 비좁고 숨을 곳이 없는 공간에서 계속 머물러 있는 것은 상대에게 들킬 위험성이 있기 때문이었다.

석실로 나와 보니 석실 문은 잠겨 있었다. 장건은 기이한 생각이 들었다. 문은 밖에서만 열리게 되어 있었고, 안에서는 열 수가 없는 구조였다. 그렇다면 누군가가 저들을 들여보내고 밖에서 잠갔단 얘기인데, 어째서 그런 것일까? 볼일이 있어 들어왔다면 그냥 문을 열어놓으면 되지 뭐 하러 번거롭게 다시 잠근단 말인가?

그때 지옥도 문 안쪽 공간에서 요란한 소리가 들려오기 시작했다.

장건은 다시 지옥도에 접근하여 안쪽을 곁눈질했다.

두 명의 덩치는 두 주먹을 마구잡이로 휘둘러 돌무더기를 격파하고 있었다. 그들은 장건이 짐작한 대로 외공의 고수인 듯, 돌무더기에 주먹이 작렬할 때마다 가격한 부분이 박살나며 아래로 부서져 내렸다.

두 덩치는 반 시진 동안 쉬지 않고 주먹을 휘둘렀다. 그 결과 무너진 통로를 이 장 정도 진입해 들어갈 수 있었다.

두 덩치는 그제야 지쳤는지 잠시 휴식을 취했다. 그러다가 다시 일어나 또다시 주먹을 휘두르기 시작했다.

장건은 그들의 일 처리를 보며 고개를 갸웃거렸다. 군룡회가 천의문을 점거한 거라면, 왜 저들 둘만이 이 안으로 들어와 저런 중노동을 하고 있는 것일까? 통로를 안으로 뚫고 들어가고 싶다면 인부들을 고용하여 도구로 벽을 깨고 돌을 밖으로 나르면 되는 일 아닌가? 대관절 뭐가 아쉬워서 저런 고수들이 동원되어 석실 문까지 걸어 잠그고 벽에 주먹질을 하는 것일까?

두 외공고수의 주먹질은 그로부터도 꼬박 여섯 시진 동안 계속되었다. 간간이 석실 문이 열리고 음식이 들어왔다 나갔다. 두 덩치는 음식 먹는 시간과 반 시진에 한 번 쉬는 휴식 시간을 제외하고는 묵묵히 돌무더기를 깨어나가는 데 주력했다.

장건은 음식이 들어오는 틈을 타 밖으로 나갈 기회를 잡을 수 있었으나 나가지 않고 석실에 계속 남았다. 벽곡단과 식수가 있었기에 식량 문제도 없는 데다가 이들이 대체 왜 저렇게 벽에 주먹질을 하고 있는 것인지 그 결과물을 보고 싶었기 때문이다.

그로부터도 두 시진이 흐른 후 덩치들의 주먹질이 마침내 멈추어졌다. 둘은 어느 순간 약속이라도 한 듯 동시에 주먹을 멈추더니 탈진한 듯 바닥에 널브러졌다.

그런데 그들이 주먹질을 멈추었음에도 여전히 꽝꽝거리는 소리가 들려오고 있었다.

장건은 그 소리가 벽의 반대편에서 들려오는 것이며, 두 덩치가 주먹질을 멈춘 이유가 바로 그 소리를 들었기 때문이란 것을 알아차렸다.

'누군가 반대편에서 이들과 똑같은 목적으로 주먹질을 하고 있다. 저 돌무더기로 막힌 통로의 반대편에서 돌을 깨며 이쪽으로 오고 있는 것이겠지. 저 두 놈이 그토록 열심히 벽을 부순 것은 통로를 뚫으려는 목적도 있겠지만, 반대편 통로에서 이쪽으로 올 수 있는 방향을 돌 깨는 소리로 안내하기 위한 목적도 컸을 것이다.'

반대편의 소리는 두 덩치의 그것보다 소리의 간격이 훨씬 짧았다. 즉, 돌을 깨는 주먹질의 속도가 훨씬 더 빠르다는 얘기였다.

시간이 흐를수록 소리는 점점 커졌고, 이쪽으로 다가오고 있었다. 소리가 거의 근접했을 즈음, 주저앉아 있던 덩치들은 자리를 피해 멀찍이 물러섰다.

이윽고 막혀 있던 돌무더기에 균열이 가더니, 쩌저적 소리와 함께 허물어졌다. 큰 돌이 작은 돌로, 작은 돌이 자갈로, 자갈은 모래로 변해 바닥으로 무너져 내리며 통로를 막고 있던 모든 것들이 흔적도 없이 사라져 버렸다.

자욱하게 통로를 채웠던 먼지가 서서히 가라앉을 무렵, 한 개의 인영이 통로 안쪽에서 뚜벅뚜벅 걸어 나왔다.

멀찍이 물러서 있던 두 덩치는 걸어나가 그 인영을 맞이했다.

나타난 인영은 고작해야 스무 살이나 되었을까? 평범하게 생긴 청년이었다. 그런데 기이하게도 눈의 초점이 흐릿하고 넋이 나간 듯한 표정을 짓고 있었다.

두 덩치는 청년에게 다가가서는 법문 같은 말을 중얼거렸다. 그러자 뚜벅뚜벅 걸어 나오던 청년의 걸음이 멈추었다.

청년이 동작을 멈추자 두 덩치는 신기한 표정으로 그를 보며 대화를 하는 것이었다.

"이놈이 바로 실혼인인가?"

"정말 괴물이로군. 저쪽의 지하 신전에서 이곳까지는 족히 오십 장이 넘을 텐데, 단신으로 통로의 모든 돌들을 으깨며 여기까지 전진한 게야. 내공으로만 따지면 강호에 당해낼 자가 몇 명 없겠는걸?"

두 덩치는 눈앞에 있는 청년이 안중에도 없는 듯 둘이서만 대화를 했다. 한데 청년은 초점 없는 눈으로 앞만 보고 있을 뿐, 아무런 반응을 보이지 않고 있었다. 전혀 의식이 없는 듯했다.

"이 정도 능력이라면 굳이 이쪽에서 우리가 주먹 아프게 돌을 으깰 필요가 있었을까? 그냥 저쪽에서 냅다 부수고 들어오면 언젠가 여기 도달할 수 있었을 텐데."

"그럴 수 있었다면 굳이 이 천의문을 접수하고 자시고 하는 골치 아픈 일을 할 필요가 없었겠지. 저쪽 신전에 있는 자들이 여태껏 그런 시도를 하지 않았던 것은 이곳의 방향을 정확히 찾을 수 없었기 때문이네."

"방향?"

"응. 이 통로가 이렇게 막히게 된 것은 오십 년 전 이 근방에 일어났던 지진 때문이라 하지 않았나? 그 당시 지반이 뒤틀어져서 이 오행조화의 방과 연결된 통로의 위치를 아예 찾을 수 없게 되었다더군. 방향을 알 수 없으니 실혼인이 있다 해도 함부로 통로를 뚫고 들어올 수 없었지. 게다가 지진으로 지반이 약해진 터라 방향도 모르고, 여기저기 뚫고 다니다가는 자칫 오행신궁(五行神宮)의 지하 신전 전체가 붕괴될 수도 있으니, 전(殿)에서도 굳이 그런 위험을 감수할 이유는 없었겠지. 설혹 방향을 정확히 잡았다고 해도 이쪽에서 방금처럼 우리가 제어해 주지 않으면 한 가지 명령밖에 기억할 수 없는 실혼인은 계속 전진하게 되니, 자칫 오행조화의 방을 때려 부술 수도 있지 않나? 그렇기 때문에 천의문을 제압하여 이 오행조화의 방을 되찾는 과정이 필요했던 것이지."

두 사람이 대화를 나누고 있을 때 통로 안쪽에서 또 다른 발자국 소리가 들려왔다.

발자국 소리는 점점 가까워졌고, 이윽고 다수의 사람들이 통로 안에서 걸어 나왔다.

대략 십여 명쯤 되는 무리의 선두에 선 자는 도관을 쓴 도사 복색의 중노인이었다. 그는 실눈을 뜨고 입구에 대기하고 있는 덩치들을 쩨려보았다.

두 덩치는 그를 보고는 허겁지겁 포권지례를 취했다.

"반선(反仙)을 뵈옵니다."

노인은 카랑카랑한 목소리로 말했다.

"전의 무사들인가?"

"그렇습니다."

"수고했다. 그만 가봐!"

"예?"

두 덩치가 얼떨떨한 표정을 짓자, 노인은 더욱 카랑카랑해진 목소리로 말했다.

"가보라는 말도 모르나? 볼일 다 봤으면 냉큼 꺼지라고!"

"아, 알겠습니다. 한데 오행조화의 방 위치는 아시는지……."

"수겸이 놈한테 여기 구조도를 건네준 게 노부인데, 그것도 모를까 봐 그러냐? 문은 나도 열 줄 아니 빨리 꺼져! 밖의 놈들 눈에 띄지 않게 조심하고!"

"아, 알겠습니다."

두 덩치는 머쓱한 표정을 지으며 석실 밖으로 향했다.

그들은 장건이 숨어 있는 위치를 지나치며 속닥거렸다.

"달래 반선이 아니군. 성격이 저리 괴팍하니……."

"쉿, 들리겠네. 그건 그렇고 그 뒤에 있던 놈들은 전부 실혼인가?"

"그런가 보이. 저런 괴물들이 저렇게 많다니……. 저놈들이 세상에 모습을 드러내는 날에는 천하가 뒤집히겠군."

"그러게 말일세. 새삼 전의 소속이라는 게 참 다행이란 생각이 드는군."

두 덩치는 석실 밖으로 나섰고, 밖에서 그들을 기다리던 자가 석실 문을 닫았다.

석실 밖은 어두컴컴한 창고였다. 요리하는 냄새가 풍겨오는 것으로 보아 주방이 멀지 않은 듯했다.

세 명은 얼굴을 마주 보고 고개를 끄덕이더니 각자 다른 문을 통해 밖으로 나갔다.

그들이 사라진 창고 안에 홀연히 검은 그림자가 나타났다. 석실 문이 열린 틈을 타 밖으로 빠져나온 장건이었다.

장건은 닫힌 석실 문을 보며 가벼운 한숨을 내쉬었다. 밖으로 나오는 과정은 다소 아슬아슬했기 때문이다.

그는 두 덩치가 노인에게 쫓겨 밖으로 나가려 할 때 잠시 갈등했었다. 대체 저 반선이란 노인과 실혼인이라는 엄청난 내공을 가진 자들의 정체가 무엇인지, 또 어디서 온 것인지 궁금했기 때문이다. 그러나 두 덩치가 나올 때 같이 나오지 않으면 석실을 빠져나갈 기회가 사라져 버릴지 몰랐다. 반선과 실혼인이 궁금하긴 했으나 그보다는 자신을 숨겨준 진원외를 비롯한 천의문 사람들과 서달룡의 안위가 더 궁금했다. 게다가 몸이 정상으로 회복된 이상 한시라도 빨리 형문산 어딘가에 있다고 하는 흑룡동을 찾아 증소진을 구하는 것이 급선무였다.

다급하게 마음을 정한 장건은 문이 막 닫히려는 순간 몸을 던져 밖으로 빠져나올 수 있었다.

문밖으로 나올 때도 다소 위험 부담이 있었다. 그들뿐 아니라 밖에서 문을 개폐하는 동료가 한 명 더 있었기 때문에, 자칫 장건의 움직임을 들킬 수 있었기 때문이다. 한데 다행히도 장건이 빠져나오는 순간 문밖에 나와 있던 세 명은 딴 곳을 쳐다보고 있었고, 그 덕에 들키지 않을 수 있었다.

장건은 안도의 한숨을 내쉬면서도 왠지 이상하다는 생각을 떨칠 수 없었다. 문을 빠져나올 때 보인 세 명의 행동, 주변을 살피는 행위가 부자연스럽게 느껴졌기 때문이다.

일전에 석실에 들어왔던 문사와 검은 경장사내, 그리고 이번의 덩치들 간의 대화를 종합해 보면 그들은 이 천의문을 점거한 군룡회의 소속 인물들이었다. 천의문의 사람들은 그들에게 일패도지하여 몇몇 요인만이 탈출에 성공했다고 했다. 그렇다면 이들이 이 석실에 들어왔다

나갔다 하는 것에 다른 누구의 눈치를 볼 필요는 없는 것이다. 그런데 문사와 검은 경장도 그렇고, 이번의 세 명도 기이하게 주변을 의식한다는 느낌을 떨칠 수 없었다.

게다가 이번에 두 덩치가 한 행위, 막힌 통로를 뚫어 반대편 통로에서 들어오는 반선 무리를 맞이한 것도 이해하기 어려운 일이었다. 군룡회가 천의문을 점거했다면, 굳이 지반이 무너질지 모르는 위험한 행위를 할 것 없이 반선과 실혼인들을 육상에서 천의문으로 이끌어와 석실을 통해 오행조화의 방으로 입장시키면 될 일 아닌가? 왜 쉬운 길을 놔두고 그토록 어렵고 복잡한 절차를 통해 그들을 오행조화의 방까지 이끌어야 했을까?

의문이 꼬리를 물었지만 그것을 밝히기 위해서는 좀 더 많은 정보가 필요했다. 장건은 은신술의 능력을 최대한 발휘하며 창고 밖으로 나섰다.

장건은 한나절가량 천의문 내부를 돌아다니며 그가 석실에 있는 동안 어떤 일이 벌어졌는지 대강 파악할 수 있었다.

천의문은 그의 예상대로 군룡회의 손에 완전히 넘어가 있었다. 천의문과 군룡회의 전투는 불과 사흘 만에 끝나 버렸고, 문주 진원외를 비롯한 대다수의 요인이 죽거나 생포된 상태였다.

진원외가 뇌옥에 잡혀 있다는 것을 알아낸 장건은 그를 구하기로 마음먹고는 야음을 틈타 뇌옥으로 잠입했다.

천의문의 뇌옥은 내부 구조가 복잡하지 않았고, 군룡회의 간수들은 꾸벅꾸벅 졸고 있었다. 적의 본부를 함락시킨 마당에 경계를 삼엄히 할 긴장감이 없어진 때문이었다. 장건은 졸고 있는 그들을 완전히 잠들게 하고는 열쇠를 빼낸 후 뇌옥 안을 돌아다니며 진원외가 있는 방을 찾았다.

뇌옥의 끝에 가서야 진원외가 있는 방을 발견할 수 있었다.

장건은 열쇠로 문을 따고 진원외의 독방 안으로 들어섰다.

진원외는 눈을 감고 있었는데, 모진 고초를 겪은 듯 초췌한 행색이었다. 장건이 어깨를 흔들자 눈을 뜬 그는 장건을 보고는 깜짝 놀랐다.

"자네가 여기는 어떻게……? 연공실에서 어떻게 나온 건가?"

"설명이야 나중에 해도 될 일이오. 일단 밖으로 나갑시다."

장건이 진원외의 결박을 풀려 했으나 그가 그것을 만류했다.

"그만두게. 자네 몸도 성치 않지 않나. 자네나 어서 여길 빠져나가게. 서 노사는 전투가 일어나기 직전에 다른 곳으로 피신시켰으니 걱정하지 말고."

장건은 미안한 표정을 지었다. 전투 당시 싸울 수 있는 무사 한 명이 아쉬운 천의문이었을 텐데, 서달룡을 안전하게 피신시키기 위해서는 분명 적잖은 출혈이 있었을 것이다.

장건은 미안한 마음에서라도 진원외를 반드시 데려가려 했다.

"몸은 이미 다 회복됐으니 걱정 마시오. 당신 한 명 정도는 가볍게 빼낼 수 있을 거요."

진원외는 여전히 고개를 저었다.

"몸이 나았다니 다행이군. 하나 이곳에는 군룡회의 정예가 천 명 가까이 주둔하고 있네. 게다가 나는 지금 걸을 수가 없는 형편일세. 이런 나를 이끌고 그들을 헤치고 밖으로 나간다는 것은 불가능한 일이야."

장건은 진원외의 하체를 보았다. 하반신에 모진 고문을 받은 듯 바지에 피가 잔뜩 말라붙어 있었다.

"해보지 않고는 알 수 없는 일이오. 일단 시도나 해봅시다."

"관두게. 설사 빠져나갈 수 있다 해도 수많은 문도들이 이곳에 있는

데 나 혼자 살길을 찾을 수는 없네."

장건은 계속 설득해 보았으나 진원외는 요지부동이었다.

"밖에 나가면 연아에게 이 말이나 전해주게. 무당파가 군룡회를 공격하겠다는 결심을 하기 전까지는 절대 이곳에는 얼씬도 하지 말라고 말일세."

장건은 무거운 표정으로 고개를 끄덕였다. 진원외의 결심이 이토록 굳으니 더 이상의 설득은 무의미해 보였다.

"한데 무당파가 군룡회를 공격할 것 같소?"

진원외는 착잡한 표정으로 대답했다.

"본 문의 함락이 그들의 경종을 울리기는 할 테지. 그러나 군룡회가 먼저 치지 않는 한 그들이 우리를 구한답시고 선제공격을 할 가능성은 낮다고 보네. 그간 관계가 돈독했던 우리와 그들이었지만, 최근 자네와 장이회 문제로 사이가 좋지 않았네. 내가 자네는 천중보주를 살해한 범인이 아니니 하남에서의 수색을 당장 중지하라는 서신을 몇 번이나 보냈기 때문에, 무당의 고위층에서 나를 그다지 좋게 보지 않는 사람이 많아졌어. 명현자 등 나와 친분이 있는 몇몇은 본 문을 도와야 한다고 강변하겠지만, 과연 그것이 먹혀들지는 의문일세."

장건은 고개를 끄덕였다. 명한청이 무당파로 가서 풍파투도에게 누명을 씌운 것이 군룡회일 거라고 보고했지만 딱히 증거가 없으니 그들이 그걸 믿어줄지가 의문이었다. 설사 그의 말을 귀담아듣는다 해도 하남성에서 벌어졌던 사고를 다시 조사하여 누명을 밝혀내기까지는 상당한 시간이 걸릴 것이다.

그때 밖에서 무슨 소리가 들렸다. 뇌옥 안으로 누군가 들어오는 모양이었다.

어쩔 수 없이 나가야 할 상황, 장건은 몸을 돌리며 진원외에게 말했다.

"나중에 반드시 다시 돌아오겠소, 당신 따님과 함께."

진원외는 엷은 미소를 지으며 고개를 끄덕였다.

"말로만도 고맙네. 다만 무리는 하지 말게."

장건은 고개를 끄덕이고 나가려다 말고 걸음을 멈추었다. 물어볼 말이 떠올랐기 때문이다.

"한데 혹시 흑룡동이란 곳이 어디인지 알고 있소?"

"흑룡동? 금시초문인걸?"

"그럼 형문산에 큰 동굴이 있을 법한 곳이나 사람들이 잘 드나들지 않는 곳이 있소?"

"음, 그런 곳이 있긴 하네. 여기서 반대편 기슭으로 돌아가면 귀곡(鬼谷)이라 불리는 골짜기가 있는데, 약초 캐는 이들도 잘 들어가지 않을 정도로 험하고 음습한 곳일세. 들어갔던 사람이 나오지 못한 경우도 몇 번 있고, 실제로 귀신을 봤다고 하는 화전민의 얘기를 들은 적이 있네. 거기 큰 동굴이 있는지는 잘 모르겠지만."

"그리고 오행신마가 누군지 알고 있소?"

"오행신마라면 이백 년 전에 이 근방을 횡행하던 사교의 우두머리라네. 이 지역 토박이가 아니면 잘 모르는 인물인데, 자네가 그자를 어찌 아나?"

뇌옥으로 들어온 자의 발걸음 소리가 가까워지고 있었다. 장건은 대답도 못한 채 고개만 끄덕이고는 진원외의 방을 빠져나왔다.

장건은 뇌옥을 벗어나 천의문 밖으로 나왔다. 그리고 곧장 산의 반대편에 있을 귀곡으로 향했다.

제10장
장건, 흑룡동에 가다

장건, 흑룡동에 가다

　　장건은 석실 밖으로 나와 몇 가지 놀란 일이 있는데, 그중에 하나는 석실에서 처음 보았던 문사풍의 사내가 천의문에 들어온 군룡회의 총책임자인 교룡 수겸이라는 것이었다.

　　명색이 총책임자라는 자가 석실에 들어와 그토록 비밀스러운 작업을 벌였다는 것이 이상스러웠고, 뭔가 수상쩍은 음모의 냄새를 풍기고 있었다.

　　그보다 더 놀란 것은 장건의 생각보다 훨씬 많은 시간이 흘렀다는 것이었다. 오행조화의 방에서 무아지경으로 수련을 하다 보니 시간을 체감하지 못했는데, 밖에 나와 보니 벌써 한 달 이상의 시간이 흘러 있었다.

　　이제 성검회 시험까지는 고작 한 달이 남았을 뿐, 이곳 형문산에서 복건성까지 가기에도 빠듯한 시간이었다.

그럼에도 불구하고 장건은 흑룡동을 찾아 나섰다. 중소진에 대해서는 강한 책임감을 느끼고 있었기에 여기까지 와서 그가 있는 곳을 외면하고 떠날 수는 없었다.

귀곡은 진원외가 언급한 것처럼 음침하고 험준한 골짜기였다. 골짜기 내에는 나무도 거의 찾아볼 수 없었고, 거친 암벽만이 창칼처럼 하늘로 솟아 있었다.

아직 캄캄한 한밤이었지만 내공이 크게 증진된 장건은 대낮처럼 환하게 주변 사물을 식별할 수 있었다. 그는 최대한 기척을 죽인 채 골짜기 안으로 전진해 들어갔다.

얼마나 들어갔을까, 장건은 미세한 기척을 감지할 수 있었다. 산짐승은 아니었다. 분명 사람의 가는 호흡, 고수의 숨소리였다.

장건은 호흡이 감지된 방향을 향해 움직였다. 직선으로 다가가지 않고 호흡하는 자의 시선을 예측하며 빙 둘러 움직여 그의 사각으로 접근해 들어갔다.

장건은 이내 한 사람을 발견할 수 있었다. 삐죽이 솟아오른 바위 뒤에 몸을 기대고 골짜기의 아래쪽을 주시하는 자, 일견하기에 보초를 서고 있는 듯 보였다.

장건은 그의 뒤를 지나쳐 안쪽으로 더욱 전진했다. 군데군데 잠복해 있는 보초들이 오히려 그의 길 안내가 되어주었다. 보초 네 명을 더 지나친 후에 그는 골짜기 깊숙한 곳에 있는 작은 동굴을 발견할 수 있었다.

동굴 입구에도 보초가 서 있었다. 이자는 그냥 지나칠 수 없기에 장건은 손을 쓰기로 작정했다.

은형검이 소리없이 밤공기를 갈랐고, 보초는 누가 자신을 공격하는

지도 모른 채 숨이 끊어졌다.

시체를 안 보이는 곳에 처리한 장건은 동굴 내부로 진입했다.

입구가 좁은 동굴은 내부로 들어갈수록 그 크기가 점점 커졌다. 동굴 가장자리에는 지하수가 시내처럼 흐르고 있었고, 굴곡진 언덕과 삐죽삐죽 솟아오른 종유석들이 기이한 분위기를 자아냈다.

게다가 서서히 인공적인 구조물이 눈에 띄기 시작했다. 가파른 경사가 진 곳에는 계단이 다져져 있었고, 언덕 한 켠에는 벽돌로 지어진 석실들이 눈에 띄었다.

기이하게도 일단 동굴 내부로 들어서자 더 이상 보초의 모습은 보이지 않았다. 한참을 더 들어가자 내부가 더욱 넓어지며 광장 같은 장소가 나타났다.

광장 한 켠에는 제단으로 보이는 커다란 구조물이 세워져 있었고, 제단의 위쪽에는 부조가 새겨져 있었다.

장건은 그 부조를 보고는 눈을 크게 떴다. 부조의 그림이 그가 석실에서 보았던 지옥도와 매우 흡사한 형상이었기 때문이다. 분명 같은 부류의 집단이 만든 그림이었다.

'그렇다는 것은⋯⋯.'

장건은 혹시나 했던 마음이 현실과 맞아떨어지고 있다는 것을 감지했다. 석실 안쪽의 막힌 통로를 뚫고 나온 반선과 실혼인의 무리, 그들은 바로 이 흑룡동에서 온 것임이 분명했다. 반선과 두 덩치의 대화에서 오행신마의 지하 신전이 몇 번 언급되었는데, 그 신전이 바로 이 흑룡동인 듯했다.

'소진이가 갇혀 있을 장소를 찾아야 한다.'

이전에 지나쳤던 동굴 언덕의 석실들은 모두 비어 있었다. 아직까지 동굴에 들어서서 사람의 기척을 발견하지 못한 상태였다.

장건은 신전의 뒤편으로 뚫린 통로가 있음을 알아차리고는 그곳으로 향했다.

뒤편의 통로는 천연 동굴이 아닌 벽돌로 이루어진 복도였다. 복도를 한참 전진해 나가던 장건은 커다란 철문 앞에 도달했다.

철문에는 야차의 형상이 그려져 있었는데, 야차는 활활 타오르는 불을 두 손에 가득 안고 있었다.

장건은 철문 내부에 인기척이 있음을 감지할 수 있었다. 그러나 문이 굳게 닫혀 있어 무턱대고 그걸 열어 안을 들여다볼 수는 없는 일이었다.

문이 혹시 열리지나 않을까 싶어 잠시 기다리던 장건은 안쪽으로 다시 발걸음을 옮겼다.

이리저리 꺾인 복도를 한참 헤쳐 나가다 보니 또 다른 철문이 등장했다. 이번에도 역시 야차의 형상이 새겨져 있었는데, 이번 야차는 소용돌이치는 물을 들고 있었다.

장건은 이 철문들이 무엇을 의미하는지를 짐작할 수 있었다.

오행조화의 방에서 수겸이 말하기를, 신전에 금목수화토의 방이 있다고 하지 않았던가? 고로 이 철문 뒤의 방은 수의 방, 앞선 철문 안의 방은 화의 방임이 분명했다. 이 복도 어딘가에는 금목토의 방 또한 존재하고 있을 것이고.

오행조화의 방이 수련실이었으니, 이 금목수화토의 방 또한 특수한 효능을 가진 수련실일 것이다. 과연 이 내부에는 어떤 자들이 어떤 수련을 하고 있는 것일까? 장건은 그것이 궁금해졌다.

그런데 수의 방에서는 아까 전의 화의 방과 달리 기척이 느껴지지 않았다. 내부에 사람이 없음을 직감한 장건은 철문을 슬쩍 열어보았다.

끼이이익—

예상외로 철문은 잠겨 있지 않았고, 슬쩍 밀었음에도 너무나도 손쉽게 열려 버렸다.

무심코 안으로 들어선 장건은 깜짝 놀랐다. 방의 내부에는 사람이 있었다. 그것도 다섯 명씩이나.

장건은 즉시 전투 태세를 갖추었으나 벽에 등을 기댄 채 가부좌를 틀고 있는 다섯 명은 그를 보았음에도 불구하고 꼼짝도 하지 않았다.

장건은 이상한 생각이 들어 자세를 풀었다. 방에 들어왔음에도 불구하고 그들에게서는 호흡 소리나 다른 기척이 전혀 들리지 않았기 때문이다.

시체가 아닌가 하는 생각이 스쳐 지나갔지만 죽은 자는 아니었다. 모두 물처럼 푸른 색깔의 옷을 입고 있는 그들은 두 눈을 생생히 뜨고 있었다. 다만 눈에는 초점이 없었다.

'실혼인!'

초점 없는 눈과 표정을 잃어버린 얼굴, 이들은 오십 장에 이르는 돌무더기를 격파하여 막혔던 석실 통로를 뚫었던 그 실혼인과 똑같은 표정을 짓고 있었다.

장건은 불현듯 가슴에 한기가 느껴졌다. 오십 장의 돌무더기를 콩가루로 만들어 버린 실혼인의 가공할 능력은 익히 보아서 알고 있었다. 반선이 거느린 열 명 남짓한 실혼인만으로도 엄청난 위험이라고 생각했는데, 이 수의 방에 다섯 명이 있다는 것은 다른 네 방에도 비슷한 수의 실혼인이 있다는 얘기였다. 이러한 괴물들이 삼십 명 가까이 있다는 것은 강호 전체를 뒤흔들 수 있는 사안이었다.

'만일 이놈들이 군룡회에 합류한다면…… 강북 무림련이 결성된다 해도 군룡회를 막을 수 없을 것이다. 아니, 강호 전체를 아우르는 무림 맹이 결성된다 해도 승리를 장담할 수 없을 것이다.'

장건은 군룡회라는 단체, 그리고 흑룡동을 꾸리고 있는 수겸이란 자가 점점 위험스럽게 느껴졌다. 철무림에서 죽은 쌍검난측 고태붕도 자신의 소속이 군룡회라고 지목하지 않았던가. 장건은 회주인 운중룡 구태진의 그릇이 크지 않다고 생각하여 평소 군룡회를 그다지 의식하지 않았었다. 그러나 이번에 보여준 수겸의 행태로 볼 때, 구태진이 허수아비이고 뒤에서 위험한 모략을 꾸미는 것은 수겸일지도 모른다는 생각이 들었다.

'어쨌든 이대로 군룡회가 벌이는 일을 지켜보고만 있을 수는 없다. 성검회가 끝나는 즉시 이들의 진짜 정체를 파악해야겠어.'

장건은 우선 수의 방에 있는 실혼인들을 파괴해 버리기로 마음먹었다. 보아하니 실혼인은 조종자의 말을 들어야 움직이는 것으로 보이는데, 지금은 명령을 내릴 조종자가 없으니 제아무리 강력한 내공을 갖추고 있어도 허수아비나 다름없어 보였다.

장건은 가부좌를 틀고 있는 한 명의 실혼인 앞으로 다가갔다. 그리고는 은형검을 빼 들었다.

'일격에 처단하지 못한다면 위험을 감지하고 반격할지도 모르지.'

장건은 신중하게 검기를 은형검의 검신에 불어넣었다.

오행조화 방에서의 수련 덕분으로 오행신단을 거의 다 용해시킨 터라 이제 내공을 사용하는 것을 자제할 필요가 없었다. 그의 웅혼한 내공이 은형검에 가득 충천하는 순간, 검기가 공중을 갈랐다.

서걱!

실혼인의 목이 공중으로 치솟았다. 단 일격에 목을 갈랐지만 장건은 눈살을 찌푸렸다. 반탄력이 만만치 않았기 때문이다. 실혼인의 뼈와 피부는 강철과도 같이 단단했다. 엄청난 내공에다가 무쇠 같은 몸까지 갖추고 있다는 것을 알게 되자 실혼인이 더 더욱 위험하게 느껴졌다.

장건은 그 다음 실혼인으로 다가가서 다시 일검을 날렸고, 또다시 목 없는 시체가 바닥을 뒹굴었다.

세 번째 실혼인으로 가서 검을 빼 들고 내려치려던 장건은 갑자기 얼어붙은 듯 동작을 멈추었다.

실혼인의 얼굴은 낯이 익었다. 많이 자라 있었지만 예전에 친동생같이 아꼈던 한 꼬마의 얼굴, 그 얼굴의 형상이 그대로 남아 있었다.

"소… 소진?"

장건은 들어올렸던 은형검을 힘없이 내리고 말았다. 몇 번을 보아도 눈앞의 실혼인은 중소진이 확실했다.

장건은 무릎을 꿇고 중소진의 어깨를 잡아 흔들었다.

"소진아! 형이다! 건이 형이야. 날 알아보겠니?"

그러나 실혼인이 되어 있는 중소진이 그를 알아볼 리가 없었다. 중소진의 초점 없는 눈은 허공을 멍하니 바라보고만 있었다.

장건은 중소진의 어깨를 꽉 잡은 채 치를 떨었다.

중소진이 실혼인이 되어 있다니! 철무림에서 고태붕이 한 말, 죽지도 살지도 못하는 상태란 말이 어떤 의미인지 비로소 깨달을 수 있었다.

그렇다고는 해도 도저히 이해할 수 없는 상황이었다. 분명 중미미는 그가 수련 중 크게 다쳐 모처에서 치료를 받고 있다고 하지 않았던가?

'미미가 또다시 나를 속인 건가?'

장건은 말이 되지 않는다는 듯 고개를 휘저었다. 그 얘기가 나올 당시 상황으로 비추어 볼 때, 중미미가 그에게 거짓말을 했을 리는 없었다. 그럴 이유도 없었고.

그렇다면 중미미는 중소진이 실혼인이 된 것을 모르고 있음이 분명했다.

'결국 그 애도 이용당하고 있다는 얘기로군!'

장건은 걷잡을 수 없는 분노가 치밀어 올랐다. 대체 무얼 하는 집단이기에 생사람을 잡다가 이지가 사라진 괴물을 만들고, 그것도 모자라 그의 누이까지 거짓말로 이용해 먹는단 말인가.

그때였다. 장건의 귀에 인기척이 들렸다. 누군가 철문 가까이로 접근하고 있었다.

'야단났군.'

장건은 방 안을 살폈다. 수의 방은 탁 트인 정방형의 공간으로, 커다란 야명주가 방을 밝히고 있어서 전혀 숨을 공간이 없었다. 강행돌파를 하는 수가 있었지만, 단신이면 몰라도 실혼인이 된 중소진을 데리고서는 무리가 따르는 일이었다.

장건은 일단 목이 잘린 두 명의 실혼인을 아직 멀쩡한 실혼인들과 위치를 바꾸어 구석 쪽에 갖다 놓았다. 그리고 잘린 목을 몸통 위에 얹어놓고 비교적 덩치가 큰 한 명의 뒤에 몸을 숨겼다.

잠시 후 철문이 열리고 한 사내가 안으로 들어왔다.

사내는 술법사 같은 차림새의 괴상한 복장을 입고 있었다. 그는 기분이 좋은지 콧노래를 흥얼거리며 정면에 앉아 있는 실혼인에게로 다가섰다.

"이제 네가 마지막이로구나."

그의 입에서 법문으로 추정되는 문장이 흘러나왔다. 그러자 흐릿하던 실혼인의 두 눈에 생기가 돌기 시작했다.

실혼인의 눈을 확인한 술법사 차림의 사내는 명령을 내렸다.

"입을 벌려라!"

실혼인은 그 말을 알아들은 듯 입을 벌렸다. 술법사는 품 안에서 작은 목갑 하나를 꺼내더니 뚜껑을 열었다. 그러자 수의 방 안에 향긋한 향내가 퍼졌다.

'이 향기는……?'

몸을 숨기고 있던 장건의 두 눈에 의혹이 서렸다. 지금의 향내는 그가 익히 알고 있는 냄새였다. 그는 목을 길게 빼고 술법사의 행동을 주시했다.

술법사는 목갑 안에서 작은 환약을 꺼내 들었다. 푸른빛이 감도는 환약, 크기가 다소 작은 듯했지만 그것은 틀림없이 오행신단 중의 수신단(水神丹)이었다.

술법사는 신단을 실혼인의 입에 집어넣었다.

"삼켜라!"

실혼인은 말 잘 듣는 어린아이처럼 그것을 꿀꺽 삼켰다.

술법사는 만족한 표정으로 중얼거렸다.

"좋아, 이제 너도 다섯 달만 있으면 다른 아이들과 같은 강력한 힘을 얻게 될 것이다."

그는 몸을 일으키며 말했다.

"수(水) 일호와 이호, 삼호는 나를 따라라!"

그러자 좌우의 구석에 몸을 기대고 앉아 있던 중소진과 또 다른 실혼인이 몸을 벌떡 일으켰다.

“수삼호……?”

술법사는 한 명이 반응이 없자 의아해하며 그를 불렀다.

“수삼호! 뭐 하고 있나! 몸을 일으켜라!”

술법사가 호통을 쳤지만 수삼호라 불린 실혼인은 요지부동이었다.

술법사는 이해를 할 수 없다는 표정을 지으며 그에게 다가갔다. 그리고는 어깨를 잡아 흔들었다.

“수삼호! 대체 뭘 하고 있는… 으악!”

어깨를 흔들던 술법사는 수삼호의 목이 갑자기 굴러 떨어지자 꽥 소리나게 비명을 질렀다. 그 순간 반대편 구석에 숨어 있던 장건이 튀어나와 그의 맥문을 틀어잡았다.

잠시 정신을 못 차리던 술법사는 괴한이 자신을 제압한 것을 깨닫고는 다급히 입을 열었다.

“네, 네놈은 대체 누구냐? 여기가 어딘질 알고…….”

“흑룡동이며 오행신마의 지하 신전이라는 것을 잘 알고 있지. 네놈들이 실혼인을 만들고 있다는 것 또한 알고 있고.”

장건의 말에 술법사는 경악한 표정이 되었다.

“그걸 대체 어떻게……?”

장건은 그의 아혈을 짚어 말을 못하게 만들었다. 그리고 분근착골의 수법을 그의 몸에 시전했다. 그러자 술법사는 눈물 콧물을 쏟아내며 온 몸을 비틀었다. 아혈이 뚫려 있었다면 방이 떠나가라 비명을 질렀을 것이지만, 그러지도 못하고 고통으로 인해 사지를 미친 듯이 뒤틀 따름이었다.

장건은 그가 단련된 무인이 아니란 것을 간파하고 간단한 고문으로서 그의 기를 죽인 것이었다.

장건은 분근착골의 수법을 잠시 멈추고는 말했다.

"묻는 말에 제대로 대답한다면 분근착골수를 멈춰주마. 그러나 허튼 짓을 하려 하면, 이 고통을 죽을 때까지 맛보게 할 테니 알아서 해라."

술법사는 극도로 겁에 질린 얼굴로 고개를 끄덕였다.

장건은 그의 아혈을 풀어주고는 물었다.

"여기 있는 자들이 모두 실혼인인가?"

"그, 그렇다."

"실혼인을 정상인으로 돌릴 수 있는 방법은?"

"자, 잘 모른다."

장건은 다시 아혈을 점하려 했다. 그러자 술법사는 몸부림을 치며 외쳤다.

"잠깐! 내가 모를 뿐 방법이 없는 것은 아니다! 실혼인을 만드는 방법을 아는 것은 요불반선(妖佛反仙)님뿐이다!"

장건은 요불반선이란 별호를 듣자 머릿속이 환해지는 것을 느꼈다. 그 반선이란 노인의 정체가 누군지 깨달았기 때문이다.

요불반선은 소싯적에 불가와 도가를 두루 속해 있다가 사교를 창안하기도 하는 등 온갖 기행을 지지르고 다니는 괴인이었다. 그는 술법과 의예에 두루 통달해 있는 데다가 무공 실력도 지극히 뛰어나 천하 십대고수의 한자리를 차지하고 있는 무림의 괴걸이었다. 그러나 이제는 전대 기인이라 칭할 수 있을 정도로 고령인지라 죽었다는 소문이 돌고 있었는데, 뜻밖에도 이 흑룡동에서 실혼인을 제조하고 있는 모양이었다.

"반선은 지금 어디 있나?"

"천의문 쪽에 가 계시다. 며칠 내로는 돌아오시지 않을 게다."

"어째서 그렇지?"

"그쪽에 있는 오행조화 방에서 실혼인들과 함께 일차 수련을 하고 오신다 했다. 거기서 그들이 완성되려면 적어도 석 달 이상은 있어야 한다. 물론 그전에 이곳으로 도로 오시겠지만, 하루 이틀 내로 오시지는 않을 것이다."

장건은 다른 질문을 던졌다.

"아까 저놈한테 먹인 것이 오행신단이지?"

장건의 말에 술법사의 눈이 휘둥그레졌다. 그가 오행신단을 알아본 것에 적잖이 놀란 듯했다.

"그렇다. 오행신단이다."

"그 귀한 걸 어디서 구했나?"

"나는 요불반선에게 고용된 술법사일 뿐이다. 그 신단들은 전(殿)에서 구해오는 거라는 것밖에 알지 못한다."

'전이라?'

그러고 보니 반선도 석실에서 두 덩치에게 전의 무사냐고 물었던 기억이 있었다. 전이라는 것은 무엇을 지칭하는 것인가? 군룡회에서 수겸이 속해 있는 단체인가, 아니면 별개의 곳인가?

"전이 무엇을 의미하는지 알고 있나?"

술법사는 고개를 저었다. 정말로 모르는 눈치였다.

"알겠다. 그런데 신단들이라고 했나? 다른 실혼인들에게도 오행신단을 먹였나?"

술법사는 고개를 끄덕였다.

"그렇다. 실혼인들이 강한 것은 모두 오행신단을 먹고 제각각의 상성에 맞는 연단의 방에서 수련을 했기 때문이다."

장건은 놀라움을 금치 못했다. 술법사가 방금 한 말은 믿을 수 없는 이야기였다.

"그럼 모든 실혼인들이 오행신단을 복용했단 말이냐?"

"전부 다는 아니지만 대부분은 복용한 것으로 알고 있다."

"실혼인이 전부 몇 명이고, 그중에 오행신단을 복용한 자는 몇 명인가?"

"지금 반선과 함께 있는 놈들까지 전부 합치면 총 인원은 서른세 명이다. 오행신단을 복용한 것은 방금 먹은 이 녀석까지 합쳐 스물일곱이고."

장건은 머리가 어지러워지는 것을 느꼈다. 진검성에서 금각신붕의 내장을 재료로 하여 제조한 오행신단은 총 사십 개 정도라고 알려져 있었다. 그중에 다수의 오행신단이 이미 누군가에게 복용된 상태이고, 실제적으로 남아 있는 수는 손가락으로 꼽을 정도라는 것이 세간의 소문이었고, 장건이 알고 있는 바 실제적으로도 그랬다. 그런데 대체 이자들은 어디서 어떻게 이토록 많은 오행신단을 구해올 수 있었단 말인가?

"정말 이들에게 복용시킨 것이 오행신단이 맞긴 한 것이냐?"

장건의 질문에 술법사는 망설이다가 대답했다.

"우리로서는 위에서 오행신단이라고 하니 믿을 수밖에 없었다. 다만 복용 전의 실혼인과 복용 후의 실혼인의 능력 차가 어마어마하다는 것은 내 눈으로 직접 여러 번 확인했다. 그 정도의 효과를 보일 수 있는 약이 오행신단 말고 또 뭐가 있겠나?"

장건도 실혼인의 능력을 익히 눈으로 보았기에 뭐라 반박할 말이 없었다. 게다가 좀 전에 술법사가 꺼낸 수신단의 빛깔과 오행신단 특유의 그 향내는 장건이 이미 알고 있는 오행신단의 그것이었다.

“그런데 다만…….”

갑자기 술법사가 말꼬리를 흐렸다.

“다만 뭐냐?”

“조금 이상한 것은 전에서 가져왔다고 주는 오행신단의 크기가 일정하지 않았다. 다섯 가지 종류 각각의 크기가 다른 것도 아니고, 같은 종류의 것이라 해도 크기가 각양각색이어서 좀 이상하단 생각이 들긴 했다.”

“크기가 다르다고?”

장건은 의문이 일었다. 그는 도둑질을 하면서 세 개의 오행신단을 눈으로 구경한 바가 있었는데, 그 크기는 모두 한결같았다. 그런데 이 자는 ‘각양각색’이란 표현을 쓸 정도로 크기에 차이가 있었다고 하지 않나.

“그렇다면…….”

장건이 다시 질문을 하려는 순간, 철문 반대편의 벽이 갑자기 스르륵 열리더니 세 인영이 그 안에서 모습을 드러냈다. 그들은 장건을 보더니 깜짝 놀라 외쳤다.

“네놈은 누구냐?”

장건은 아차 싶었다. 술법사를 심문하면서도 철문 쪽에 신경을 쓰고 있었지만, 설마 다른 출구가 또 있는지는 몰랐던 것이다.

장건은 즉시 몸을 돌리며 그들을 향해 팔을 휘돌렸다. 번천제룡환이 제룡섬의 형태로 튀어나가 경호성을 외치는 한 명의 목을 휘감았다.

“컥!”

단말마의 비명과 함께 제룡섬에 휘감긴 자의 목이 공중으로 치솟았다. 목 하나를 따고 계속 전진하던 제룡섬은 한 발 뒤에 서 있던 자의 팔에 휘감겨 전진을 멈추었다.

장건은 제룡섬을 막아낸 자가 실혼인임을 감지했다. 그는 무표정했지만 장건을 보는 눈은 초점이 잡혀 있었고, 거기에는 살기가 감돌았다.

그 외의 또 한 명은 장건이 잡고 있던 술법사와 같은 차림새의 사람이었다. 동료의 목이 떨어지는 것을 보고 놀라 자빠졌던 그는 실혼인이 제룡섬을 막아내자 기뻐하며 외쳤다.

"놈을 당장 쳐죽여라! 침입자를 해치워!"

실혼인은 즉시 몸을 날려 장건에게 덤벼들었다.

장건은 그가 입고 있는 옷의 색깔이 타는 듯이 붉은 것을 보고는 그와 다른 두 사내가 화의 방에서 온 것임을 직감했다. 수의 방에 있던 중소진 등 다섯 명의 실혼인이 물과 같은 푸른색 옷을 입고 있던 것으로 비추어 보면 알 수 있는 일이었다.

붉은 옷을 입은 화의 실혼인은 장건에게 다가들며 장력을 시전했다. 붉은 기운이 실린 막강한 내력이 장건에게로 뿜어져 들어왔다.

장건도 닥쳐드는 장력에 맞서 일장을 날렸다. 장력과 장력이 충돌하자, 실혼인이 떠밀려 바닥에 나뒹굴었다.

"저, 저런 수가……?"

실혼인의 조종자가 기겁을 하며 외쳤다. 설마 실혼인을 내공으로 압도하는 자가 있을 줄은 상상하지 못했던 것이다.

쓰러진 화의 실혼인은 큰 충격을 받지는 않은 듯 벌떡 일어섰다. 그리고 장건을 향해 다시 공격해 들어왔다.

그때였다. 장건의 등 뒤에서 법문을 외는 소리가 들렸다.

'저놈!'

장건은 목소리의 임자가 이때껏 붙잡고 있던 술법사임을 알아차렸다. 법문 소리는 석상처럼 굳어져 있던 수의 실혼인들을 일깨웠다. 그들의 초점 없는 눈에 생기가 돌기 시작했다.

술법사는 화의 실혼인을 상대하고 있는 장건을 가리키며 외쳤다.

"놈을 죽여라!"

중소진을 비롯한 수의 실혼인 세 명은 동시에 몸을 날려 장건을 향해 덤벼들었다.

그들의 손에서는 푸른빛의 장력이 일제히 뿜어져 나왔다. 장건은 가까이에서 덤벼드는 화의 실혼인을 탈영보로 따돌리고는 닥쳐오는 세 줄기의 장력을 향해 쌍장을 발출했다.

콰앙!

귀를 찢을 듯한 충돌음이 울리고 수의 방이 무너질 듯 흔들렸다. 중소진를 비롯한 세 명은 장건의 장력에 밀려 바닥으로 나뒹굴었다. 장건은 신형을 유지했지만, 실혼인 세 명의 장력을 한꺼번에 받자니 속에서 비릿한 내음이 목구멍으로 치솟는 것을 느꼈다. 오행조화 방에서 수행하기 전이라면 피를 뿜고 나뒹구는 것은 바로 자신이었을 것이다.

삐익—!

날카로운 호각 소리가 공간을 울렸다. 상황이 심각함을 감지한 조종자가 분 것이었다.

장건은 그를 향해 매섭게 몸을 날렸다. 화의 실혼인이 달려들었지만 금나수로 던져 버리고는 번천제룡환을 휘둘러 조종자를 처치해 버렸다.

조종자가 죽자 화의 실혼인은 움직임을 멈추었다. 그러나 술법사가 법문을 외자 다시 움직이기 시작했고, 수의 실혼인들과 보조를 맞추어 장건을 공격해 왔다.

장건은 제룡섬을 날려 술법사를 공격했지만 실혼인들이 그것을 차단했다.

다시 푸르고 붉은 장력이 들이닥쳤다. 장건은 두 개의 장력은 흘리고 두 개의 장력은 맞받아 쳤다.

장건의 장력에 떠밀린 두 명의 실혼인은 벽에 가서 처박혔다. 장건은 그 틈을 타 술법사를 향해 다시 몸을 날렸다. 그때 화의 실혼인이 들어왔던 통로에서 세 개의 인영이 튀어나와 장건의 배후를 공격했다. 호각 소리를 들은 지원군이 출동한 것이었다.

산을 뒤엎을 듯한 붉은 장력이 장건을 향해 덮쳐 왔다. 장건은 술법사를 향해 쏘아져 가던 몸을 뒤집어 쌍장을 날려 다가드는 장력과 맞섰다.

쾌릉!

장력과 장력이 충돌하며 엄청난 기류를 발생시켰다. 수의 방 내부에 있던 모든 자가 중심을 잃은 채 비틀거렸다. 가장 먼저 중심을 잡은 장건은 이대로는 안 되겠다고 판단하여 철문 밖으로 몸을 날렸다.

"놈을 잡아라!"

지원군을 이끌고 온 또 다른 조종자가 실혼인들을 독려했다. 중소진을 비롯한 실혼인 일곱은 장건의 뒤를 쫓았다. 그러나 경공술에 있어서도 장건이 한 수 위였기에, 장건은 곧 그들을 따돌리고 지하 광장까지 다다를 수 있었다.

그러나 지하 광장에도 그를 기다리고 있는 자들이 있었다. 다른 통로에서 실혼인을 이끌고 온 술법사들이 모여 있었던 것이다.

"침입자를 잡아라!"

금목토의 방에서 나온 것으로 짐작되는 십여 명의 실혼인이 포위망을 펼치고 있다가 일제히 장건을 향해 공격해 들어왔다. 천번지복할 위력의 장력들이 지하 광장을 난무하며 장건에게로 몰려들었다.

도저히 사람이 빠져나갈 수 없을 듯한 공세였지만 장건은 침착함을 잃지 않았다. 탈영보를 극성으로 시전하며 닥쳐드는 장력의 중심에서 몸을 비껴낸 뒤 쾌타십팔장(快打十八掌)이라는 비장의 절기를 펼쳤다.

파파파파파파팡!

섬전과도 같은 장력이 수유와 같은 순간에 열여덟 번 발출되었고, 포위망의 가장자리 쪽에 있던 여섯 명의 실혼인은 제각각 장력의 삼연격을 얻어맞고 오 장 밖으로 나뒹굴었다.

장건은 무너진 포위망의 틈으로 재빨리 몸을 던졌고, 쫓아오는 실혼인들을 뒤로한 채 광장 너머의 흑룡동 입구로 사라졌다.

그 광경을 똑똑히 보고 있던 실혼인의 조종자들은 벌린 입을 다물지 못했다. 실혼인 여섯 명을 일격에 쓰러뜨릴 수 있는 자가 세상에 존재하리라고는 상상도 하지 못했기 때문이다.

장건의 장력에 얻어맞고 쓰러진 실혼인들은 꾸물꾸물 몸을 일으키고 있었지만, 충격으로 몸이 상한 듯 중심을 가누지 못하고 비치적거렸다.

침묵이 흐른 후 조종자 중 책임자가 고개를 흔들며 말했다.

"당장 오행조화 방에 가서 반선을 모셔오게."

명을 받은 자가 두려운 빛으로 말했다.

"수련을 방해하면 화를 내실 텐데요."

"실혼인 열두 명의 포위망에서 벗어나 일격에 여섯 명을 쓰러뜨리고 도망간 괴물이 있다고 하면 한달음에 달려오실 게야. 물론 자네 말을 믿어줄지는 보장할 수 없지만."

제11장
장건, 복건성으로 가다

장건, 복건성으로 가다

　　　　　흑룡동을 빠져나온 장건은 당장 중소진을 구할 방도가 없다는 것을 깨달았다. 그를 정상으로 되돌리려면 요불반선을 붙잡아야 하는데, 그러려면 그 괴물 같은 실혼인과 다시 맞서야 한다.

아끼는 한 수 위의 경신술과 임기응변을 적절히 섞어 빠져나오긴 했지만, 직접 손을 나눠보니 아무리 공력이 크게 증진된 그라 해도 정면 승부로 실혼인 다섯 명을 견디기가 어려울 듯했다. 그러니 단독으로 반선을 생포한다는 것은 지금으로서는 불가능한 일이었다.

'세력을 모아서 다시 돌아오는 수밖에 없다. 오행조화 방에서 실혼인의 수련이 적어도 석 달 이상 걸린다고 했으니, 나에게 장소가 발각되었다고 해서 다른 곳으로 피신하거나 그러지는 않을 것이다. 경비는 좀 더 강화되겠지만.'

장건은 강호 출도 이후 지금껏 혼자서 모든 일을 처리해 왔다. 큰 도둑질을 하거나 할 때는 간혹 방수를 구하는 일이 있긴 했으나 대부분이 일회성이었다. 동업을 해온 서달룡은 정보에 관한 업무만을 협조한 것일 뿐 싸움에 임해서는 항상 혼자서 모든 것을 해결했고, 또 이겨왔다.

그러나 군룡회와 실혼인을 상대하는 일은 지금껏 그가 해왔던 도둑질과는 상궤를 달리하는 일이니, 방식을 달리할 필요성이 느껴졌다. 세력 대 세력으로 상대해야 할 적인지라 그 역시 새로운 세력을 구축해야만 했다.

장건은 밖으로 나와서 서달룡을 먼저 찾았다. 서달룡은 천의문을 벗어나며 장이회의 표식을 군데군데 남겨놓았기 때문에 둘은 쉽게 다시 만날 수 있었다.

장건은 서달룡에게 천의문과 흑룡동에서 겪었던 사건을 고하고, 자신의 생각을 이야기했다.

"세력을 모으겠다고? 으음, 장이회가 건재하다면 모를까, 당장 놈들을 상대할 세력을 어디서 끌어모을 수 있겠나?"

"군룡회는 최근 세력을 확장하면서 적을 많이 만들지 않았소? 그들과 적대하는 유력 방파만 해도 꽤 많은 것으로 아는데."

"그렇긴 하지. 당장 가까운 호북의 무당파만 해도 언제 둘이 붙을지 모를 형국이고, 또 섬서성의 패자인 철무림과도 앙숙이지. 영호세가와는 말할 것도 없이 불구대천의 원수이고. 그러나 문제는 이 세력들이 지리적으로 상당히 떨어져 있고, 또 서로 간에 경원시하는 문파라는 게 문제야. 두 문파만 공조한다 해도 충분히 군룡회를 칠 세력을 이룰 수 있을 텐데 말이지."

장건은 고개를 저었다.

"일단 무당파와 철무림은 제외합시다. 철무림은 군룡회 못지않게 수상한 냄새가 나는 놈들이고, 무당파는 다른 자들의 계략에 넘어간 것이긴 하지만 애꿎은 장이회를 건드렸으니, 동업하기 이전에 한 번 단단히 혼을 내주어야 하지 않겠소?"

장건의 말에 서달룡은 너털웃음을 터뜨렸다.

"크하하! 그렇지, 그놈들에게는 따로 갚아야 할 빚이 있지!"

장건도 엷게 웃으며 고개를 끄덕였다.

"자기들 스스로 잘못을 시인하지 않으면 내 나중에 단단히 손을 봐줄 작정이오. 어쨌거나 그 둘을 빼면 남는 것이 영호세가인데, 마침 그 가문의 외동딸인 영호선이 계열 세력을 이끌고 강서성으로 서문세가를 도우러 간 상태요. 아마 지금쯤 거기에 도착했을 거요. 서 노사가 그곳으로 가 함께 군룡회를 치자고 구슬려 보시오."

서달룡은 미간을 찌푸리며 대꾸했다.

"영호세가와 서문세가라면 군룡회에 이를 갈고 있는 가문들이니 심정적으로야 내 말을 듣고 싶겠지만… 서문세가는 지금 전력이 크게 약화된 상황이 아닌가? 게다가 영호 소저가 끌고 온 자들이 영호세가의 정예도 아닌 계열 세력이라면 그다지 강한 전력도 아닐 테고. 그들과 우리만 가지고서 군룡회를 치기는 무리일 텐데?"

"그들과 공조할 것이 우리뿐만은 아니오. 한 군데 더 끌어올 세력이 있으니까."

"그게 어딘가, 대체?"

장건은 짤막하게 대답했다.

"성검회."

"성검회라고? 그자들을 무슨 수로 끌어들인단 말인가?"

장건은 싱긋 웃으며 말했다.

"내가 이번에 입회 시험을 치르러 가지 않소? 거기의 십대검객이 한 번 돼볼 작정이오."

장건은 형문산이 있는 호북에서 출발하여 호광과 강서성을 가로질러 복건성의 초입에 들어섰다.

복건성으로 들어서는 관문을 통과하자 객잔과 주루가 즐비한 지역이 나왔다. 여행객들이 쉬어 가는 장소였다.

장건은 그중 하나의 객잔을 찾아 안으로 들어갔다. 그 객잔은 초청장에 기재된 장소였다. 그곳에서 장건은 성검회의 접선자를 만나기로 되어 있었다.

커다란 객잔 안에는 사람들로 가득 차 있었다. 복건성을 왕래하는 상인들, 표사들, 그 밖의 외지인들이 마구 뒤섞여 저마다 탁자를 차지한 채 자기 지방의 말씨를 써가며 왁자지껄하게 떠들고 있었다.

다행히 구석에 빈자리 하나가 남아 있었다. 장건은 거기로 가서 앉았고, 곧 차가 대령되었다. 그는 찻잔을 들지 않고 팔짱을 낀 채 잠시 생각에 잠겼다.

본래 그가 이번 성검회 입회 시험에 참여한 가장 큰 이유는 혹시 시험에 참여할지 모를 영호진과 당진랑을 해한 흉수를 찾기 위함이었다. 그러나 여기 오기 직전 한 가지 이유가 더 늘어났다. 중소진이 잡혀 있는 흑룡동과 형문산을 점거하고 있는 군룡회를 치기 위해 장건은 세력이 필요했고, 그 세력은 성검회에서 얻을 수가 있었다.

'팔차 시험을 통과하면 십대검객에 속하게 되어 회의 십분지 일의

전력을 언제든 사용할 수 있다고 했지.'

성검회는 진검성의 전성기 때에 '전력의 오 할'이라 평가받는 강력한 힘을 소유한 단체였다. 만일 지금까지도 그때의 힘을 고스란히 유지하고 있다면, 당금 천하제일세력이라 해도 과한 평가가 아니었다. 그중의 십분지 일의 전력을 끌어낼 수 있다면 장건에겐 상당한 힘이 될 수 있을 것이었다.

그때 누군가가 다가와 말을 걸어 그의 상념을 깨뜨렸다.

"형장, 검이 참 좋구려."

장건은 눈을 들어 말을 건 자를 쳐다보았다.

사십 정도 되었을까, 한눈에 보아도 무인임을 알 수 있는 자였다. 허리에 차여 있는 장검, 잘 벼린 칼과 같이 날카로운 눈매, 단단한 체구. 무인 중에서도 고수 축에 끼일 만한 분위기를 풍기고 있는 사내였다.

장건은 슬쩍 목례를 하며 대꾸했다.

"칭찬 고맙소."

지금 그의 허리에는 이검이 차여져 있었다. 그는 철무림으로 갈 당시, 잊어버릴까 두려워 이검을 다른 곳에 맡겨놓고 갔었다. 그랬다가 이곳으로 오는 길에 다시 찾아온 것이었다.

장건은 서문세가에서 이검을 빌릴 당시 두 개의 검집을 받았다. 하나는 본래 이검의 검집인 평범한 가죽 검집, 그리고 또 하나는 서문세가에서 나중에 만든 거라는 보석이 화려하게 치장된 검집이었다.

장건은 접선자의 눈에 잘 띄게 하기 위해 화려하게 치장된 검집을 가져온 터였다. 그의 현 신분이 개봉 지부대인의 이공자이기에 고려한 선택이기도 했다.

사내는 그 화려한 검집을 보고서 칭찬을 한 것이었다.

장건은 고맙다는 응대를 하고서는 더 할 말이 없다는 듯한 태도로 차를 들이켰지만, 사내는 갈 생각이 없는지 그에게 계속 말을 걸었다.

"형장은 어느 곳에서 오는 길이오?"

"하남에서 왔소이다."

하남이란 말에 사내의 눈이 반짝였다.

"혹시 개봉에서 오시지 않았소?"

"그걸 어떻게 아시오?"

"아하, 역시 맞구려. 형장이 바로 용봉지회 비무대회의 우승자인 이천휘 소협이신가 보군?"

장건은 자신의 정체를 정확히 알고 있는 사내를 응시했다.

"그러는 협사는 뉘시오?"

사내는 아차, 하는 표정으로 포권을 취했다.

"이거 내 소개가 늦었구려. 난 성검회 입회 시험의 감독관을 맡고 있는 고혁이라 하오."

뜻밖에도 그가 바로 장건이 기다리던 사람이었다. 장건은 일어서서 마주 포권을 취했다.

"이거, 미처 몰라 뵈었소이다. 이천휘라고 하오."

"껄껄, 명성은 익히 들었소."

고혁은 웃으며 장건과 마주 앉았다.

"먼길 오시느라 고생이 많았소. 시험은 내일부터이니 일단 오늘은 푹 쉬시길 바라겠소. 우선 기본적인 확인 절차를 좀 거쳐야 하는데…… 호패와 노인, 그리고 초청장을 보여주시겠소?"

장건은 선선히 그가 원하는 것을 건네주었다.

고혁은 꼼꼼히 그것들을 살피고는 호패와 노인은 돌려주고 초청장을 잘 접어 자신의 품속에 집어넣었다.

"명확히 확인했소. 복건성에 오신 기념으로 오늘 저녁은 내가 사리다."

그는 점소이를 불러 객잔에서 가장 비싼 음식과 술을 시켜주었다.

장건은 그와 함께 맛있게 식사를 했다.

식사를 마친 후 고혁은 자리를 털고 일어났다.

"먼길 오느라 피곤하실 텐데, 일찍 객방으로 올라가서 쉬시길 바라겠소. 숙박비는 내 이름으로 미리 치러놓을 터이니 걱정하지 마시고. 그럼 내일 아침에 다시 뵙겠소."

장건은 객잔을 나서는 그를 배웅하러 문밖까지 나갔다 들어왔다.

객잔 안으로 들어온 장건은 고혁이 잡아준 객방으로 올라가려다가 술이 아직 남았음을 기억하고는 다시 자리에 가 앉았다.

그가 술을 홀짝거리고 있을 때 한 사내가 그의 자리로 다가왔다.

그는 장건의 허락도 받지 않고 맞은편 자리에 털썩 앉았다.

장건은 의아한 눈으로 불청객을 바라보았다.

불청객은 삼십대 초반으로 보이는 청년이었는데, 일견하기에도 대단한 미남이었다. 디만 눈빛이 다소 허무하게 느껴지는 것이 옥에 티로 느껴졌다.

장건은 그의 낯이 어딘가 모르게 눈에 익다는 것을 느꼈다.

청년은 허락도 받지 않고 자리에 앉았음에도 장건이 아무 말이 없자 답답한 듯 먼저 말을 건넸다.

"당신, 대체 정신이 있는 사람이오?"

뚱딴지같은 말에 장건은 의아한 표정을 지었다.

"무슨 뜻으로 하는 말이오?"

청년은 장건을 안쓰럽게 바라보며 말했다.

"당신, 성검회 입회 시험 때문에 여기를 방문한 것 맞지요?"

"그렇소만."

"그럼 가지고 있는 초대장이 얼마나 중요한 물건인지 알고 있을 것 아니오?"

"음, 중요한 물건이긴 하겠소만… 그게 어쨌다는 거요?"

청년은 답답한 표정으로 말을 이었다.

"물정을 몰라도 너무 모르는 양반이로군. 이 관문 근처의 객잔들은 성검회 입회 시험자들이 감독관들과 주로 접선하는 장소들이오. 그러다 보니 초대장을 노리는 무리들이 등장하여 감독관인 양 행세하며 아무것도 모르는 응시자들을 속여 초대장을 빼앗는 일이 빈번하게 일어나고 있소. 그런데 당신은 저자의 신분도 제대로 확인하지 않고 초대장을 건네준단 말이오?"

"내가 건네준 것은 초청장이요, 초대장이 아니고."

장건의 대꾸에 청년은 어처구니없는 듯 헛웃음을 흘렸다.

"점입가경이로군. 초청장이라면 사차 시험까지 면제해 주고, 한 번의 실패를 만회할 수 있는 지극히 귀한 물건이 아닌가. 그렇게 귀중한 것을 어찌 상대를 확인조차 하지 않고 넙죽 넘겨준단 말이오?"

장건은 의아한 표정으로 반문했다.

"성검회 시험에 응시하는 초대장이나 초청장이 무에 그리 쓸모가 있는 물건이라고 그걸 빼앗아 가는 무리가 있단 말이오?"

"쓸모가 있지요. 강호에 몸담고 있는 무인이라면 누구라도 군침을 흘릴 만큼 쓸모가 있는 물건들이라오. 형장도 알겠지만, 성검회는 근 삼십 년간 강호를 재패한 진검성의 밑바탕이 된 단체요. 그 말인즉, 성검회에는 강호를 뒤흔들 수 있는 힘이 깃들어 있다는 말이오. 그 힘은 바로 성검회의 회원이 된 자가 배우고 익히는 절정의 무공에서 발휘되는 것이니, 강호에 몸담고 있는 누구든 성검회에 들어가고자 하는 간절한 소망을 품지 않을 수 없는 것이오. 그런데 성검회는 아무나 회원으로 받지 않소. 단순히 일차 시험을 응시할 수 있는 자격이 주어지는 초대장만 해도 전국 각지의 내로라하는 검객들이나, 무공의 재능이 발군이라 소문난 영재들에게만 발송이 된다오. 그러니 기회를 얻지 못한 다른 무인들이 초대장에 욕심을 낼 수밖에 없는 것이고, 초청장이라면 더 말할 것도 없게 되는 것이오. 여기서 횡행하는 사기꾼 무리들은 성검회 입회 시험 때 이 객잔 거리에 나타나 어슬렁거리다가 눈에 띄는 순진한 응시자들을 속여 감독관입네 하며 초대장을 빼앗은 후, 그걸 욕심내는 무인들에게 비싼 값에 넘기는 행태를 반복하고 있소. 이제 내가 왜 당신을 책하는지 알겠소?"

청년의 말은 장건이 그러한 사기꾼에 걸렸을 가능성을 지적하는 것이었다. 그러나 장건은 잠시 생각하다가 다른 말을 꺼냈다.

"나야말로 좀 이해가 가지 않는군. 성검회에서 애초에 여러 객잔 등지에서 개별적으로 접선을 하지 말고, 큰 객잔을 하나 임대하듯지 하여 그곳에서 응시자들을 일률적으로 받으면 당신이 우려하는 사고가 벌어지지 않을 것 아니오? 한데 왜 개별적으로 따로따로 접선을 하여 사고를 야기하는 거요?"

장건이 자신의 지적에는 아무 반응도 하지 않고 엉뚱한 소리를 하자 청년은 약이 오른 표정으로 대꾸했다.

"그건 형장이 아무것도 모르기 때문에 하는 소리요. 성검회의 시험은 접선자를 만나는 것에서부터 이미 시작된 것이오. 형장의 초청장에도 써 있었을 것 아니오? 복건성에 들어서는 순간, 이미 시험은 시작된다고. 그때부터는 단 한 자루의 검에만 절대적으로 의지하며 언제 들이닥칠지 모르는 시험에 대비해야 한다고 말이오. 감독관과 접선을 하는 것부터가 첫 번째 시험인 셈인데, 형장의 초청장을 가져간 자가 감독관이 아니라면 형장은 벌써 시험에 떨어진 셈이 되는 것 아니겠소?"

장건은 청년의 말에 고개를 끄덕거리더니 다시 술을 들이켰다.

수차례 지적에도 그가 조금도 동요하는 빛을 보이지 않자 청년은 화까지 치미는 듯 달아오른 얼굴이 되어 말했다.

"이보시오. 형장은 그자가 사기꾼이고, 초청장을 훔쳐 갔을 거란 생각은 전혀 들지 않소? 지금이라도 쫓아가서 신분을 확인하는 것이 옳다는 생각이 전혀 안 드오?"

장건은 엷은 웃음기를 입가에 띤 채 대꾸했다.

"그자는 다시 돌아올 터이니 굳이 쫓아갈 필요가 뭐 있겠소?"

그의 대답에 청년은 멍한 표정을 지었다.

"그가 다시 돌아올 거라고? 어째서 그렇게 생각하시오? 도둑이 자신의 범행 장소에 다시 올 까닭이 없지 않소?"

장건은 술잔을 들어올리며 말했다.

"두고 보면 알게 될 거요. 그자는 아마 창밖의 저녁 노을이 다 지기 전에 다시 저 문을 열고 들어오게 될 거요. 그리고 나를 찾겠지."

그의 말이 끝나기가 무섭게 객잔의 문이 벌컥 열렸다. 그러더니 객잔을 떴던 고혁이 다시 들어왔다. 그는 동료인 듯 보이는 자들과 함께 들어왔는데, 얼굴에는 당황한 빛이 가득했다.

고혁은 구석 자리에 앉아 있는 장건을 보더니 반색을 하며 다가왔다.

"이 소협, 아직 자리에 있었구려."

그는 뭐라 더 말하려다 말고 장건의 앞에 앉아 있는 청년을 힐끔거렸다.

"한데 이분은?"

장건이 대답했다.

"모르는 사람이오."

청년은 잠시 황망한 표정을 지었지만 곧 자리를 털고 일어났다.

"내가 있어서 방해되나 본데 편히 말씀들 나누시오."

그는 멀리 가지 않고 가까운 빈 탁자로 가서 앉았다.

고혁은 청년이 물러가자 그 자리에 털썩 앉더니 의자 주변을 샅샅이 살폈다.

장건은 엷은 미소를 띤 채 그를 보다가 물었다.

"뭘 잊어버렸나 보오?"

고혁은 탁자 밑에 처박고 있던 고개를 들고는 어색한 웃음을 흘리며 말했다.

"하하! 이 소협, 아까 내가 소협에게 받았던 초청장 말이오."

"초청장이오? 그게 왜요?"

"혹시나 해서 말인데, 호패와 노인을 소협에게 돌려줄 때 거기 껴서 같이 돌려준 게 아닌가 해서 말이오."

장건은 어깨를 으쓱하며 말했다.

"그럴 리가 있습니까. 초청장은 고 협사가 잘 접어서 품속에 갈무리하는 것을 내 눈으로 봤는데. 설마 내가 건넨 초청장을 잃어버리신 것이오?"

"그러니까 그것이… 분명 어디 흘렸을 리는 없는데 말이오. 아무리 찾아도 보이질 않소."

장건은 아무렇지도 않은 얼굴로 말했다.

"뭐, 그깟 초청장쯤 없어졌다고 해도 내가 협사에게 그것을 이미 건 넸고, 협사는 초청장과 더불어 내 신분까지 확인했으니 그걸로 된 것 아니오? 더 이상 초청장이 필요할 게 뭐가 있겠소?"

고혁은 땀을 뻘뻘 흘리며 말했다.

"물론 내가 확인한 바가 있으니 별문제 될 것은 없소. 그러나 고위 층에도 건네받은 초청장을 올려야 하고… 또 여러 가지 절차가 남아 있으니, 그것을 잃어버리면 내가 곤란하오. 그러니 소협도 다시 한 번 찾아봐 주시오. 아까 내가 건넨 호패 등에 행여 초청장이 끼어 있었던 것은 아닌지……."

"글쎄, 그럴 리야 있겠소. 내가 분명……."

품속을 뒤져 호패와 노인을 꺼내 뒤적이던 장건은 돌연 하던 말을 멈추었다.

"어라? 이게 언제 여기 들어가 있었지?"

그가 호패와 노인 사이에서 끄집어낸 것은 분명 고혁에게 건네주었 던 초청장이었다.

고혁은 죽다 살아난 얼굴로 외쳤다.

"것 보시오! 내가 분명 소협이 가지고 있을 거라 하지 않았소! 아까 호패 건네줄 때 끼어들어 간 모양이오. 어서 다시 주시오."

그러나 장건은 들고 있는 초청장을 그에게 내밀지 않았다. 오히려 잘 접더니 다시 품속으로 넣는 것이었다.

고혁은 의아한 얼굴로 그를 채근했다.

"이 소협, 시간이 없소. 난 다른 곳에 들러야 하니 어서 초청장을 건 네주시오!"

장건은 싱긋 웃으며 고개를 저었다.

"미안하지만 그렇게는 못하겠소. 이건 나중에 시험장에 들어갈 때 내리다."

"무슨 소릴 하는 거요? 감독관의 지시에 거역한다면 시험에 응시하기도 전에 탈락할 수도 있소!"

고혁은 얼굴이 벌게져서는 외쳤다.

장건은 유들유들하게 말을 이었다.

"실은 고 협사가 나갔다 오는 동안 저쪽에 있는 형씨에게 재미있는 얘기를 들었소. 성검회 입회 시험이 열릴 때 이 지역 객잔에 유독 초대장을 노리는 사기꾼들이 횡행한다는 말이었소. 그래서 시험 감독관이라고 하는 자가 있어도 절대 함부로 초청장을 건네면 안 된다고 신신당부하더군. 그 얘길 들었을 때만 해도 나야 이미 고 협사를 만나 초청장을 건네준 상태였으니, 이미 배 떠난 뒤의 얘기인지라 한 귀로 듣고 한 귀로 흘려보냈지요. 한데 지금 보니 초청장은 여전히 내 품 안에 있는 게 아니겠소? 이러고 보니 흘려보냈던 이야기가 다시 귓속으로 들어와 경종을 울리더란 말이지요."

고혁은 화를 벌컥 냈다.

"아니, 그럼 내가 사기꾼이란 거요, 뭐요?"

"그런 말 한 적은 없소. 다만 재차 삼차 확인해서 모자랄 것은 없단 말이지요. 일단 고 협사가 시험 감독관이란 증거가 있으면 보여주시오."

고혁의 얼굴에 당황한 빛이 스쳤다.

"그, 그런 것은 없소. 본 회의 신분은 오로지 검으로 대변될 뿐, 다른 증표는 필요치 않소."

"거참, 멋진 말이구려. 그렇지만 결국 딱히 증명할 바가 없단 말도 되는구려. 역시 내일 시험장에 가서 모든 것을 확인한 후 초청장을 건네주겠소이다."

고혁은 탁자를 쾅! 소리나게 내려쳤다.

"이 소협, 정말 이런 식으로 나올 거요? 감독관을 능멸하고도 시험에 붙을 수 있을 것 같나?"

"글쎄, 감독관임을 증명해 보시라니까 그러네. 그렇게 해주면 당장이라도 초청장을 내드리리다."

장건이 끝까지 버티자 고혁의 얼굴은 활활 타는 장작처럼 시뻘게졌고, 근처 탁자에 앉은 청년은 재미있다는 듯 이 광경을 주시했다.

고혁은 훅, 하는 호흡을 내뱉고는 다시 입을 열었다. 그런데 그의 말씨가 갑자기 거칠어졌다.

"애송이가 좋게 좋게 말할 때 말을 안 듣고 결국 벌주를 택하는구나. 죽고 싶지 않으면 당장 초청장을 내놓아라!"

장건은 피식 웃었다.

"내 정체가 이천휘라는 것을 알면서 그런 협박을 하는 건가? 당신이 용봉지회 우승자를 꺾을 무공이 있다는 건가, 고 협사?"

고혁은 흉소를 흘렸다.

"후후후후, 물론 네놈이 제법 강하다는 것은 알고 있다. 그래, 저기 있는 훼방꾼 놈이 네놈에게 귀띔한 말이 정확하다. 난 초청장을 노리는 사기꾼이다. 그러나 근처 객잔을 돌아다니는 어중이떠중이와는 질적으로 수준이 다른, 손이 큰 사기꾼이지. 그렇기에 네놈의 초청장을 노린 것이다. 네놈이 강하기는 하겠지만, 충분히 그에 대한 대비책을 세워놓았기에 네놈을 속이는 것에 망설임이 없었다."

"대비책? 무슨 대단한 대비책을 세워놓았기에?"

"흐흐흐, 이천휘, 당장 네 몸속의 내공을 운기해 보면 알 수 있을 게다. 아마 장이 끊어질 듯이 아파올 거야. 내가 네놈에게 아까 사주었던 음식! 그 안에는 극독이 숨겨져 있었다. 원래 한 시진쯤 지나서 발동하는 게 정상인 독이지만, 네놈은 술까지 처먹었으니 효험이 훨씬 빨리 나타날걸?"

독을 투여했다는 말에 근처 탁자에서 재미있다는 표정으로 둘의 대화를 지켜보던 청년의 안색이 조금 변했다.

그러나 장건의 입가에 걸린 미소는 전혀 사라질 기미가 보이지 않았다. 그는 침착하게 입을 열었다.

"내가 독을 복용했기 때문에 날 이길 수 있다, 이 말인가?"

"크크크, 물론이다. 당장은 고통을 크게 못 느낄 테지만 공력을 운기하기라도 하면 창자가 끊어지는 고통을 맛보며 쓰러지고 말 것이다. 초청장을 내놓고 싹싹 빌지 않으면 운기를 하지 않아도 세 시진 내로 죽게 된다. 지금 내 말을 듣는다면 치료는 시켜주도록 하지."

장건은 다시 한 번 피식 웃었다.

"너 같은 머저리의 말은 절대 듣고 싶지가 않구나. 행여 창자가 끊어져 죽는 한이 있어도 말이다."

"멍청한 놈, 끝내 권주를 마다하고 벌주를 고집하는구나."

고혁은 검을 빼 들고 벌떡 일어섰다.

"복잡하게 할 것 없이 네놈의 목을 치면 끝나는 일이다. 웬만하면 초청장에 피를 묻히지 않으려 했는데, 네놈이 쓸데없는 고집을 피우니 별수없구나. 저승에 가서 나를 원망하진 말거라. 쳐라!"

그의 말이 떨어지기가 무섭게 근처에서 서성이던 그의 동료들이 일제히 칼을 빼 들고 장건에게로 달려들었다. 세 개의 칼이 동시에 장건의 몸으로 파고들었다.

순간 장건의 몸에서 이검이 뽑혀져 나왔고, 휘황한 광채가 세 번 번쩍였다.

칼을 움켜쥔 세 개의 칼이 공중으로 치솟았고, 외팔이가 된 세 명의 사내가 바닥을 뒹굴었다.

"이, 이놈이?"

고혁이 놀란 숨을 토해내며 장건에게로 달려들었다. 그의 검이 날카롭게 장건의 심장으로 파고들었다. 세 동료보다는 훨씬 빼어난 솜씨였으나 장건의 눈에는 거기서 거기였다.

쨍강!

다시 광채가 번득이고, 고혁의 검은 그것을 움켜쥔 손과 함께 객잔 벽까지 날아가 처박혔다.

고혁은 피가 철철 흐르는 팔목을 부여잡은 채 무릎을 꿇고는 믿을 수 없다는 듯 외쳤다.

"이, 이게 대체 어떻게 된 일이지? 극독을 먹지 않았나?"

장건이 고혁의 의문을 풀어주었다.

"맛을 보긴 했다. 그러나 이내 무슨 독인지 알아채고 체내로 빼내버렸지. 네놈은 큰 실수를 했다. 독을 쓸 때는 사람을 알아보고 써야 하거늘."

장건은 말하다 말고 아쉬운 듯 혀를 찼다. 본래 이런 놈에게 뜨거운 맛을 보여주려면 더 지독한 독을 써서 고생을 시켜야 하는데, 성검회 입회 시험의 규정상 검을 제외한 모든 병장기를 가져오는 것은 금지된 상황이었다. 그래서 들고 있는 이검 외에는 독과 암기, 연혼갑을 비롯한 호수구, 제석천 등 어떤 무기도 소지하고 있지 않은 것이 지금 그의 상태였다.

그러는 사이 그의 눈치를 보던 고혁이 돌연 몸을 일으켜 냅다 객잔 밖을 향해 뛰어갔다. 쓰러진 동료고 뭐고 다 잊어버린 채 혼자만 살기 위해 줄행랑을 치는 것이었다.

그러나 그의 발걸음은 얼마 못 가 멈춰졌다. 그가 좀 전에 장건과 마주했던 청년이 앉아 있는 탁자를 스쳐 지나는 순간, 뽑혀져 나온 청년의 검이 그의 목을 정확히 갈라 버렸기 때문이다.

두 개로 나누어진 고혁의 육체가 객잔 바닥으로 떨어져 내렸고, 청년은 언제 뺐었는지도 모를 검을 천천히 검집에 집어넣었다.

'대단한 실력이군!'

장건은 내심 청년의 검술에 감탄했다. 그의 눈에도 확연히 보이지 않을 정도의 쾌검이었다. 발검에서부터 베어 넘기는 동작이 군더더기 없이 너무도 깨끗했고, 베어낸 검신에는 전혀 피가 묻어 있지 않았다. 단 일 수의 초식을 보았을 뿐이지만 그가 대단한 고수라는 것을 체감할 수 있었다.

고혁을 처치한 청년은 장건에게로 다가왔다.

"실력이 내단하시구려."

장건이 칭찬하자 청년은 피식 웃으며 말했다.

"그러는 형장이야말로 제법이더군. 세 놈의 팔을 일수에 잘라 버리는 재주는 아무나 부릴 수 있는 것이 아니지요."

청년이 장건에게 자리를 옮겨 술 한잔하자 했고, 장건은 흔쾌히 응했다.

둘은 번잡한 일층을 피해 이층으로 자리를 옮겼다. 청년은 장건에게 술을 따라주며 말했다.

"이렇게 만난 것도 인연인데 통성명이나 합시다. 난 반강우라 하오."

반강우라는 말에 장건의 눈이 잠시 반짝였다. 청년의 낯익은 얼굴과 이름에서 어떤 사람을 연상할 수 있었기 때문이다.

장건은 잠자코 그의 인사에 응대를 했다.

"반 형이었구려. 난 이천휘라 하오."

"알고 있소, 이미."

반강우는 씨익 웃으며 말했다.

"어떻게 날 아시오?"

"이 객잔에서 당신을 기다리고 있었기 때문이지."

뜻밖의 말이었지만 장건은 무덤덤한 표정으로 대꾸했다.

"여기서 날 기다릴 사람이라고는 한 명뿐인데, 그럼 당신이 성검회의 시험 감독관이란 말이군?"

"그렇소. 내가 바로 당신의 담당자요."

"아, 그랬구려."

반강우는 장건이 조금도 놀란 표정을 짓지 않자 미묘한 기색을 띤 채 물었다.

"이 형은 내가 담당자라는 게 놀랍지 않은 모양이오?"

"어느 정도 짐작은 하고 있었소. 아까 당신이 말하는 것과 당신의 검술을 보고서."

반강우는 실망한 표정으로 툴툴거렸다.

"정말 재미없군. 당신 같은 사람이 난 딱 질색이오. 애송이가 온다기에 정체를 숨기고 좀 놀려먹으려 했는데, 직접 만나보니 구렁이가 뱃속에 열 마리는 들어앉아 있는 자로군. 저 고혁이란 자가 사기꾼이란 것도 처음부터 간파했겠지?"

장건은 싱긋 웃으며 술잔을 기울였다.

반강우는 툴툴거리며 재미없다는 말을 몇 번씩 되풀이했다. 장건을 골려먹지 못한 것이 적잖이 억울한 모양이었다.

장건은 그런 그를 보며 물었다.

"그저 골려먹으려고 내가 고혁의 무리에게 당하는 것을 모른 척했던 거요?"

반강우는 피식 웃으며 말했다.

"약간은 그런 것도 있었지만 그게 다는 아니오. 앞서 말했듯이, 당신이 복건성에 들어왔을 때부터 이미 시험은 시작된 거요. 나를 만나는 것 또한 시험의 일부이고."

"그런 것도 시험인가?"

"물론. 당신의 판단력과 사람을 보는 안목을 평가할 수 있기 때문이지."

"그것참, 희한하구려. 성검회면 검만 잘 쓰면 만사형통일 줄 알았건만."

"이 정도는 약과라고 생각하시오. 앞으로의 시험에서는 더 더욱 예상치 못한 문제들이 닥칠 테니까."

반강우는 막잔이라며 술을 한 잔 들이키고는 말했다.

"어쨌든 첫 번째 시험에 통과한 것을 축하하오. 아니, 당신은 초청장이 있으니 오차 시험을 통과한 거겠군."

장건은 의아한 표정으로 물었다.

"설마 둘이 만나는 것만으로 첫 번째 시험이 끝나는 거요?"

반강우는 고개를 저었다.

"그렇지는 않소. 만나는 것도 시험의 일부이긴 하지만 오차 시험의

주(主)는 무공 실력이오. 개별 감독관이 직접 응시자와 몇 수를 겨뤄보고 판단을 하는 절차가 있는데, 아까 당신이 고혁 무리와 싸우는 것을 보고 충분히 실력을 알아본 터라 굳이 그런 번거로운 짓을 할 필요는 없을 듯하오. 오차는 무조건 통과요!"

그는 더 이상 왈가왈부하는 것이 귀찮은 듯 손을 휘휘 저었다.

"알겠소. 그럼 육차 시험은 언제, 어디서 하는 것이오?"

반강우는 대답하지 않고 잠시 팔짱을 끼고 생각에 잠겼다. 그러더니 돌연 히죽 웃으며 말하는 것이었다.

"육차 시험은 장소를 좀 먼 곳으로 옮겨야 할 거요. 내일 아침 일찍 출발하는 게 좋겠소."

"어딜 가는 거요?"

"여기에서 정동으로 백오십 리쯤 가면 교연촌이란 마을이 나오게 되오. 촌락이긴 하나 차 재배를 하는 곳이라 마을 규모가 상당하니 찾기 어렵지 않을 거요."

"당신은 가지 않소?"

"내 볼일은 여기서 끝이오. 아무튼 적어도 이틀 안에는 그곳에 도착해야 하오."

"알겠소. 그곳에 가서 내가 뭘 해야 하는 거요?"

반강우는 입가에 짓궂은 미소가 걸렸다.

"그 마을 제일가는 미녀의 마음을 얻어야 하오. 그것이 바로 육차 시험 과제요."

제12장
장건, 미녀의 환심을 사다

장건, 미녀의 환심을 사다

　　　　　교연촌은 구릉이 많은 복건성 북부의 지리
적 특성과 잘 부합하는 지형을 갖추고 있었다. 마을 주변으로 굽이진
구릉에는 계단식으로 이루어진 푸른 차밭이 가득 펼쳐져 있었고, 그 뒤
로 멀리 보이는 뒷산에도 능선 곳곳에 일구어진 차밭이 눈에 들어왔다.

　마을은 촌락치고는 비교적 번듯하게 시어진 집들이 널찍널찍한 간
격을 두고 배치되어 있었다.

　장건은 늦은 오후의 따스한 햇살을 받으며 터벅터벅 걸어 마을 안으
로 들어섰다.

　여기서 치러야 할 성검회의 육차 시험은 마을 제일 미녀의 환심을
사야 한다는 것이었다. 웬만한 일에는 눈도 깜짝하지 않는 장건이었지
만, 반강우에게서 이 시험에 대한 얘기를 처음 들었을 때는 황당한 표
정을 짓지 않을 수 없었다. 여자의 마음을 얻는 것이 검파의 시험 종목

에 들어가다니! 대체 검술의 완성이 연애질과 무슨 연관이 있단 말인가?

얘기를 듣고 적잖이 당황한 장건이었지만, 그는 곧 평정심을 되찾았다. 오차 시험 때의 괴이한 경험에 비추어볼 때 육차 시험 역시 황당해 보이는 문제의 내면에 또 다른 의미가 숨어 있을 거라는 생각이 들었기 때문이다. 그 의미를 찾고 또 미녀의 마음을 얻을 수 있어야만 비로소 시험을 통과할 수 있을 듯했다.

'그런데 나 말고 다른 자들도 모두 육차 시험이 이렇게 치러지지는 않겠지 설마?'

장건은 왠지 시험이 기괴하게 전개되는 것이 시험 감독관인 반강우의 독특한 취향인 듯한 느낌이 들었다.

'그 반강우라는 자… 절정일검 반설우와 분명 무슨 연관이 있는 듯한데……'

반강우를 처음 보았을 때 낯이 익다 싶은 느낌이 들었고, 그의 이름을 들었을 때 반설우와 어떤 연관이 있으리란 생각이 들었다. 그래서 헤어지기 전 반설우와 무슨 관계냐고 묻기도 했다. 반강우는 반설우란 이름을 듣자 허무한 표정을 지을 뿐 별다른 대답을 하지 않았다.

이런 저런 생각을 하며 마을로 들어서던 장건은 마을 안쪽에서 가마니를 하나 어깨에 지고 걸어오는 노인과 마주쳤다.

노인은 검을 찬 외지인이 걸어오고 있음에도 별다른 경계의 빛을 보이지 않았다.

장건은 잘됐다 싶어 노인을 불러 세웠다.

"저, 노인장."

노인은 장건의 부름을 들었는지 걸음을 멈추었다. 그러자 무거운 가마니의 중심을 다시 잡기 어려운 듯 비틀거렸다.

장건은 얼른 다가가 가마니를 넘겨받았다.

"이리 주시죠. 제가 가는 곳까지 옮겨다 드리겠습니다."

"아이구, 이거 고맙군 그래."

노인은 반색을 했다.

둘은 노인이 가고 있는 마을 외곽 창고까지 가며 이런 저런 이야기를 나누었다.

"보아하니 외지인 같은데, 이런 벽지에는 어인 일인가?"

"세상 구경을 하고자 이곳저곳을 떠돌고 있는 중입니다."

"허허, 거 좋은 때로군."

장건은 노인의 눈치를 보다가 물었다.

"그런데 노인장, 듣자 하니 이 마을에 대단한 미녀가 살고 있다고 하던데, 누군지 혹시 아십니까?"

노인은 눈을 동그랗게 뜨더니 이내 너털웃음을 터뜨렸다.

"허허허, 젊은 친구가 아주 맹랑하구먼. 아서게. 어디서 소문을 듣고 왔는지는 몰라도 정 대랑(鄭大娘)을 넘보기에는 자넨 아직 어리네."

"정 대랑이요?"

장건은 정 대랑이란 여인이 문제의 여성임을 직감했다.

"정 대랑이 누굽니까? 이 마을에 미인이 있다는 귀동냥만을 듣고 온지라 자세히는 몰라서 묻는 겁니다."

노인은 껄껄 웃으며 말했다.

"정 대랑은 대단한 여자지. 그 미모는 이 마을 아니라 복건성을 통틀어도 감히 겨룰 자가 없을뿐더러, 지모와 학식 또한 뛰어나 재색을 겸비했으며, 장사 수완까지 좋아 마을을 먹여 살리고 있으니 얼마나 대단한 여걸인가. 마을의 사내 수십 놈을 끌어 모아도 정 대랑 하나와 비견하지 못하는 터인데, 새파란 자네가 언감생심 넘볼 여자는 아닐세."

"호오, 그런 여장부가 있었군요."

장건은 알겠다는 듯 고개를 끄덕였다. 역시 이번 시험은 단순히 미인의 환심을 사는 행위와는 거리가 먼 듯했다. 능력이 뛰어나고 재색을 겸비했다고 하는 정 대랑의 마음을 얻으려면 모르긴 몰라도 상당한 재간을 발휘해야 할 모양이었다.

그러는 사이 둘은 창고에 도착했다. 창고 안에는 차 가마니가 가득 쌓여 있었다.

"수확물이 굉장히 많군요. 풍년인가 봅니다."

"풍년이긴 하지. 그러면 뭐 하나? 여기 이렇게 쌓아놓고 있기만 하면 소용이 없는 것을."

노인은 가히 좋지 않은 표정으로 말했다.

"왜요, 차가 잘 안 팔립니까?"

"안 팔리긴. 없어서 못 파는 게 이 마을에서 생산하는 차라네. 그런데 요즘 통 상인이 들어오질 않고 있거든."

"어째서요?"

"저기 저 뒷산 보이지? 요즘 거기에 산적 놈들이 들끓고 있다네. 에잉, 괘씸한 놈들 같으니! 이런 풍년에 뭐가 모자라서 남의 차를 훔쳐간단 말인가?"

노인은 그 뒤로도 한참 넋두리를 늘어놓았다. 장건은 노인의 말이 그칠 때를 기다려 마지막 질문을 던졌다.

"노인장, 그런데 정 대랑의 집이 혹시 어디인가요?"

노인은 정 대랑에게 수작을 걸려는 거라면 쓸데없는 짓이라고 타이르면서도 친절하게 그녀의 집을 가르쳐 주었다. 장건은 노인이 가르쳐 준 방향으로 향했다.

정 대랑의 집은 마을 중앙에 있는 가장 큰 저택이었다.

저택의 대문은 활짝 열려 있었고, 하인들이 여기저기로 차 가마니를 옮기고 있었다. 추수철이라 그런지 매우 바쁜 모양이었다.

장건은 누구의 허락도 받지 않고 성큼 마당 안으로 들어섰다. 하인 중 한 명이 그를 보더니 다가왔다.

"무슨 일이시오?"

"정 대랑을 만나뵈러 왔소."

"미리 약속을 하신 분이오?"

"그런 건 아니외다."

"그렇다면 일단 예약을 하시고 나중에 다시 찾아오시오."

장건은 잠시 생각에 잠겼다.

'생각해 보면 예약을 했다고 볼 수도 있지 않나? 정 대랑의 마음을 얻는 것이 육차 시험이라면, 어떤 식으로든 성검회에서 그녀에게 내가 찾아올 것이라는 것을 알렸을 수도 있지.'

장건은 일단 운을 띄워보기로 마음먹었다.

"아, 말을 잘못했소. 예약을 하긴 했는데, 내가 한 것이 아니라서… 정 대랑에게 성검회 사람이 찾아왔다고 전하시면 될 거요."

하인은 이상한 사람 다 보겠다는 듯 장건을 째려보더니 기다리라 말히고는 안으로 들어갔다.

하인은 한참 있다가 짜증 어린 얼굴로 걸어 나오더니 퉁명스럽게 말했다.

"그런 사람 예약된 적 없다고 하오. 일도 바쁜데 별게 다 방해하고 있네."

하인은 성질을 내며 자리를 떴다. 장건은 이제라도 예약을 하겠다며 그를 불렀지만, 하인은 들은 척도 하지 않고 다른 곳으로 가버렸다.

장건이 혀를 차고 있을 때 하인이 나왔던 안채에서 집사로 보이는 나이 든 사내가 헐레벌떡 뛰어나왔다.

"아철! 아철! 이놈 어디 갔어?"

주변을 두리번거리던 그는 장건을 보더니 반색을 하며 달려왔다.

"이보시오, 무사님. 혹시 성검회에서 오셨다는 분 아니오?"

장건은 고개를 끄덕였다.

"그렇습니다만."

"아이고, 이거 죄송합니다. 귀인을 미처 몰라 뵙고……. 어서 안으로 드시지요. 대랑께서 기다리고 계십니다."

장건은 확 달라진 대접을 받으며 집사를 따라 안채로 들어섰다.

호화롭게 꾸민 접객당 안으로 들어서자 상석에 한 여인이 앉아 있었다.

여인은 이십대 후반으로 보였지만 삼십대일 수도 있겠다는 생각이 들었다. 어쨌거나 마을 입구에서 만난 노인의 장담처럼 대단한 미인이었다. 그린 듯한 눈썹과 적당한 크기에 꼬리가 살짝 올라간 눈에서는 미태가 철철 흘러넘쳤고, 주사를 칠한 듯 붉고 도톰한 입술, 풍만한 몸매는 매우 육감적인 매력을 발산했다. 경국지색까지는 아니더라도 능히 한 성의 제일로 꼽힐 만한 미인이었다.

여인은 농염한 미소를 지으며 장건을 맞이했다.

"어서 오세요. 성검회에서 오신 분이라고요?"

장건은 고개를 끄덕이면서 자리에 앉았다.

"예, 하남에서 온 이천휘라고 합니다."

정 대랑의 눈이 반짝였다.

"어머, 그럼 공자가 금번 용봉지회 비무대회의 우승자인 승룡공자 이천휘시란 말인가요?"

장건은 얼떨떨한 표정을 지었다. 말하는 투로 보아 미리 자신에 대해서 귀띔을 받은 것은 아닌 모양인데, 촌락에 살고 있는 여인이 이천휘를 단박에 알아본다는 것도 기이했다. 그리고 승룡공자란 별호가 언제 붙었는지 알 수도 없었다.

"승룡공자인지는 잘 모르겠습니다만, 제가 비무대회 우승자인 것은 맞습니다."

"그렇군요."

정 대랑은 아찔한 미소를 지으며 말했다.

"복건성에서 성검회의 입회 시험이 열린다는 소문이 파다하게 퍼져 있던데, 공자께서도 그 시험을 치르기 위해 하남에서 여기까지 오셨나요?"

"그렇습니다."

"그런데 왜 시험은 치르지 않고 여길 오셨나요? 설마 벌써 시험이 끝난 것을 아닐 텐데."

"지금 시험 중입니다."

장건은 정 대랑을 마주 보며 말했다.

"저는 이곳에서 한 가지를 얻어야만 시험에 통과할 수 있습니다."

정 대랑은 호기심 가득한 눈으로 그를 쳐다보았다.

"그게 뭐죠?"

"당신의 마음입니다."

장건은 거두절미하고 단도직입적으로 말했다. 빙빙 에둘러 가봐야 시간만 걸릴 것 같고, 정 대랑이란 여인이 화통해 보였기에 본론부터 꺼내고 본 것이다.

잠시 어리둥절한 표정을 짓던 정 대랑은 이내 까르르 웃음을 터뜨렸다.

"호호호! 제 마음을 얻는 것이 성검회의 시험에 포함되어 있단 말인가요?"

"그렇습니다."

정 대랑은 눈빛을 반짝이며 말했다.

"그것참, 재미있네요. 성검회의 입회 시험에 그렇게 별스러운 과목이 있는지 미처 몰랐군요."

"저도 몰랐습니다. 어쨌거나 여기까지 왔으니 대랑께서 하교를 해주십시오, 어떻게 해야 대랑의 마음을 얻을 수 있을지를."

"흠, 글쎄요."

정 대랑은 잠시 곰곰이 생각하는가 싶더니 장건을 똑바로 쳐다보며 말했다.

"제 마음을 얻을 수 있는 길이 있긴 있겠지요. 그런데… 공자께서는 아녀자에게 이런 식으로 접근한다는 것이 뜬금없게 보일 수 있다는 생각은 해보시지 않았는지요?"

"음, 혹시 무례해 보였다면 용서하십시오. 전 그저……."

정 대랑은 웃음기를 머금은 채 고개를 저었다.

"그런 건 아니에요. 다만 갑자기 마음을 얻을 길을 알려달라 하시니 좀 당황스럽긴 하네요. 그 질문에 대답하기에 앞서, 대체 왜 성검회에서 저 같은 여자의 마음을 시험 과목으로 거론했는지가 궁금해지는군

요. 이 공자, 정말 그쪽에서 저를 지목한 것이 맞나요?'

장건은 무심코 고개를 끄덕였다.

"예에… 그쪽에서 얘기하기를, 교연촌 제일 미녀의 마음을 얻으라고……."

"아하, 그랬군요."

정 대랑은 마을 제일의 미녀라는 말이 마음에 든 것인지 알쏭달쏭한 미소를 머금었다.

"좋아요. 공자께서도 전후 사정을 모르는 듯하니 그 문제는 넘어가기로 하고, 제 마음을 얻을 수 있는 간단한 방법을 하나 알려 드리죠. 오면서 보셨겠지만, 저희 마을은 차 재배를 하고 있답니다. 재배된 차는 저 뒷산 너머 삼십 리 밖에 있는 울지현으로 가져가지요. 그래서 그곳에 있는 중간 상인들에게 넘어가 각 성으로 퍼져 나가는 것인데, 최근에는 마을에서 재배한 차를 울지현으로 가져가지 못하고 있답니다. 이것이 저를 비롯한 마을 사람들을 크게 근심시키고 있어요."

장건은 노인에게 비슷한 이야기를 들은 기억이 났다.

"뒷산의 산적들 때문입니까?"

정 대랑이 눈에 이채를 띠며 말했다.

"어머, 벌써 얘기를 들으셨나 보군요. 그래요, 그자들이 최근 뒷산에 출몰하여 차를 운반하는 마을 사람들을 무차별로 공격하고 있어요. 저희 마을에서 울지현까지 가려면 뒷산을 넘는 것 외에는 선택의 여지가 없거든요. 그래서 토벌대도 조직하여 올라가 보곤 했지만 산적 수괴의 무예가 워낙 뛰어나 당해낼 재간이 없더군요."

장건은 알겠다는 듯 고개를 끄덕였다.

"음, 그럼 제가 해야 할 일은 바로 그 산적들을 토벌하는 일이겠군요?"

"그래요. 그 산적들만 소탕해 주신다면, 제 마음을 얻고도 남음이 있으실 거예요."

정 대랑은 아찔한 미소를 흘리며 그렇게 말했다.

그날 저녁, 장건의 무운을 빌기 위해 성대한 잔치가 벌어졌다. 마을 사람들이 모두 모여 고기를 굽고 술을 나누며 내일의 승리를 기원했다.

장건은 적당히 구색을 맞추다가 일찍 쉰다는 핑계를 대고 자리를 빠져나와 정 대랑이 마련해 준 숙소로 향했다.

장건은 바로 잠자리에 들지 않고 잠시 짬을 내 연무를 하기로 마음먹었다. 숙소 앞에는 연무에 마땅한 공간이 없었기에 그는 후원 쪽으로 이동했다.

장건은 다른 사람의 시선을 받기 싫어 길로 움직이지 않고 담을 타고 휙휙 나아갔는데, 막 후원 담을 넘어 들어가는 순간 누군가가 이야기를 나누는 소리가 들려왔다.

뜻밖의 장소에서 나는 목소리였기에 장건은 소리가 난 쪽으로 슬쩍 접근했다.

위사로 보이는 두 사내가 후원 입구에서 술병을 끼고 달을 보며 두런두런 얘기를 나누고 있었다.

"이번 머저리는 또 어디서 온 놈이래?"

한 위사가 말하자 다른 위사가 대꾸했다.

"강북에서 열린 무슨 큰 비무대회에서 우승한 놈이라더군. 정 대랑도 이번에는 기대가 큰 모양이던데."

"흥, 그런 젖비린내 나는 애송이가 과연 소요검객(逍遙劍客)을 이길 수 있겠나? 내가 보기에는 이번 정 대랑의 간택은 그 기생오라비 같은 놈의 실력보다는 외모 때문으로 보이는걸?"

"이 친구 말하는 것 하고는. 자네 샘나나 보지?"

"샘이 안 날 수가 있나. 지금쯤 그놈은 정 대랑의 몸을 끌어안고… 크으, 이거 상상만 해도 하물에 힘이 들어가는구먼."

한 위사가 군침을 꿀떡 삼키며 말하자 다른 위사가 혀를 찼다.

"쯔쯔, 그러면 뭐 하나? 어차피 일회성 대용품으로 끝날 운명인 것을."

"일회성이라도 좋으니, 정 대랑을 한 번이라도 안아볼 수만 있다면 소원이 없겠네."

"안아보면 뭐 하나? 그 다음에는 소요검객의 검날이 목으로 떨어질 텐데. 난 그런 기회는 줘도 안 가지겠네."

"이 친구, 불알 두 쪽 차고서 이렇게 소심해서야……. 미인을 얻기 위해서는 그만한 고초가 따르는 법이 아닌가."

"소심한 게 아닐세. 나도 작년 이맘때만 해도 자네와 똑같은 생각이었네. 그러나 계절마다 한 번씩 정 대랑이 물어오는 고수들이 소요 섬색의 검에 도륙 나는 것을 보고 있자니 정나미가 뚝 떨어지더군. 아무리 미녀가 좋아도 목숨만큼이야 하겠나? 난 정 대랑을 안고 이틀 만에 목이 떨어지느니, 화화루 옥화로 만족하고 얇고 긴 명줄을 유지하겠네."

두 위사는 그 말이 재미있었던지 동시에 껄껄 웃음을 터뜨렸다.

그 다음에는 기녀들에 대한 음담패설이 이어졌고, 얘기를 엿듣던 장건은 자리를 떴다.

위사들이 있으니 후원에서도 연무를 하기는 어려울 듯했다. 장건은 연무를 포기하고 숙소로 돌아왔다.

숙소 안으로 들어서자 뜻밖의 사람이 그를 기다리고 있었다. 정 대랑이 그의 침대에 비스듬히 누워 있었던 것이다. 그녀는 몸에 착 달라붙는 옷을 입고 있어서 침대에 기댄 굴곡 있는 몸매가 도드라지게 눈에 들어왔다.

'서문세가에서와 비슷한 장면이군. 설마 저 여자도 살수는 아닐 테지?'

장건은 싱거운 생각을 떠올리며 정 대랑에게로 다가갔다.

"잔치가 벌써 끝났습니까?"

정 대랑은 뇌쇄적인 미소를 지으며 말했다.

"아니오, 이제부터 시작이죠."

그녀는 침상에서 몸을 살짝 일으키더니 서 있는 장건의 손을 잡아 자신의 옆으로 이끌었다.

장건은 순순히 그녀의 손에 이끌려 침상에 걸터앉았다.

"공자, 제가 찾아와서 놀라셨나요?"

"예, 약간은……."

정 대랑의 미소가 더욱 짙어졌다.

"부담 가지실 필요 없어요. 시험 때문이긴 해도 저희 마을을 위해 목숨을 걸고 나서주시겠다는데… 이런 식으로라도 보답을 하고 싶군요."

정 대랑의 나긋나긋한 두 손이 장건의 얼굴을 자신 쪽으로 돌렸다. 그리고 그녀의 도톰한 입술이 장건에게로 파고들었다.

장건은 그녀의 입술을 거부하지 않았다. 둘은 깊은 입맞춤을 나누었다.

정 대랑은 천천히 장건의 품으로 몸을 기댔다. 장건은 그런 그녀를 꽉 껴안았다. 풍만한 여체가 그의 단단한 육체와 밀착했다.

"하아―"

정 대랑은 달뜬 숨을 토해내며 장건의 하물로 손을 가져갔다.

그러나 그녀의 손은 목적지에 도달하지 못했다. 장건이 한 손으로 그녀의 팔목을 잡았기 때문이다.

정 대랑은 의아한 표정으로 장건을 올려다보았다.

장건는 냉정한 말투로 말했다.

"생각해 보니 지금 이러는 것은 별로 좋지 않을 듯합니다."

정 대랑의 얼굴이 살짝 일그러졌다.

"어째서요? 당신은 제 마음을 얻으러 왔다고 하지 않았나요?"

'그래, 그런데 네 몸을 얻으러 온 것은 아니지 않나?

장건은 여자를 그렇게 마다하는 남자는 아니었다. 다른 때 같았으면 먼저 다가오는 정 대랑을 거부하지도 않았을 것이다.

다만 아까 두 위사의 대화가 생각나 그녀를 안을 마음이 사라져 버렸다. 그자들의 얘기를 종합해 보면, 정 대랑은 수시로 남자를 끌어들여 잠자리를 함께하고 소요섬색이란 사에 보냈다고 했다. 징 대링에게 들은 바로는 소요검객은 뒷산 산적들의 우두머리였다. 무슨 연유인지 몰라도 정 대랑은 산적 소탕에 상식 이상의 집착을 보이는 것으로 느껴졌다.

장건은 자신이 그녀와 잠자리를 하고 소요검객을 상대하러 산에 오른다면, 그녀의 도구 중에 하나로 전락하는 것이란 생각이 들었다. 그래서 마지막 순간에 그녀를 거부한 것이다.

그렇다고 해도 그 사실을 이실직고할 수는 없는 법, 장건은 생각과는 다른 말을 내뱉었다.

"내일 중요한 싸움이 있지 않습니까. 지금 여기서 정 대랑의 매력에 빠진다면 내일 아침까지 헤어나올 수 없을 터이니, 산적과 싸울 기운이 남아 있겠습니까?"

그의 우스갯소리에 정 대랑은 까르르 웃음을 터뜨렸다.

"호호호! 이 공자는 역시 재치가 있으시네요. 여자를 완곡히 거절하는 방법을 아시는군요."

"저도 결코 거절하고 싶지 않습니다. 전 다만 정 대랑의 마음을 얻기 위해 최선을 다하려 하는 것뿐이지요. 일단 정 대랑의 가장 큰 골칫거리인 뒷산 산적을 토벌하는 데 온 힘을 쏟겠습니다. 정 대랑의 보상은 산적을 물리친 후에 허락해 주시면 감사하겠습니다. 반드시 받고 싶은 보상이니 그때 가서 모른 척하지 마시고요."

"호호호! 그건 장담할 수가 없네요. 저도 자존심이 있는데, 이렇게 내쳐지고도 또 공자의 방에 찾아올 용기가 날런지."

"그건 걱정 마십시오. 허락만 해주시면 제가 정 대랑의 방에 매일같이라도 찾아뵙겠습니다."

정 대랑은 다시 웃음을 터뜨렸다. 그녀는 눈을 흘기며 장건을 살짝 꼬집고는 그의 방을 떠났다.

장건은 나가는 그녀의 뒷모습을 차가운 눈으로 응시했다.

그녀의 마음을 쉽게 얻을 수 없겠다는 생각이 들었다. 비밀이 많은 여자는 아무에게나 자신의 본심을 노출시키지 않기 때문이다.

제13장
장건, 산적을 토벌하러 가다

장건, 산적을 토벌하러 가다

　　　　　　이른 아침, 차를 가득 실은 수레 하나가 마을을 출발해 뒷산으로 들어섰다.

　마을의 뒷산은 그리 높지는 않았지만 숲이 울창하고 지세가 험했다. 수레가 산을 넘기 위해서는 산 중앙부에 잘 닦여진 오솔길로만 움직여야 했다.

　수레가 산중턱쯤에 이르렀을 때, 숲 속에서 무기를 가진 자들이 불쑥 튀어나와 길목을 막았다.

　"누구냐!"

　마부가 고함을 지르자, 나타난 대여섯 명의 사내는 웃음을 흘리며 수레 앞으로 다가왔다.

　"몰라서 묻는 게냐? 그렇게 당하고도 간이 크군. 좋게 말할 때 수레를 놔두고 사라져라!"

평상시 같으면 이때쯤에 마부가 '걸음아, 나 살려라!' 하고 도망치는 것이 상례였다.

그러나 이번 마부는 그들의 예상을 전혀 벗어나는 인물이었다.

마부로 분하고 있던 장건은 천천히 마차에서 내려서는 그들의 앞에 우뚝 섰다.

"조무래기들과는 실랑이를 벌이고 싶지 않다. 가서 너희 두목을 불러와라."

산적들은 어처구니없는 듯 서로를 마주 보았다.

"저거 실성한 놈 아니야?"

"미친개에게는 몽둥이가 약이지, 쳐라!"

산적들은 일제히 장건에게로 덤벼들었다.

장건은 달려드는 그들을 보며 손가락을 꼼지락거렸다. 평상시 같으면 팔 한 번 휘두르면 가볍게 해결될 일이었으나, 성검회의 응시 규정에 따라 그가 지금 가지고 있는 무기라고는 이검뿐이었다. 닭 잡는 데 소 잡는 칼을 쓸 수는 없는 법, 그는 다가드는 산적들을 향해 맨몸으로 맞서갔다.

산적들의 무공은 예상보다도 훨씬 형편없었다. 그들은 장건의 적당히 힘을 뺀 주먹 여섯 방에 모두 나가떨어졌다.

장건은 다시 두목을 불러오란 말을 했고, 산적들은 이번에는 알아들었는지 두고 보자는 말과 함께 어딘가로 사라졌다.

얼마 지나지 않아 사라졌던 산적들은 다시 나타났다. 이번에는 대군이 그들의 뒤를 따라붙었다. 산적의 대군이라고 해봐야 서른 명 남짓이었지만.

장건은 자신을 둘러싼 산적들의 면면을 보고는 고개를 갸웃거렸다.

그래도 좀 전의 여섯 놈은 제법 위협적으로 보이는 무기라도 가지고 있었는데, 이번에 나타난 산적들 중에는 괭이나 갈퀴 같은 농기구를 들고 있는 자도 많았다. 게다가 움직이는 것을 보아하니, 무공도 전혀 배우지 못한 것처럼 보이는 자가 부지기수였다.

이런 자들을 상대로는 내뻗는 주먹조차 주의해야 할 정도였다. 장건은 근처에 있는 소나무로 다가가 솔잎 한 주먹을 훑었다. 그리고는 소리 지르며 덤벼드는 삼십 명의 산적을 향해 솔잎을 날렸다.

슈파파파파파팟!

장건의 공력이 실린 솔잎은 쏘아진 화살처럼 공기를 가르고 날아가 산적들의 혈도에 여지없이 꽂혀들었다.

혈도에 솔잎이 박힌 산적들은 산이 떠나가라 비명을 지르며 바닥을 나뒹굴었다. 생명에는 위험이 없도록 손을 썼지만 생살, 그것도 급소에 솔잎이 꽂혔으니 그 고통은 이루 말할 수 없는 것이었다.

비명 소리가 울리는 가운데 장건은 앞서 마주쳤던 여섯 놈 중에 우두머리로 보이는 놈을 끌어내어 몇 대 더 두들긴 후 다그쳤다.

"두목은 어디 있나?"

산적은 이를 악물고 외쳤다.

"내가 그걸 말할 것 같으냐?"

"말하지 않으면 저자들이 위험해질 것이다. 일각 내로 솔잎을 빼내지 않으면 죽는다."

장건은 바닥을 뒹굴고 있는 자들을 눈으로 가리키며 말했다.

산적의 얼굴에 두려운 빛이 떠올랐다.

"거, 거짓말 마라! 솔잎에 맞아 죽는 자가 어디 있단 말이냐?"

"못 믿겠나? 내가 쏘아낸 솔잎은 몸의 인체 급소에 박혀 혈의 흐름을 막아 종내 심장을 멈추게 하는 작용을 하게 된다. 동료들을 죽게 하고 싶으면 계속 입을 다물도록."

물론 지금의 얘기는 장건이 지어낸 거짓말이었다. 솔잎 하나로 그런 수법을 낼 수 있을 턱이 없었다. 그러나 아무것도 모르는 산적은 그의 말에 넘어가 얼굴이 새하얗게 질렸다.

"조, 좋다! 산채로 안내하겠다! 어차피 네까짓 놈은 성 대협의 삼초지적도 못 될 테니까!"

"성 대협? 소요검객이 성 대협인가?"

산적은 코웃음을 쳤다.

"흥! 소요검객을 아는 것을 보니 정 대랑이 꼬셔온 자객이로구나. 한심한 놈, 무인 된 자가 어찌 계집의 치마폭에 휩싸여 자객질을 한단 말이냐?"

장건은 아무 대꾸도 하지 않고, 솔잎에 당해 비명을 지르는 자들을 간단히 조치한 후 길 안내를 종용했다.

산적들은 그를 이끌고 산속으로 들어갔다. 울창한 숲을 지나 능선을 타고 한참 걸어가자 계단식으로 늘어선 차밭이 눈에 들어왔다. 차밭을 지나 당도한 것은 화전민 부락으로 보이는 작은 마을이었다.

'여기가 산채란 말인가?'

녹림도당이 잔뜩 대기하고 있을 법한 큰 산채를 기대했던 장건은 고개를 갸웃거렸다. 농기구를 든 산적들을 마주쳤을 때부터 계속 이상하다는 느낌이 들고 있었다.

부락 내에 있는 초가집에서는 여자와 아이들이 숨어 있다가 장건에게 당한 상처로 절뚝거리며 걸어오는 산적들을 보고는 울며 뛰쳐나왔다. 장건은 이자들이 먹고살기가 어려워 초적(草賊)이 된 자들이라는 걸 알 수 있었다. 정 대랑 정도의 재력가가 의식하기에는 지나치게 미흡한 자들이 아닌가. 과연 이런 자들이 그토록 위협이 되었단 말인가?

장건을 안내하는 산적은 마을 끝에 위치한 초가집에 도달했다. 초가집의 건물은 자그마했지만 마당이 매우 컸다. 연무장으로 써도 될 정도의 크기의 마당은 깨끗하게 정돈되어 있었는데, 안으로 들어서니 약 달이는 냄새가 풍겨왔다.

산적은 초가집에 다가가서 안에 대고 말했다.

"성 대협, 안에 계십니까?"

안에서 기침 소리가 나더니 남자의 목소리가 들려왔다.

"백 노제인가? 밖이 소란스러운데 무슨 일이 있나?"

"성 대협, 정 대랑이 또다시 자객을 보냈습니다. 저희가 어떻게든 처리하려 했으나 실력이 모자라서…… 여기로 데려올 수밖에 없었습니다."

안에서 다시 기침 소리가 들리더니 방문이 열리고 한 남자가 걸어 나왔다.

사십대로 보이는 남자는 청수한 외모에 균형 잡힌 체형의 소유자였다. 그러나 병이 들었는지 눈이 퀭하고 안색이 좋지 않았다.

장건은 그가 차고 있는 검을 주목했다. 검은 초적의 무리에 어울리지 않은 병기였다. 장건은 그가 소요검객임을 알 수 있었다.

소요검객은 장건을 향해 천천히 다가왔다. 그리고는 그를 보더니 눈에 이채를 띠었다.

"자네가 정 대랑이 보낸 자객인가?"

"자객인지는 모르겠소만, 정 대랑이 보낸 것은 맞소."

소요검객은 장건의 위아래를 훑어보더니 엉뚱한 소리를 했다.

"정 대랑도 이제 사람 보는 안목이 높아진 모양이군."

장건은 그에게로 한 발짝 다가섰다.

"긴말하지 않겠소. 산적질을 중지하고 산채를 해산하시오. 그렇게 한다면 손을 쓰지는 않겠소."

소요검객은 입을 막고 기침을 몇 번 콜록거리더니, 장건을 안쓰러운 눈으로 바라보며 말했다.

"마을 사람들 사는 것을 보고서도 그런 소리가 나오나? 이 사람들은 여기 아니면 갈 데가 없네. 화전민이었다가 산적질을 하는 사람들이 얼마나 절박한 심정으로 그러한 선택을 하는 것인지 한번 헤아려 보게."

"난 그런 건 잘 모르겠소. 다만 이자들이 노략질을 하고 양민을 해한다는 사실만 알고 있을 뿐이오. 절박한 선택이었다고 해도 강도질을 하고, 사람을 해한 죄가 없어지는 것은 아니오. 그러니 현실을 호도하지 마시오."

소요검객은 긴 한숨을 내쉬더니 고개를 절레절레 저었다.

"자네 같은 영준한 젊은이가 정 대랑의 꼬임에 넘어갔다는 게 안타까울 따름이네. 더 이상 설득해 봐야 시간 낭비겠군. 각자 생각하는 바를 따라 움직이도록 하세."

그는 조용히 검을 빼 들었다. 별것 아닌 동작이었지만 매우 간결하고 움직임에 기품이 배어 있었다. 명문에서 사사받은 검객임이 분명했다.

장건도 차고 있던 이검을 빼 들었다. 그는 상대가 예상했던 것보다 훨씬 고수임을 직감할 수 있었다. 따르는 무리와는 질적으로 다른 차원의 인물이었다.

두 사람은 발검세 그대로 한참을 대치하고 있었다. 서로 주고받는 기파가 워낙 팽팽하여 섣불리 움직일 수가 없었다.

그러다가 소요검객이 돌연 기침을 하기 시작했다. 그로 인해 기의 균형이 무너지자 장건은 망설이지 않고 그를 향해 뛰어들었다.

장건의 이검이 서릿발 같은 검기를 내뿜으며 소요검객의 상하좌우로 파고들었다.

소요검객은 침착하게 물러서며 검을 삼엄히 휘둘러 검막을 형성했다. 파고들던 장건의 검기는 검막에 부딪쳐 좌우로 흘러나갔다.

장건은 탈영보를 극성으로 시전하며 소요검객의 배후로 파고들었다. 소요검객은 간결한 보법을 구사하며 사방에서 휘몰아쳐 들어오는 장건의 공세를 물을 흘려보내듯 유유히 빗겨내었다.

장건은 전투 중임에도 소요검객의 별호가 참 잘 지어졌다는 생각이 들었다. 그의 검은 마치 구름에 덮인 고산 준봉을 유유히 거니는 은자(隱者)와도 같은 탈속한 풍모가 느껴졌다. 장건이 추구하는 유룡검법의 자연스러움과도 일맥상통하는 바가 있었다.

호승심이 인 장건은 날카롭기 그지없던 공세에서 벗어나 유룡검법을 구사했다. 강으로서 유를 제압할 수 없으니 똑같은 유(柔)로 맞대응을 하려는 것이었다.

잔잔한 호수의 심연을 유영하는 잠룡 같은, 천지를 감싸 안는 새벽 안개와도 같은 유룡검법이 소요검객의 검세를 뒤덮어갔다.

소요검객의 눈에도 감탄의 빛이 어렸다. 그의 검세 또한 한층 유해지고 심원한 기운을 띠어갔다. 유룡검법과 그의 소요검법이 한데 어우러지자 충돌과 살기가 사라지고, 검과 검이 서로의 흐름에 맞추어 조화하며 움직였다. 둘은 마치 오랜 기간 호흡을 맞춰온 사형제가 검무를 추며 검식을 교환하듯, 천지의 기운을 일검에 구현하며 일초 일초를 주고받았다.

그렇게 얼마가 흘렀을까, 소요검객이 거칠게 기침을 내뱉더니 피를 토하며 무릎을 꿇고 말았다.

장건의 검에 당한 것이 아니었다. 장건의 검세와 한데 어우러져 같이 움직이다 보니 자연히 검에 쏟아 붓는 내력을 그에 맞추어야 했는데, 소요검객의 지금 몸 상태로서는 장건의 웅혼한 내공을 따라잡을 재간이 없었다. 결국 몸에 한계가 왔고 그는 제풀에 쓰러져 버린 것이었다.

검을 거둔 장건은 주저앉은 채 피를 토하고 있는 소요검객을 안타까운 눈으로 바라보았다. 그의 몸이 정상이었다면 승부는 장담할 수 없었을 것이다. 내공은 자신이 한 수 위였지만, 검의 자유로움에 있어서는 그의 검법이 자신의 검보다 한 수 위였기 때문이다.

이윽고 각혈을 멈춘 소요검객은 제자리에 양반다리를 하고 앉아서는 장건을 향해 힘없이 웃었다.

"내가 졌네. 패한 자는 말이 없는 법이지. 이제 자네가 하고 싶은 대로 하게."

마치 목을 칠 테면 치라는 자세였다.

장건은 잠시 망설이다가 그를 향해 한 발 다가섰다.

그때 서릿발 같은 목소리가 그의 뒤에서 들려왔다.

"당장 물러나지 못할까!"

앙칼진 고함은 여성의 것이었다.

장건은 고개를 돌렸다.

초가집 입구에는 언제 나타났는지 젊은 여인 한 명이 우뚝 서 있었다.

초가집 밖에 있던 산적과 그의 식구들은 여인을 보더니 반색을 하며 외쳤다.

"아가씨!"

"아가씨가 돌아왔다!"

"으하하! 이제 우린 살았어!"

장건은 의아함을 금치 못했다. 소요검객이 쓰러졌을 때만 해도 얼굴이 새파랗게 질려 있던 자들이 마치 관운장이라도 나타난 듯이 얼굴에 화색이 돌고 있지 않은가.

장건은 여인을 정면에서 보고는 감탄을 금치 못했다.

어지간한 일에는 눈도 깜짝이지 않는 그를 놀라게 할 만큼 여인은 대단한 미인이었다.

이제 스물한두 살쯤 되었을까? 늘씬한 키에 유려하게 균형 잡힌 몸매, 삼단 같은 머릿결은 허리까지 내려와 있었고, 쭉 뻗은 아미와 커다란 눈, 오뚝한 코와 작은 입술은 완벽한 조화미를 풍겨내고 있었다. 정말로 경국지색이란 말이 아깝지 않을 정도의 미인이었다.

여인은 가부좌를 틀고 있는 소요검객을 안타까운 눈으로 바라보더니, 장건을 향해 살기 어린 눈빛을 쏘아 보냈다.

장건은 무심한 눈으로 그녀의 눈빛을 마주했다.

여인은 미간을 찌푸리더니 붉은 입술을 열어 말했다.

"아빠, 괜찮아요?"

대답한 것은 소요검객이었다.

"난 괜찮다. 많이 늦었구나."

"죄송해요. 어제 도착했어야 하는데… 오는 도중에 참견할 일이 좀 있었어요."

소요검객은 피식 웃었다.

"네 성격은 어디 가지 않는구나. 아픈 애비를 늦게 봐야 할 정도로 중요한 일이었나 보지?"

"이번에도 또 엄살인 줄 알았죠! 그런데 지금 보니 정말 아프신 것 같네요."

여인은 말을 하면서 슬금슬금 마당을 가로질러 장건과 소요검객의 사이로 들어왔다. 아마도 장건이 먼저 손을 쓸까 봐 경계하는 듯했다.

장건은 그녀가 다가서기 쉽도록 몇 걸음 뒤로 물러났다. 그러자 여인은 재빨리 소요검객에게로 다가가 그의 앞을 막아섰다.

잠시 안도한 표정을 짓던 여인은 장건을 매섭게 노려보며 외쳤다.

"당신! 대체 정체가 뭐죠? 어떻게 유룡검법을 알고 있는 거지?"

장건은 난감한 표정을 지었다. 검진비결에 있는 것을 익혔다고 사실대로 고할 수는 없는 노릇이었기 때문이다.

"소저야말로 내가 구사하는 것이 유룡검법인 줄 어떻게 알았소?"

여인이 뭐라 말하려 할 때 그녀의 뒤에 있던 소요검객이 다시 기침을 하기 시작했다. 기침을 할 때마다 피가 튀어 오르자 여인은 다급한 표정이 되었다. 한시라도 빨리 치료를 해야 한다는 것을 깨달은 모양이었다.

여인은 달아오른 얼굴로 차고 있던 검을 빼 들었다.

"그 같은 실력을 쌓고도 고작 정 대랑 같은 여자의 자객 노릇이나 하고 있다니……. 무인 된 자로서 부끄럽지도 않느냐? 무릇 힘을 가진 자는 그 힘을 올바로 써야 하는 의무를 가지는 법인데, 네놈은 그것을 망각하고 있으니 유룡검법을 쓸 자격이 없다!"

여인은 말이 끝남과 동시에 장건에게로 득달같이 달려들었다.

장건은 그녀에게 묻고 싶은 말이 있었으나 말이 나가기도 전에 이미 그녀의 검이 쳐들어왔다. 별수없이 검으로 웅대하는 수밖에 없었다.

차차차차차창!

다시금 초가집의 마당은 검영으로 휩싸였다.

장건은 여인에게 또 한 번 놀랄 수밖에 없었다. 여인은 매우 다채로운 검법을 구사했는데, 구사하는 검법 하나하나가 그가 처음 보는 생소한 것들이었고, 또한 상승의 것이 아닌 게 없었다. 여인은 빼어난 검식들을 쉴 새 없이 구사하며 장건을 몰아붙였는데, 이때껏 상대한 그 어떤 고수보다도 빠른 검법을 구사하고 있었다.

상대가 예상치 못한 고수란 것을 파악한 장건은 신중하게 그에 맞섰다. 그는 유룡검법에 이어 육합검법, 삼재검법, 태령검법을 자유자재로 넘나드는 검진비결의 검식으로 여인을 압박해 들어갔다.

여인은 그의 자유로운 변초 구사에 잠시 당황한 듯했지만, 곧 그에 대처하기 시작했다. 여인은 신법에 자신이 있는 듯 넓은 마당을 전후좌우로 종횡하며 장건의 사선에서 공격을 해왔다. 신법도 검법 못지않게 쾌속했기에 두 개의 속도가 합쳐지자 상상 이상의 빠르기로 공격이 전개되었다.

장건은 제자리에서 웅대하는 것을 포기하고 승천탈영보를 시전하여 여인의 움직임을 쫓았다. 둘은 넓은 마당을 종횡무진하며 초식을 주고받았다.

시간이 지날수록 장건의 움직임은 더욱 표홀해졌고, 여인도 그에 못지않은 빠르기로 웅대했지만 내공의 한계 때문인지 조금씩 처지기 시작했다. 여인은 자신보다 상대가 더욱 빠르게 움직이자 당황한 빛을 보이며 손발이 점차 흐트러졌다. 아직 자기보다 빠른 상대를 만나본 적이 없는 듯, 대처할 방도를 찾지 못하는 모양새였다.

여인의 검세가 흔들리자 장건은 더욱 빠르게 공세를 가했다. 네 가지 검법을 자유자재로 구사하는 그의 검법에 여인의 대처는 점점 늦어졌고, 물 흐르듯 자연스럽던 검세는 토막토막 끊어졌다.

결국 과도한 동작으로 공력을 끝까지 잇지 못한 여인의 검이 장건의 이검과 충돌하는 순간 쩽 소리와 함께 부러져 버렸고, 여인은 그 충격으로 바닥에 나동그라졌다.

"젠장!"

여인은 부러진 검을 거칠게 집어 던지며 벌떡 일어섰다. 그러나 다리를 삐끗한 듯 걸음을 절룩거렸다.

그녀는 맨손으로라도 덤빌 태세였지만 소요검객의 외침이 그녀의 발목을 붙잡았다.

"희아야, 그만두거라!"

"하지만 아빠!"

"네가 졌다. 그 다리로 무슨 신법을 펼치겠다는 것이냐? 더 이상의 저항은 부질없는 짓이야."

여인은 입술을 꽉 깨물더니 눈물을 뚝뚝 흘리기 시작했다. 그녀는 눈물 고인 눈으로 장건을 노려보며 말했다.

"당신은 도대체 그런 검술을 익히고 있으면서… 어떻게 정 대랑 따위에게……."

그녀는 분하고 기가 막혀 목이 메는 듯 말을 잇지 못했다.

장건은 그 광경을 묵묵히 바라보다가 입을 열었다.

"당신들에게 한 가지 묻고 싶은 것이 있소."

여인은 말없이 그를 노려보고만 있었다.

장건이 다시 말하려 하는 찰나, 낭랑한 웃음소리가 들려왔다.

"호호호! 과연 이 공자시네요. 저 부녀를 한꺼번에 제압하다니요."

교소와 함께 나타난 것은 정 대랑이었다. 그녀의 뒤에는 몇몇 낯선 인물들과 그녀의 저택에서 보았던 하인들이 줄줄이 서 있었다. 낯선 자들은 무인임이 분명했고, 하인들 역시 모두 병장기를 갖추고 있었다.

정 대랑은 장건에게 다가와 함박웃음을 지으며 말했다.

"정말 잘해주셨어요! 공자 덕분에 저희 마을을 근심시키던 도적의 무리는 일망타진할 수 있게 되었군요."

"이 간악한……!"

여인이 치를 떨며 정 대랑을 향해 걸음을 옮겼다. 정 대랑의 뒤에 있던 무인들이 한 발 앞으로 다가섰다.

여인은 발걸음을 멈췄다. 무인들 때문이 아니라 소요검객이 그녀의 어깨를 잡았기 때문이다.

소요검객은 그녀를 뒤로 물리고는 정 대랑에게 다가섰다.

"정 대랑, 오랜만이로군."

정 대랑은 그를 보더니 냉랭하게 코웃음을 쳤다.

"왜 갑자기 친한 척을 하시나요, 도적 나리?"

소요검객은 안타까운 표정으로 말했다.

"그쯤 하는 게 어떻겠소? 개인적 원한 때문에 한 마을이 둘로 갈라져서 이게 대체 무슨 짓이란 말이오?"

정 대랑은 싸늘한 표정으로 외쳤다.

"닥쳐요! 모든 게 당신이 자초한 일이에요! 당신만은 결코 용서할 수 없어요! 내가 말했죠? 당신이 가진 모든 것을 없애 버리겠다고. 이제 당신은 물론 당신의 잘난 딸도, 이 마을도 모두 끝이에요."

그녀는 몸을 돌렸다. 그리고는 장건의 손을 잡아 이끌었다.

"자, 이 공자. 뒤처리는 저희 식구들한테 맡기세요. 우린 이만 마을로 돌아가요."

그녀가 물러간 자리에는 그녀가 데려온 무인들이 들어섰다. 무인들은 흉소를 흘리며 여인과 소요검객에게 다가갔고, 하인들은 집집마다 돌아다니며 불을 지르기 시작했다. 산적들이 덤벼들었지만 하인들의 무공이 훨씬 강한 듯, 채이고 넘어지는 것은 산적과 그의 식구들이었다.

정 대랑의 손에 이끌려 마을 입구로 걸어가던 장건은 이 모든 광경을 보고는 불현듯 걸음을 멈추었다. 그가 정지한 곳에는 노송이 한 그루 세워져 있었다.

"왜 그러세요, 이 공자?"

정 대랑이 의아한 표정으로 물었다.

장건은 아무 말 없이 드리워진 가지에 손을 뻗어 솔잎을 죽 훑었다.

솔잎이 주먹 가득히 잡히자 장건의 신형이 표홀하게 움직였다.

그가 움직이는 순간, 근처에서 불을 놓고 있던 정 대랑의 하인들이 비명을 지르며 나뒹굴기 시작했다.

장건의 신형이 마을을 가로질렀고, 솔잎이 비산했다. 날아간 솔잎들은 하인들의 급소에 여지없이 꽂혀들었고, 그들은 사지가 마비된 채 바닥을 굴러야 했다.

소요검객의 딸은 고전을 면치 못하고 있었다. 신법이 주무기인데 발목을 삔지라 운신이 불편했고, 검도 없이 맨손으로 싸우려니 몇 수 아래의 상대임에도 쉽게 적을 제압하지 못하고 있었다.

그러는 사이 그녀의 시야를 벗어난 무인 하나가 소요검객에게로 다가가 칼을 날렸다.

그때 장건이 도달했고, 칼을 내리꽂던 무인은 등에 솔잎이 가득 꽂힌 채 바닥을 나뒹굴었다.

나머지 무인이 반사적으로 달려들었지만 장건의 이검이 뽑혀지며 서슬 퍼런 검광을 발하자 모두 두려운 빛을 띤 채 걸음을 멈추고 말았다. 좀 전에 여인과 대결하던 장건의 신위를 익히 보았던 그들이기에 그가 제대로 응전할 태세를 갖추자 싸울 용기를 잃고 만 것이었다.

뒤늦게 쫓아온 정 대랑이 헐레벌떡 초가집으로 뛰쳐 들어왔다.

"대체 이게 무슨 짓이에요, 이 공자! 날 거역하다니, 제정신인가요?"

"충분히 제정신이오."

장건은 눈을 번득이며 그녀를 응시했다.

"아니, 이제야 제정신으로 돌아온 것 같소. 정말 중요한 것이 무엇인가 하는 것을 깨달았지 뭐요."

정 대랑은 싸늘하게 코웃음을 쳤다.

"흥, 의협 기질이라도 발동했다는 건가요? 착각하지 말아요. 여기 이자들은 산적들이에요. 궁핍해서든 뭐든 간에 칼을 빼 들고 도적질을 한 것은 우리 하인들이 아니라 바로 이자들이라고요!"

장건이 뭐라고 하기도 전에 여인이 발작적으로 외쳤다.

"닥쳐요! 우리 마을이 산적질을 하게 만든 것은 당신이잖아요!"

"네가 뭘 안다고 끼어들지? 넌 지난 몇 년간 여기 있지도 않았어!"

"그래요, 내가 여기 없었기 때문에 당신이 우리 아버지에게 접근했던 거죠. 그러다가 아버지가 당신을 거부하니까 자존심에 상처를 입어 앙심을 품게 된 것 아닌가요? 그래서 우리 마을의 거래선을 끊고 당신네 마을의 차만을 중간 상인들과 거래하려 했지요. 다 굶어 죽게 된 우리 마을 사람들은 어쩔 수 없이 칼을 들게 된 거구요. 당신이 이 모든 사태의 원흉이에요!"

"흥, 말도 안 되는 소리를 잘도 지어내는구나. 다 지 애비한테 들은 얘기겠지. 네년이 무공 몇 수 배웠다고 무서운 게 없나 본데, 어디 한 번 얼마나 대단한가 시험해 보자꾸나."

정 대랑은 품속에서 강철로 된 손톱을 꺼내더니 양손에 잡아 끼웠다. 그녀의 눈에서 매서운 살기가 피어올랐다. 적수공권인 여인은 흠칫하며 한 발 물러섰다.

정 대랑이 살기를 흘리며 여인에게로 다가서는 순간, 장건이 그녀의 앞을 가로막았다.

정 대랑은 그를 매섭게 노려보며 외쳤다.

"이 공자! 정말 끝까지 이럴 건가요? 왜 날 방해하는 거죠?"

"말했지 않소, 마음을 고쳐먹었다고. 더 이상의 행패는 좌시하지 않겠소. 하인들을 데리고 떠나시오."

정 대랑은 분을 못 이겨 온몸을 파르르 떨었다. 그녀는 분을 가라앉히려 애쓰며 말했다.

"이 공자, 젊은 혈기 때문에 정작 중요한 것을 그르치지 말아요. 이러고도 내 마음을 얻을 수 있다고 생각해요? 성검회 시험이 한순간의 혈기와 맞바꿀 만큼 가치없는 것이었나요? 당신이 여기까지 어떻게 노력해서 올라왔는지를 기억해 보면, 지금 하고 있는 짓이 얼마나 바보 같은 일인가를 깨닫게 될 거예요."

"성검회 시험? 대체 그게 무슨 말이죠?"

여인이 어리둥절해하며 끼어들었다.

"넌 빠져 있어!"

정 대랑은 손톱을 쳐들어 공격할 듯한 태세를 취해 그녀를 물러서게 했다.

장건은 피식 웃으며 말했다.

"시험 말이오? 난 지금 그 시험을 잘 치르고 있소."

"그게 무슨 말이에요? 당신은 내 마음을 얻기는커녕 점점 멀어져 가고 있는데!"

"착각하지 마시오. 시험 종목에 당신의 마음을 얻으라는 얘기는 그 어디에도 없었소."

장건은 정 대랑에게서 떨어져 여인에게로 다가갔다.

"내 질문에 대답하시오. 아까 소요검객의 말씀을 듣자 하니, 이 마을도 교연촌의 일부 같은데… 맞소?"

여인은 어리둥절해하면서도 고개를 끄덕였다.

"그래요, 여기가 교연촌의 상촌이에요. 저 여자가 있는 마을이 하촌이고."

장건은 고개를 돌려 표정이 딱딱하게 굳은 정 대랑에게 말했다.

"아무리 봐도 여기 계신 소저가 당신보다 몇 곱절은 미인이군. 그러니 내가 누구 마음에 들게 행동해야겠소?"

『창천일성』 5권으로 계속…